LA MAISON SANS SOUVENIRS

Né en 1973, Donato Carrisi est l'auteur d'une thèse sur Luigi Chiatti, le « Monstre de Foligno », un tueur en série italien. Juriste de formation, spécialisé en criminologie et sciences du comportement, il délaisse la pratique du droit pour se tourner vers l'écriture de scénarios. *Le Chuchoteur*, son premier roman, est un best-seller international et a remporté de nombreux prix littéraires, dont le Prix SNCF du polar européen et le Prix des lecteurs du Livre de Poche en 2011. *La Fille dans le brouillard* et *L'Égarée* ont fait l'objet d'adaptations cinématographiques réalisées par l'auteur lui-même, avec respectivement Jean Reno et Dustin Hoffman dans les rôles-titres. Donato Carrisi est l'auteur de thrillers italien le plus lu au monde.

Paru au Livre de Poche :

Le Chuchoteur
L'Écorchée
L'Égarée
La Femme aux fleurs de papier
La Fille dans le brouillard
Je suis l'abysse
Le Jeu du chuchoteur
La Maison des voix
Malefico
Tenebra Roma
Le Tribunal des âmes

DONATO CARRISI

La Maison sans souvenirs

TRADUIT DE L'ITALIEN PAR ANAÏS BOUTEILLE-BOKOBZA

CALMANN-LÉVY

Titre original :

LA CASA SENZA RICORDI
Publié par Longanesi & C., Milan.

ISBN : 978-2-253-24398-4 – 1re publication LGF

À Antonio et Vittorio,
Mes fils, mon véritable talent

Poste de commandement des carabiniers
Unité forestière
Barberino Del Mugello

À l'attention de la Légion
CC Toscane – Florence
(Copie au Commandement interrégional
CC Podgora)

Objet : Signalement de disparition
(dossier n° 66263707070VR)

Le 7 juin 2020 – à 6 h 23 environ –, un couple de promeneurs signalait, par un appel au 112, une voiture abandonnée dans les bois au lieu-dit valle dell'Inferno.

À la suite de l'envoi d'une patrouille au kilomètre 16 de la route départementale 477, on a en effet retrouvé une Fiat Panda (immatriculée CR990FR) de couleur bordeaux. Le véhicule, garé au bord de la chaussée en direction du Passo della Sambuca, avait les portières et le coffre ouverts. Le pneu arrière gauche était crevé. La présence de la roue de secours sur l'asphalte et du cric inséré sous le véhicule indiquait que le conducteur avait tenté de changer ce même pneu, une opération de toute évidence interrompue.

À l'intérieur de l'habitacle, on a retrouvé de nombreuses affaires personnelles appartenant visiblement à une femme et à un enfant, dont des vêtements, des couvertures et autres objets laissant présumer que la voiture en question constituait actuellement leur domicile.

L'examen de la carte grise a indiqué que la voiture, de quatrième main, a été achetée en 2017 par Mirbana Xhuljeta Laci, dite « Mirabelle », née en Albanie, âgée de 44 ans. La femme, qui réside en Italie depuis presque quatre ans, a été employée comme auxiliaire de vie chez plusieurs familles de la région du Mugello. Récemment, elle travaillait à la fois comme femme de ménage et plongeuse dans une pizzeria.

La femme vivait avec son fils de 12 ans, Nikolin, dit « Nico ».

Les conditions de vie précaires de la mère et de son fils étaient connues des services sociaux, notamment à cause des absences répétées du garçon à l'école.

Un dernier événement a pu confirmer que la femme et l'enfant se trouvaient bien à bord du véhicule : ils ont été vus la veille, à 18 heures environ, en train d'acheter des sandwichs à un distributeur automatique dans une station-service TotalErg située sur la commune de Piedimonte.

Depuis, aucune trace de la mère ni du fils.

En attente de nouvelles informations, nous vous prions de le signaler à toutes les unités du territoire.

1

23 février 2021

Mercredi. L'éleveuse de chevaux ouvrit soudainement les yeux. Elle se tourna vers le réveil posé sur la table de nuit : cette fois encore, il était 3 h 47.

Elle aurait pu enquêter sur les raisons pour lesquelles, depuis des semaines, elle se réveillait toujours à la même heure, à la minute près. En un sens, elle était persuadée qu'il y avait une explication, si ce nombre se répétait comme une étrange cabale pendant sa vieillesse. En même temps, elle préférait ne pas approfondir, convaincue que, à partir d'un certain âge, il fallait accepter que des questions restent sans réponses. Sinon par superstition, au moins par précaution. Si elle mettait le doigt dans l'engrenage, il lui faudrait s'inquiéter d'une foule d'interrogations bien plus importantes. Comme le sens de la vie, ou ce qui vient après la mort. À 82 ans, on évite certains sujets. De toute façon, même s'ils refusent de l'admettre, les vieux connaissent déjà toutes les réponses.

Elle se préparait donc à vivre avec le mystère de

3 h 47 pour le restant de ses jours et elle était certaine que la nuit où son horloge interne se tromperait, ne serait-ce que d'une minute, serait celle où elle ne se réveillerait pas du tout.

À cause de cette insomnie, elle dormait quatre ou cinq heures par nuit. Elle aurait voulu avoir cette capacité à 20 ans. Maintenant qu'elle avait tout ce temps à disposition, elle ignorait comment l'occuper. Et les anciens savent que, même quand les secondes défilent avec légèreté, les minutes sont aussi lourdes que des pierres. La vieillesse est une lutte entre le temps qui s'écoule jusqu'à l'inexorable et le temps qui, au contraire, ne passe jamais. À midi, elle avait fini de s'occuper des chevaux : le reste de la journée n'était qu'un entraînement à l'ennui de l'éternité.

Mais elle n'avait pas le choix.

Alors, comme chaque matin, elle se leva, glissa ses pieds fatigués dans ses bottes, enfila son blouson vert, cala son Borsalino en feutre sur sa tête et glissa un cigare toscan Classico dans sa poche. Avant de sortir, elle envoya un baiser à son mari, sur leur photo de mariage en noir et blanc rangée dans la petite vitrine murale, et alluma un feu dans le poêle en fonte pour trouver un peu de tiédeur à son retour.

Pendant que le moteur diesel de sa Lada Niva chauffait, elle alla chercher ses deux setters dans l'enclos entre le manège et les écuries, les fit monter dans la voiture et partit en direction du Passo della Sambuca et de la réserve naturelle.

Elle passa la troisième sans forcer, parce que sa Lada bleue était habituée à la douceur. Elle refusait d'avoir une voiture neuve : n'étant plus très « neuve » elle non plus, elle se serait sentie ridicule. De même qu'elle n'avait jamais souhaité se remarier, après que son époux avait passé l'arme à gauche. Certaines choses étaient difficiles à expliquer, comme le parallèle entre un 4 × 4 de 1977 et le seul homme de sa vie. Une histoire d'affection et de fidélité. Chaque fois qu'elle s'installait au volant, elle repensait avec orgueil aux compliments de l'employé de la préfecture qui lui avait renouvelé son permis. Vue et réflexes parfaits. Ce qui est aussi le secret d'un bon mariage : ne pas relâcher l'attention, se préparer aux imprévus. Sa mère le lui avait appris : le pire arrive toujours à un moment, pour tout le monde.

Elle gara la voiture dans une clairière au milieu d'un bois de hêtres, d'où partaient les sentiers menant au torrent Rovigo et à la gorge connue sous le nom de *valle dell'Inferno*, « vallée de l'Enfer ». Elle fit descendre les chiens et les laissa renifler les lieux. En attendant, elle sortit son cigare, le coupa et en glissa une moitié dans sa bouche. La prudence lui interdisait de l'allumer en pleine forêt, mais elle aimait le mâchonner.

Elle ignorait pourquoi elle venait toujours ici, ces derniers temps. Elle aurait pu choisir d'autres endroits, plus beaux que celui-ci. Mais c'était devenu une habitude, au même titre que le réveil à 3 h 47.

Peut-être choisissait-elle ce bois parce qu'elle venait y chasser avec son mari, autrefois. La chasse, avec l'amour des chevaux, était ce qui les avait unis. Elle avait hérité cette passion de son père qui, n'ayant engendré que des filles, l'avait élevée comme un garçon. Personne n'imaginait qu'elle se marierait un jour, pourtant c'était arrivé. À la mort de son époux, elle s'était promis de continuer à chasser. Toutefois, le Noël où elle s'était présentée avec deux belles perdrix blanches pour le repas, ses petits-enfants l'avaient presque insultée. Et, depuis, ses fusils étaient sous clé. La femme aurait aimé leur raconter que, âgée de 12 ans, elle avait participé à une « traque » de sangliers, qui avait tenu lieu pour elle de rite initiatique. C'est avec la chasse qu'elle avait appris à respecter la nature et les animaux. Et elle aurait voulu ajouter qu'eux, à la ville, aimaient les chats, les chiens et mangeaient de la viande de supermarché. Mais elle s'était tue. Elle était rentrée chez elle humiliée et découragée, consciente que cette tradition familiale disparaîtrait avec elle.

Au moins, ses setters ne pouvaient pas être mis sous clé comme des fusils ! Il fallait bien que ces pauvres bêtes se défoulent. Le risque était qu'ils « s'emballent », qu'ils deviennent fous, comme cela arrive souvent aux chiens d'arrêt qui n'ont plus de proie à traquer. Voilà pourquoi, chaque jour, l'éleveuse de chevaux lâchait ses setters dans la forêt : pour leur donner l'illusion d'avoir encore un but. Ce matin-là, d'un coup de langue, elle déplaça le cigare éteint au coin de sa bouche, puis émit un sifflement bref et décidé.

Les setters bondirent et disparurent dans les broussailles.

Au bout de quelques secondes, le bruit de leur course entre les branches et le crépitement des feuilles des hêtres s'évanouirent. Le soleil allait bientôt se lever, l'air se réchauffait et se condensait en une brume de rosée étincelante, comme si la nature anticipait le jour. Ces détails avaient toujours surpris la femme. Quand elle mourrait, les petites perfections de la création lui manqueraient. Alors elle inspira longuement l'odeur de résine et de terre humide, fit un pas de côté et libéra ses intestins d'un pet bruyant, parce que l'un des avantages de la vieillesse est justement de pouvoir désacraliser la perfection de la création. Elle profitait du calme indifférent de ce temps suspendu, ignorant combien de moments comme celui-ci il lui restait à vivre, quand elle eut un pressentiment étrange, inédit.

La sensation de ne pas être seule.

Ce n'était pas un soupçon, mais une certitude.

Cela dura un instant et, avant qu'elle puisse l'expliquer, elle entendit de nouveau les chiens au loin et elle regarda dans leur direction.

Ils aboyaient comme des forcenés.

Au début, elle pensa qu'ils avaient rencontré un lièvre imprudent, qui avait quitté sa tanière avant l'aube en quête de nourriture. Mais, dans ce cas, elle aurait déjà dû les voir réapparaître joyeusement, leur proie entre les dents.

Bizarrement, les setters ne revenaient pas.

Pour les rappeler, elle plaça deux doigts dans sa bouche et émit un sifflement fort et prolongé. Rien : ils aboyaient toujours. Bientôt, ils se mirent à hurler. La femme comprit alors qu'ils cherchaient à attirer son attention.

Et que quelque chose les retenait, dans le bois.

Sans hésiter, elle retourna à sa Lada, récupéra une lampe torche dans la boîte à gants, puis s'enfonça dans la végétation.

Elle se frayait un chemin du mieux qu'elle pouvait avec ses mains calleuses. Une branche lui griffa la joue mais elle n'y prêta pas attention. Le cri de ses bêtes si chères, et surtout la sensation éprouvée dans la clairière l'avaient mise dans un état d'angoisse tel qu'elle pria Dieu, en qui elle n'avait jamais cru, pour que ses craintes soient infondées, alimentées par la peur liée à l'âge. Grâce à sa lampe, elle identifia les silhouettes des setters entre les arbustes. Ils bougeaient frénétiquement en formant un cercle, comme s'ils avaient piégé quelque chose.

Quand elle fut suffisamment près, elle les éclaira.

La proie était un enfant.

La femme s'arrêta net, ce qui fit tomber son chapeau. Âgé de 11 ou 12 ans, le garçon était impassible. Un nuage de condensation se formait devant sa bouche à chaque respiration. Malgré l'obscurité, on distinguait ses cheveux blonds assez longs. Sous sa frange, ses yeux étaient d'un bleu glacial. Sa peau était diaphane, aussi fine que du papier de soie. On devinait ses veines. Il semblait fait de cire. Malgré ses vêtements d'hiver, il serrait les bras contre son torse pour lutter contre le froid. Ses yeux reflétaient la lumière de la torche. Il y avait quelque chose de bizarre. Puis l'éleveuse comprit.

Il ne battait pas des paupières.

La femme n'oublierait jamais ce regard. Logiquement, elle aurait dû se demander ce qu'il faisait dans ce bois, seul, en pleine nuit. Pourtant, elle comprit qu'elle détenait toutes les réponses. Alors elle demanda :

— Tu t'es perdu ?

L'enfant de cire la fixait toujours, muet et inexpressif.

— Comment tu t'appelles ?

Aucune réponse.

Les chiens aboyaient toujours. La femme siffla pour les rappeler à l'ordre, en vain. Elle essaya de nouveau, mais ils l'ignorèrent. La seule explication était qu'ils avaient peur. Pourtant, l'enfant semblait totalement inoffensif : c'était lui, qui aurait dû être effrayé.

— Stop ! hurla-t-elle.

Elle s'approcha de l'un des deux setters, leva la main et le frappa doucement sur le museau. Il se retira derrière ses jambes, son compagnon l'imita. Ils tremblaient. Pour les calmer, elle sortit quelques morceaux de lard séché de sa poche et les leur donna.

— Je t'emmène chez moi et on va prévenir quelqu'un, d'accord ? suggéra-t-elle, étant donné que les téléphones portables ne captaient aucun réseau dans cette forêt.

Pas de réponse.

— Tu dois avoir faim, supposa alors l'éleveuse de chevaux.

Cette fois, sans attendre de réponse, elle se pencha pour ramasser son chapeau, le nettoya calmement, puis tourna les talons pour revenir sur ses pas. Elle espérait que le stratagème fonctionne, parce qu'elle n'avait pas d'autre idée pour débloquer la situation.

En plus, honnêtement, elle commençait à avoir peur, elle aussi. Puis elle entendit des pas : l'enfant la suivait.

Pourtant, les chiens étaient toujours aussi agités.

Sur le trajet jusque chez elle, l'enfant ne dit pas un mot. Il semblait imperturbable. Comme s'il n'était pas humain. Comme s'il arrivait d'un autre monde. En le regardant avaler du pain et du lait, assis en tailleur devant le poêle en fonte, la femme repensa à ce qu'elle avait ressenti avant de le découvrir : elle avait eu la certitude de ne pas être seule. Elle pensa alors que cet enfant était la mort.

Oui, la mort se promenait dans le bois du Mugello sous les traits d'un enfant. C'était elle, tout simplement, qui la réveillait chaque nuit à 3 h 47 depuis plusieurs semaines : pour la préparer à leur rencontre. Et c'était encore elle qui l'invitait à se rendre à la vallée de l'Enfer, parce que c'était le lieu du rendez-vous.

La mort l'attendait et elle l'avait fait entrer chez elle. Après sa collation, elle lui annoncerait d'une voix innocente ce qu'aucun humain ne voudrait jamais entendre.

Que son heure était venue.

Elle composa le 112 et attendit fébrilement que quelqu'un vienne la libérer de cette présence qui la troublait. Elle chercha du réconfort dans le regard de feu son mari, sur la photo de mariage. Il aurait su quoi faire, lui. C'est alors qu'elle eut une sorte de révélation et qu'un souvenir lui revint à l'esprit. Quelque chose dont on avait parlé, dans la région.

Elle ouvrit la porte des toilettes extérieures où, par

terre, traînait une pile de vieux journaux locaux. Elle y fouilla jusqu'à débusquer un quotidien qui remontait au début de l'été précédent. Sa mémoire l'étonna : ce qu'elle cherchait se trouvait bien dans ces pages. Elle réfléchit. Soudain, l'idée que cet enfant ait à voir avec la mort ne lui sembla plus si saugrenue.

Il n'y avait qu'un moyen, pour savoir si elle se trompait. Une page de journal dans la main, elle alla retrouver son hôte silencieux.

— Nico ? l'appela-t-elle d'une voix neutre.

L'enfant cessa de manger. Il la regarda.

2

— J'ai encore du sable sur les pieds, constata Lavinia. Je devrais les rincer avant de rentrer, sinon je vais en mettre partout dans la maison.

— Ça n'a aucune importance, lui répondit Pietro Gerber.

— J'espère avoir mis assez de crème solaire, parce que l'année dernière j'ai pris un sacré coup de soleil, s'inquiéta l'adolescente.

— Tout va bien, la rassura-t-il avant de lui demander, pour détourner son attention : Tu as bien nagé ?

— Oh, oui ! J'ai nagé trèèèèèès loin, jusqu'à la bouée !

C'était l'une des raisons pour lesquelles il l'avait emmenée à la mer : il savait que nager la calmait.

— Pourquoi on est venus ici ? demanda-t-elle, suspicieuse.

— Parce qu'il est important de recommencer du début…

— Recommencer du début, répéta Lavinia comme si elle soupesait ces mots.

— Je n'étais jamais venu dans ta chambre, jusqu'à aujourd'hui, poursuivit-il.

— C'était la chambre de maman quand elle avait mon âge. J'ai tout laissé comme c'était, je n'ai touché à rien.

— Pourquoi ?

— Parce que je sais qu'elle y tenait et je ne veux pas qu'elle ait de la peine si j'accroche mes posters ou que je retire ses affaires des étagères. Sa collection de coquillages, par exemple.

— Tu aurais envie de me raconter quelque chose sur cette maison ?

Lavinia réfléchit.

— C'est la villa de mamie, elle aussi venait ici quand elle était petite... Je crois que c'est son papi qui a construit cette maison. Il fabriquait des bateaux.

— Alors elle est très vieille.

— Oui, et je crois qu'il y a un nom pour les baies vitrées avec les grandes fleurs colorées et les murs où sont peintes des plantes grimpantes. Mamie me le disait toujours...

— Tu veux dire qu'elle est de style Liberty.

— C'est ça ! Je l'avais sur le bout de la langue !

Elle sourit, ce qui révéla ses fossettes.

— Depuis combien de temps tu n'étais pas venue ? demanda le psychologue pour enfants.

Mais la jeune fille ignora sa question.

— Il y avait beaucoup de gens sur la plage Annetta, aujourd'hui, dit-elle. C'était plein de familles avec des enfants. Il y en avait un qui construisait des châteaux de sable, juste à côté de notre parasol.

Constatant que Lavinia n'était peut-être pas encore prête à affronter la véritable raison de leur présence dans cette maison, Gerber décida de ne pas la brusquer.

— Ce bikini turquoise te va à ravir !

— Vraiment ?

— Vraiment.

— À dire vrai, je n'aurais jamais réussi à le porter sans vous. J'avais honte, parce que j'ai besoin de perdre deux ou trois kilos : regardez un peu ces bourrelets.

— Mais non, tu es très bien comme tu es.

Lavinia avait 14 ans et sa mère l'avait envoyée consulter Pietro Gerber parce qu'elle n'arrivait plus à se voir telle qu'elle était vraiment : un sac d'os qui atteignait péniblement les trente kilos. Pourtant, le psychologue n'était pas certain que la thérapie fonctionne. Au fil des innombrables séances, il avait identifié une sorte de barrière, qu'elle avait elle-même érigée, faite de graisse imaginaire, indispensable pour empêcher la douleur de l'envahir et tellement solide qu'elle bloquait tout ce qui venait de l'extérieur, même la nourriture nécessaire à sa survie. Lever ce blocage provoquerait une catastrophe. Gerber voulait juste que Lavinia regarde par-delà la barrière.

Même si ce qui l'attendait de l'autre côté ne serait pas agréable, il le savait.

Toutefois, pour le moment, le problème principal du Dr Gerber était que la jeune fille était réfractaire à l'hypnose. Il avait donc demandé à sa mère la permission de l'emmener dans la maison au bord de la mer où Lavinia, selon ses dires, avait passé les plus beaux moments de sa vie.

— Qui dort dans la pièce voisine ? demanda le thérapeute.

— À droite, c'est la nouvelle chambre de maman.

— Et à gauche ?

Lavinia s'obscurcit.

— Rien, il n'y a rien. Cette chambre est vide.

— Tu es sûre ? Pourquoi on n'irait pas vérifier ?

— Je n'ai pas envie.

— Allez, donne-moi la main : je t'accompagne, on y va ensemble. Ce n'est pas si difficile…

— D'accord, accepta-t-elle timidement.

Pour Gerber, c'était une étape importante. Il la laissa le guider, se contenta de la suivre.

— C'est fermé, constata Lavinia une fois devant la porte.

— Oui, mais la clé est dans la serrure, tu vois ?

Pourtant, Lavinia ne se décidait pas.

— Qu'y a-t-il ?

Il connaissait la réponse. Ce qui se trouvait devant eux n'était pas une porte, mais une frontière. La pièce interdite. Si Lavinia y entrait, sa vie changerait pour toujours. Et elle n'était pas prête à cela. Pas encore.

Elle s'adressa à lui avec colère :

— Et qu'est-ce qui va se passer, là-dedans ? Vous allez essayer de m'hypnotiser, comme les autres fois ?

— Je t'ai déjà expliqué comment cela fonctionne : je n'ai pas ce pouvoir. C'est toi qui décides. Si tu ne le veux pas, je ne peux pas entrer dans ton esprit.

Sa respiration s'accéléra. Elle fixait la porte fermée.

— Je ne veux plus être ici, partons, affirma-t-elle.

— Tôt ou tard, il faudra que tu ouvres cette porte, Lavinia. Tu le sais.

— Pas aujourd'hui, pas maintenant.

Mais Gerber insista :

— Qu'y a-t-il, dans cette pièce ? Pourquoi as-tu si peur ?

— Pas cette fois, je vous en supplie.

— Il ne peut rien t'arriver, je suis là.

La jeune fille se tut un instant, avant de demander :

— C'est vrai qu'on vous appelle l'endormeur d'enfants ?

— Oui, admit-il.

— Comment je peux être sûre que tout ça ne me fera pas de mal ?

Elle voulait savoir si elle pouvait lui faire confiance : c'était un grand pas en avant.

— Je voudrais te révéler un secret. C'est d'accord ?

— D'accord, dit-elle, plus détendue.

— Quel jour sommes-nous ?

— Je ne suis pas sûre..., admit-elle, confuse. Je crois qu'on est en février.

— En effet. Et tu ne trouves pas bizarre qu'il fasse aussi chaud en février, que tu te sois même baignée dans la mer ?

— Si, en effet.

Puis, soudain, elle comprit :

— Nous ne sommes pas à la villa de Forte dei Marmi... Nous sommes dans ma tête...

Gerber se tut.

— Ce n'est pas possible, poursuivit-elle. Tout est tellement... réel.

— Ton esprit est l'endroit le plus sûr de la terre, à cet instant, Lavinia. Crois-moi, il ne peut rien t'arriver de mal.

— C'est ce que vous vouliez dire par « il faut recommencer du début » ?

— Oui.

— Je n'aime pas être ici, je n'aime pas ce début.

La jeune fille commençait à avoir du mal à respirer. L'hyperventilation n'était pas loin.

— Je veux partir. Comment on sort d'ici ?

Malheureusement, l'expérience ne portait pas ses fruits, et Gerber ne pouvait pas la forcer à rester.

— Comme tu veux. Maintenant, tu vas entendre un bruit, il ne faut pas avoir peur.

— Je l'entends, confirma la jeune fille.

C'était un battement métallique régulier. Il avait toujours été là, en toile de fond, mais à un moment il s'était fondu dans l'inconscient de Lavinia, en même temps que sa perception de la réalité.

— On va compter ensemble à l'envers, en partant de dix… Tu es prête ?

— Oui.

3

Lavinia ouvrit les yeux avant la fin du compte à rebours. Elle cessa de se balancer dans le fauteuil à bascule et regarda autour d'elle, l'air perdue. La pièce sous les toits. La bibliothèque. Le tapis rouge parsemé de jouets. Le feu dans la cheminée. Les poutres au plafond. La lumière grise d'un après-midi pluvieux, qui filtrait par les rideaux tirés, mais pas entièrement : on apercevait au loin la piazza della Signoria.

Gerber tendit la main vers la table basse à côté de lui et éteignit le métronome électronique. Le battement qui les avait ramenés en arrière, pareil au tuyau d'un scaphandrier, céda la place au crépitement du feu.

— Attends avant de te lever, recommanda-t-il pour lui éviter un vertige. Comment te sens-tu ?

— Bien… Oui, je me sens bien…

Le dos toujours contre le dossier du fauteuil à bascule, elle se tourna vers le psychologue et, pendant quelques instants, sembla l'observer. Pull-over rouge corail, petites lunettes, cheveux ébouriffés. Elle voulait peut-être s'assurer qu'il était réel.

— Comment ça s'est passé ? demanda-t-elle. Je ne m'en suis même pas aperçue…

C'était la première fois que Lavinia s'abandonnait complètement à l'hypnose.

— En effet, il était important que tu ne t'en rendes pas compte. Mais ce n'est pas arrivé en une seule fois, le processus a pris du temps. Tu as tout fait seule : chaque séance a représenté une petite marche à gravir.

— Et maintenant, qu'est-ce qui va se passer ?

— Tu as vu la porte. Tôt ou tard, tu trouveras le courage de l'ouvrir, assura le thérapeute en se levant pour aller ouvrir les rideaux.

Derrière l'écran des vitres opaques d'humidité, Florence jouait à se cacher.

— Et si ça n'arrive jamais ?

Gerber refusait de l'envisager parce que, si Lavinia ne trouvait pas le courage d'appuyer sur la poignée, elle serait accompagnée pour le restant de ses jours par l'entité malveillante qui vivait dans la pièce.

— Nous trouverons le moyen.

Lavinia regarda l'heure.

— Maman va venir me chercher, elle est peut-être déjà en bas. J'ai natation, et puis je dois finir mes devoirs.

Gerber remarqua que la jeune fille avait retrouvé son humeur habituelle, douce et sereine. Les enfants ont un pouvoir extraordinaire, une sorte de capacité à « s'autoréparer ». Mais, parfois, ce n'est qu'une façade. Le psychologue lui tendit le bras pour l'aider à se lever. Elle lui sembla très légère, un ballon prêt à s'envoler.

— On se voit jeudi après-midi, d'accord ?

La jeune fille acquiesça, enfila sa veste accrochée au portemanteau, récupéra son sac à dos et sourit.

— Au revoir, docteur Gerber.

En avançant dans le couloir, elle passa un instant devant la porte d'en face : Lavinia ignorait que, dans l'existence du thérapeute aussi, il y avait une pièce interdite. Gerber évitait d'entrer dans le cabinet de Monsieur B. En cinq ans, il n'avait pas trouvé la force de le vider, ni de le destiner à un autre usage. Il avait renié son père mais, depuis sa mort, il avait tout laissé en place.

— Prends une pomme dans le panier, lui cria-t-il alors qu'elle courait vers la sortie.

Il s'assurait toujours d'en laisser à disposition pour ses petits patients dans l'entrée.

— D'accord, répondit-elle.

Quand le silence retomba, l'hypnotiseur se rassit dans son fauteuil Eames Lounge en cuir noir et palissandre, qui avait pris la forme de son corps, avec le temps, et que donc personne d'autre ne trouvait confortable. Il prit son stylo, ainsi que le carnet noir utilisé pour la thérapie de Lavinia, et il écrivit :

Samedi 23 février 2021

Après presque trois mois de thérapie, Lavinia a fait un progrès : elle m'a autorisé à la conduire dans un environnement familier, où elle se sent en sécurité.

Toutefois, il apparaît qu'elle n'est pas encore prête : une partie d'elle s'obstine à refouler un pan important de son passé. Néanmoins, éviter le souvenir n'est plus le fruit d'un compromis avec elle-même pour avancer, c'est devenu un véritable exercice de survie.

À ce stade, bien que ce soit risqué pour sa psyché fragile, il est indispensable de poursuivre sur ce chemin et d'anticiper les événements.

Tôt ou tard, le fantôme qui vit en elle fera sentir sa présence.

Gerber referma son carnet. Toujours assis dans son fauteuil, il leva instinctivement les yeux vers l'ampoule rouge au plafond. Elle était reliée à un bouton de la même couleur qui se trouvait sur un mur de l'entrée de l'appartement. Le pacte avec ses patients était que, une fois arrivés, ils n'étaient pas obligés de débuter tout de suite la séance. Ils pouvaient attendre et, quand ils se sentaient prêts, il leur suffisait d'appuyer sur ce bouton pour que Gerber vienne les accueillir.

Mais Lavinia était la dernière patiente de la journée.

L'hypnotiseur avait gardé un créneau dans son emploi du temps pour écrire un article destiné à une revue de psychologie, mais il n'en avait pas la moindre envie. Il voulait rentrer chez lui, apporter des fleurs à Silvia et passer la soirée à faire des combats de dinosaures avec son fils Marco, âgé de 3 ans et demi. Dans son cabinet aussi il y avait des jouets, des crayons et des cahiers de coloriage sur le tapis, mais ils servaient à donner l'illusion que cet endroit était sûr, pour les enfants. Pourtant, souvent, il ne l'était pas.

C'était dans cette pièce que beaucoup d'entre eux affrontaient leurs premiers démons.

Il se leva, décidé à partir, et ouvrit une porte de

la bibliothèque, derrière laquelle étaient alignés les carnets à la couverture noire anonyme dans lesquels il notait le contenu des séances.

Il y rangea celui de Lavinia.

Bientôt, il éteindrait toutes les lumières de la pièce. Mais avant, il referma la porte de la bibliothèque et alla étouffer le feu : il aurait été imprudent de laisser des flammes, avec toutes ces poutres en bois. Il avait souvent oublié. Silvia disait qu'il était dans la lune. En dispersant les braises avec le tisonnier, Gerber repensa à toutes les fois où les conseils de sa femme lui avaient évité des ennuis. Il eut l'impression d'entendre la porte d'entrée s'ouvrir et se refermer.

— Lavinia ? appela-t-il, imaginant que la jeune fille avait oublié quelque chose.

Personne ne répondit.

Le vent, pensa-t-il.

Puis il se rappela qu'il y avait un fleuriste au coin de la rue. Peut-être que ce soir, après avoir dîné et couché Marco, Silvia et lui pourraient regarder un vieux film, enlacés sur le canapé. Mais il fut distrait par un éclair rouge qui entra dans son champ de vision, à peine une fraction de seconde.

Il regarda l'ampoule au plafond. Elle ne se ralluma pas. Mais, cette fois, ça ne pouvait pas être le vent.

Il se releva et se nettoya les mains.

Il passa la tête par la porte : le couloir était désert. Alors il se dirigea vers l'entrée, décidé à percer le mystère. Il n'y trouva personne. Le bouton rouge réservé aux patients le fixait tel un œil immobile. Il ouvrit grand la porte et regarda dehors, mais il n'y avait personne sur le palier. Pourtant, il s'attendait au moins à entendre des pas dans l'escalier. Il se pencha par-dessus la rambarde, mais ne distingua rien dans l'obscurité.

— Qui est là ? demanda-t-il au silence.

Sa voix résonna dans le vide et Gerber eut honte de sentir son cœur battre à tout rompre.

Il retourna dans son cabinet et referma bien la porte. Il secoua la tête, amusé. C'était sans doute une plaisanterie de son esprit : combien de fois avait-il expliqué à ses petits patients de ne pas croire tout ce qu'ils voyaient ? C'était logique, après sa séance avec Lavinia, parce qu'il s'impliquait souvent dans les transes. Alors qu'il franchissait la porte, son regard se posa sur la corbeille de pommes. Il se demanda si ce qu'il voyait était le fruit de son imagination, mais, quand il saisit la pomme du haut, il constata que non.

Quelqu'un avait glissé dedans une aiguille à coudre, d'où pendait un long fil de coton bleu.

4

Il n'était que 17 heures, mais l'obscurité de l'hiver enveloppait déjà Florence. Elle s'insinuait dans les ruelles du centre historique comme un souffle noir.

En parcourant la via dei Calzaiuoli sous la bruine, enveloppé dans son vieux trench Burberry, un bouquet de tulipes jaunes à la main, Pietro Gerber ne pouvait s'empêcher de penser au fil bleu enfilé sur l'aiguille plantée dans la pomme. Son entêtement d'homme rationnel refusait de considérer que ce geste, irresponsable et dangereux, puisse être lié à son étrange impression d'avoir entendu quelqu'un entrer et sortir rapidement de l'appartement sous les toits.

Non, c'était autre chose.

Il avait lui-même acheté les pommes le matin chez un primeur. Et il était certain de n'y avoir vu aucune aiguille. La seule explication était qu'un jeune patient ait fait une sorte de blague. Ou, pire, un adulte accompagnateur. Il réfléchit aux personnes qui s'étaient succédé dans son local pendant la journée. Il exclut immédiatement Filippo, qui n'avait que 5 ans et dont la nature soumise l'empêchait de planifier une telle action.

Son père était un suspect potentiel : il venait de perdre son travail et était très stressé. Mais Gerber se souvint ensuite que l'homme lui avait confié son fils et était reparti immédiatement, parce qu'il voulait profiter de la séance pour faire quelques courses. Camilla ne s'était pas arrêtée dans l'entrée : Gerber l'avait accueillie sur le palier et raccompagnée en bas, où l'attendait sa grand-mère, qui avait du mal à monter à cause de son arthrose. Martin, 10 ans, était venu seul ; cela pouvait être lui, mais il était encore dans la phase douloureuse d'élaboration du deuil après la mort de ses parents dans un accident de la route, donc Pietro Gerber ne le pensait pas coupable. Enfin, il y avait eu Lavinia, mais elle était encline à se faire du mal à elle-même plutôt qu'aux autres.

Ces enfants venaient le consulter pour dépasser un traumatisme ou un trouble du comportement. La vie les avait déjà mis à rude épreuve et ils ne possédaient pas encore les outils pour affronter les pièges de l'existence. Pietro Gerber savait bien que, souvent, pour des parents désespérés, la thérapie par l'hypnose était celle de la dernière chance. Il lui était donc difficile d'accuser ses petits patients fragiles et malheureux.

Pour le moment, sa seule consolation était que, grâce au ciel, personne en partant du cabinet n'avait pris la pomme à l'aiguille. Au lieu de se débarrasser de cette dernière, l'hypnotiseur l'avait piquée dans le col de son imperméable : il voulait la montrer à Silvia pour avoir son avis. Il comptait la laisser là tant qu'il n'aurait pas percé le mystère. Toutefois, il savait qu'il lui faudrait dorénavant fermer à clé la porte de sa salle d'attente, pendant ses séances.

Gerber prit la via dell'Oche où, blague urbanistique, on croyait encore entendre les cris des oies qui donnaient leur nom à la rue. Autrefois, le jour de la Toussaint, une fête de l'oie y était organisée. Il longea un palais nobiliaire du XIVe siècle et la tour médiévale qui appartenait à la coterie des Visdomini, puis déboucha via dello Studio où, depuis 1860, se trouvait le siège de l'entreprise Pegna. Au départ, il s'agissait d'une usine de produits chimiques, mais aujourd'hui elle proposait également des denrées alimentaires. Ainsi, à côté du magasin de colles et vernis, il y avait maintenant une épicerie fine renommée. Enfant, Pietro Gerber y venait avec Monsieur B., qui achetait de la cire pour faire briller les cadres des tableaux et parfois un sachet de précieux bonbons à l'eau-de-vie.

Gerber pensa qu'il aurait pu trouver quelque chose qui ferait plaisir à Silvia, en plus des fleurs.

Il fit préparer un plateau de jambon de Cinta Senese et du pecorino affiné dans la paille. Ce serait une belle surprise, pour sa femme, de le voir rentrer plus tôt, avec ces cadeaux inattendus. Ils ouvriraient ensemble une bouteille de brunello.

Une soirée parfaite.

Gerber était convaincu que ce genre d'attentions étaient nécessaires pour raviver un mariage éprouvé. Comme tous les couples, en presque cinq ans, Silvia et lui avaient eu des hauts et des bas, mais rien d'irréparable. Jusqu'à l'« affaire Hall ». Ils la désignaient ainsi, comme pour maintenir une distance de sécurité avec les événements qui avaient mis leur relation en danger. À cette occasion, Gerber avait éloigné sa femme et son fils pour les protéger de l'intrusion d'une mystérieuse patiente, la seule adulte qu'il ait acceptée en thérapie. Mais Silvia s'était révélée plus mûre et responsable que lui et, grâce à sa lucidité et à sa volonté, elle avait contrôlé les crises et empêché leur mariage de voler en éclats.

Ce soir-là, quand il franchit la porte de chez lui, animé des meilleures intentions, Pietro Gerber se retrouva devant une scène inattendue.

Dans l'entrée, un vase contenait des tulipes jaunes identiques à celles qu'il tenait dans les bras.

Alors qu'il se demandait comment c'était possible, il remarqua que la maison était glaciale et silencieuse. Il ressentit un vide abyssal autour de lui et fut assailli par le doute.

Pourquoi n'y a-t-il personne ? Où sont-ils passés ? Qu'est-il arrivé ? Puis, sortant de l'obscurité avec un cri muet, le spectre de l'amère réalité vint à sa rencontre.

Depuis qu'il les avait chassés, Silvia et Marco n'étaient pas revenus.

5

Le refoulement forcé du souvenir est une technique d'autohypnose très dangereuse. Surtout parce que, bien sûr, ce remède ne peut être que temporaire.

Chaque matin, avant de partir au travail, Pietro Gerber pratiquait quelques exercices de distanciation : grâce à la respiration, on peut entraîner l'esprit à éloigner la cause de la douleur et à la confiner dans un recoin de la psyché. Cela ne fonctionne pas toujours. Mais c'était le seul moyen qu'il connaissait pour éviter d'avoir recours à des psychotropes ou à des antidépresseurs, qui auraient perturbé son travail avec ses patients.

C'est moi qui ai apporté les fleurs qui sont dans le vase. C'était hier soir, se dit-il.

Puis il entra dans son appartement aux voûtes décorées de fresques, situé dans un immeuble ancien du centre historique. Pendant qu'il traversait les pièces plongées dans l'obscurité, la vérité refit progressivement surface : Silvia avait déménagé à Livourne, elle avait demandé et obtenu le divorce, un autre homme partageait sa vie. Leur relation était respectueuse mais réduite au minimum. Le tribunal avait accordé à Gerber le droit de voir son fils deux week-ends par mois. Toutefois, quand l'enfant avait à plusieurs reprises manifesté son malaise de séjourner dans son ancien lieu de vie, Pietro, en accord avec son ex-femme, avait décidé d'opter pour de simples visites dominicales.

La cause de tout avait été Hanna Hall.

Quand elle était entrée dans la vie de Pietro Gerber, celle-ci avait volé en éclats. Une véritable déflagration, mais au ralenti. Il avait pu suivre ce qui se passait, jour après jour, sans pouvoir l'arrêter. Le pire, c'était que Hanna Hall avait disparu dans le néant avant que Gerber puisse obtenir toutes les explications. Et maintenant, l'hypnotiseur se retrouvait avec une série de questions sans réponses, qui le persécutaient.

En plus d'être dévasté, il était terriblement seul.

Gerber jeta les tulipes à la poubelle et ouvrit une bouteille de vin. Il s'installa sur le canapé du salon avec le plateau de jambon et de fromage, puis alluma le magnétoscope.

Silvia avait acheté une vieille caméra sur un marché aux puces, et s'était mise en tête que leurs souvenirs de famille devaient avoir le même grain et la même lumière que quand elle et Pietro étaient petits, dans les années quatre-vingt-dix. La cassette, destinée à Marco, était restée chez Gerber, unique survivance de ce qui ressemblait à un grand amour.

Il la regardait tous les soirs. Sans le son, parce que c'était moins douloureux.

À peine quarante-cinq minutes d'extraits de leur vie. Il y avait deux anniversaires, quelques excursions, des vacances au bord de la mer et même un Noël. Des instants volés au temps qui passe, avant que la caméra cesse de fonctionner, comme tout le reste. D'autres auraient envisagé le visionnage de ce film comme une torture évitable. Mais, pour Gerber, c'était un moyen pour se convaincre que rien ne redeviendrait comme avant. Sur ces images, l'hypnotiseur cherchait toujours un détail qui lui aurait échappé, indiquant ce qui n'avait pas fonctionné, la fissure qui anticipait l'effondrement. Comme s'il pouvait encore corriger ces imperfections, mais uniquement dans le passé. Comme s'il possédait la formule magique pour revenir en arrière.

Pietro Gerber connaissait la cause de la fin de son mariage, mais elle ne se trouvait pas sur cette cassette. Il le savait, même s'il ne voulait pas l'admettre.

Il aurait voulu prévenir les personnes qui souriaient sur l'écran. Les mettre en garde de ce qui allait se passer. Comme ça, ils se sauveraient tous les trois et ils continueraient d'être heureux.

Recommencer du début. N'était-ce pas ce qu'il disait toujours à ses nouveaux patients ? Il avait expliqué à Lavinia cette nécessité de revenir en arrière. Mais, pour lui-même, il n'en avait pas le courage et, quand l'autohypnose rembobinait sa mémoire comme une cassette vidéo, il s'arrêtait toujours un instant avant que tout commence à s'effriter.

Car ce qu'il aurait voulu revivre à l'infini n'était

pas le passé, mais ce moment précis. Quand tout était parfait.

Il mangea en fixant l'écran et attendit que l'alcool apprivoise lentement son angoisse et rende ce qu'il voyait tolérable. Il repensa à toutes les fois où, assis à cette même place, il avait attendu que Silvia quitte la chambre de Marco, après l'avoir endormi. Ses pas qui approchaient dans la pénombre du couloir, son apparition sur le seuil. Souvent, il avait trouvé un prétexte pour l'attirer vers lui et ils avaient fait l'amour là, sur ces coussins. À la va-vite, avec la crainte que leur fils se réveille et les interrompe. À ce moment-là, il imagina dégager les cheveux de sa nuque, plonger le visage dans son cou chaud et l'embrasser longuement. Il vit sa femme rejeter la tête en arrière et fermer les yeux pour s'abandonner à ses caresses. Il déboutonna son chemisier et lui caressa un sein. Il sentit sa main à elle se glisser dans son pantalon, leurs souffles à l'unisson. Mais quand, dans son imagination, Silvia se tourna pour chercher ses lèvres, ce n'était plus elle.

C'était Hanna.

Aujourd'hui encore, l'inconnue venue d'un autre monde et d'un autre temps parvenait à envahir son espace intime et privé. Et il ne pouvait rien y faire, il était impuissant, à la merci de cet enchantement qui avait déjà détruit une partie de sa vie. Recherchait-il ce sentiment d'être anéanti par l'étreinte de cette créature à deux têtes, deux identités ? Silvia émergeait dans le visage d'Hanna, et vice versa : dans ce rêve éveillé, les deux femmes s'interchangeaient constamment, comme une expérimentation de clonage ratée.

Son cauchemar sensuel fut interrompu par le bruit de l'Interphone.

Soudain, Gerber fut dégrisé de vin et de sexe. Il était 22 heures passées. Qui cela pouvait-il être, à cette heure ?

Il éteignit le magnétoscope et alla ouvrir la porte, son verre à la main. Il se retrouva face à deux hommes en costume sombre : des carabiniers en civil – eux seuls nouaient leur cravate comme s'ils étaient en uniforme.

— En quoi puis-je vous être utile ? demanda le psychologue quand ils lui montrèrent leurs cartes.

— Vous devez nous suivre, docteur Gerber.

— Je n'irai nulle part tant que vous ne m'aurez pas dit de quoi il s'agit.

— C'est la juge Baldi qui nous envoie, elle veut vous voir.

Dans le passé, sa vieille amie magistrate lui avait souvent confié des expertises destinées au tribunal pour enfants. Mais, après l'affaire Hall, Gerber avait aussi coupé les ponts avec elle. En plus, la juge ne l'avait jamais convoqué à une heure si tardive, surtout en envoyant quelqu'un le chercher.

Il avait dû se passer quelque chose de grave.

— C'est une simple formalité, mentit l'un des deux carabiniers pour le convaincre. La juge a besoin d'une consultation.

Gerber savait qu'il était inutile d'insister. Mais il se

souvint, en frissonnant, que l'affaire Hall avait commencé par un simple appel téléphonique.

— Je vais chercher mon imperméable et un nouveau carnet, répondit-il.

Tout, pour échapper à cette réunion de fantômes et de mauvais souvenirs.

6

Les pas des carabiniers en civil qui le précédaient résonnaient dans les rues désertes. Ils parcoururent sans un mot le bref trajet qui les séparait du seul immeuble anonyme au milieu des splendides bâtiments du XIVe siècle qui bordaient la via della Scala. Le siège du tribunal pour enfants avait eu plusieurs vies, au fil des siècles.

À l'origine, il avait été un refuge pour orphelins, enfants illégitimes et nouveau-nés abandonnés. La mission de l'ordre religieux qui le gérait était de les accueillir, mais aussi de les cacher à ceux qui considéraient leur existence comme une erreur de Dieu. On disait que les murs étaient épais pour que l'on n'entende pas ce qui se passait à l'intérieur. Le bâtiment assurait aujourd'hui une justice protectrice des mineurs, mais on sentait encore dans les lieux l'inquiétante présence du passé, et quand la tramontane soufflait on entendait une sorte de gémissement soumis, que certains expliquaient par l'architecture du bâtiment. Pour d'autres, en revanche, il s'agissait des pleurs des enfants, dont les pierres avaient conservé la mémoire.

Pietro Gerber n'y était jamais allé de nuit. Les carabiniers l'escortèrent jusqu'à l'escalier en marbre. Anita Baldi l'attendait sur les marches, raide dans son tailleur sombre, ses cheveux gris relevés en chignon. Elle avait l'âge de la retraite, mais elle demandait des dérogations pour continuer à travailler. Et ses supérieurs étaient ravis qu'elle reste.

Elle était la plus experte sur les questions relatives aux enfants. Et, surtout, elle était la meilleure.

En la voyant soucieuse, l'hypnotiseur pressentit qu'il ne s'agissait pas d'une formalité, et qu'elle attendait de lui plus qu'une consultation.

Peu après, la juge le fit entrer dans son bureau, au premier étage. Derrière sa table de travail, une fresque étrange qui montait jusqu'au plafond représentait une scène de l'enfer. À la fin du Moyen Âge, cette pièce servait aux accouchements des prostituées et des filles mères. On les obligeait à fixer cette scène tandis qu'elles donnaient vie au fruit de leur péché. Mais cette œuvre, anonyme, était maintenant presque entièrement dissimulée par tous les dessins que les enfants avaient offerts à la magistrate au fil des ans. Ils rappelaient toujours à Gerber les ex-voto que les fidèles laissaient dans les églises en remerciement de la grâce reçue. Dans le fond, sans être une sainte, cette femme avait sauvé beaucoup d'enfants.

Anita Baldi ne fit aucun commentaire sur sa situation familiale, ni sur sa vie privée en général, ni même sur son air éprouvé. Pourtant, cela faisait plus d'un an et demi qu'ils ne s'étaient pas vus. La juge posa une seule question :

— Comment vas-tu ?

— Bien.

Cette confirmation rapide lui suffit, peut-être parce qu'elle n'avait pas d'autre choix que de faire appel à lui. La femme lui expliqua l'affaire dans les grandes lignes.

On avait retrouvé un enfant.

C'était arrivé à l'aube, le jour même, dans le bois du Mugello, grâce à une ancienne éleveuse de chevaux qui promenait ses chiens. Le mineur s'appelait Nikolin et avait disparu huit mois auparavant avec sa mère. On avait retrouvé la voiture dans laquelle ils vivaient depuis qu'ils avaient été expulsés. Un pneu était crevé. L'accident s'était produit sur la seule route asphaltée qui traversait le parc naturel – à un moment, elle s'interrompait et se poursuivait en plusieurs chemins de terre battue ou en sentiers muletiers.

— On n'a jamais compris ce qu'ils faisaient dans cet endroit, au bout du monde, conclut Anita Baldi.

Gerber se rappelait vaguement la photo d'un vieux véhicule utilitaire encombré d'objets en tout genre, abandonné au bord de la route, la roue de secours sortie et les portières ouvertes. L'histoire avait été relatée début juin dans les journaux.

— Et après cet incident, qu'a-t-il pu se passer ?

— Les enquêteurs ont élaboré deux hypothèses. La première, la plus dramatique, était que la mère et le fils se sont aventurés dans les bois pour chercher de l'aide et ont fini par se perdre… Il aurait été plus logique de suivre la route asphaltée mais, surpris par l'obscurité, ils ont peut-être perdu l'orientation – impossible de le savoir.

— Si ça s'était passé comme ça, plusieurs mois plus tard, ils seraient morts tous les deux, non ? suggéra Gerber. Et la seconde théorie ?

— La plus rassurante : l'automobiliste de passage. Un bon Samaritain les a fait monter et les a déposés quelque part. Après tout, la femme et l'enfant sont habitués à vivre au jour le jour, donc ils disparaissent des radars des services sociaux. Ils ont pu réapparaître d'un moment à l'autre, quelque part en Italie. Ou bien, après avoir bourlingué un peu, ils sont simplement retournés en Albanie : la femme n'avait pas d'avenir ici, elle était contrainte d'accepter des emplois modestes et mal payés.

— Qu'est-ce qui ne t'a pas convaincue, dans cette hypothèse ?

— On en a beaucoup parlé, dans la région…

— … et les mois suivants, aucun bon Samaritain n'a jamais déclaré avoir déposé la femme et l'enfant où que ce soit, compléta Pietro Gerber. De toute façon, la réapparition de l'enfant dément ces deux versions des faits. Donc, depuis ce soir, il y a une troisième hypothèse, c'est bien ça ?

Il comprenait enfin l'inquiétude de la juge Baldi.

— C'est exactement ça. On l'a appelée la « variante mystérieuse », et j'aimerais que tu la vérifies.

— Comment ?

— L'enfant ne parle pas, expliqua la magistrate en s'asseyant à son bureau en noyer. Il ne dit pas un mot. Il réagit seulement quand on l'appelle par son prénom. Il n'avait pas de papiers sur lui, mais nous n'avons aucun doute sur son identité : il correspond à la description des deux assistantes sociales qui les suivaient, lui et sa mère, avant leur disparition. Si on veut comprendre, c'est à lui qu'il faut demander, parce que les questions sans réponses sont trop nombreuses. Que s'est-il passé exactement ce jour de juin ? Qu'est devenue sa mère ? Et, surtout, où était-il pendant tout ce temps ?

— Vous attendez donc de moi que je le fasse parler ?

Gerber les avait déjà aidés, par le passé. Il se souvenait d'une petite fille de 5 ans qui, du jour au lendemain, s'était enfermée dans un mutisme inexplicable. Sous hypnose, elle avait révélé que sa baby-sitter la maltraitait. Ses parents ne s'étaient aperçus de rien.

— Le fait est que, à part ses cheveux un peu trop longs, Nikolin n'a l'air ni négligé ni dénutri. Il a disparu en été, mais il porte des vêtements d'hiver. Et l'endroit où la vieille dame aux chiens l'a retrouvé n'est pas loin du lieu où on a perdu leur trace, à lui et à sa mère.

Gerber ne comprenait pas.

— Qu'êtes-vous en train d'essayer de me dire ?

— Cette histoire est pleine de zones d'ombre, Pietro. La vérité pourrait se révéler à la fois plus simple et plus terrifiante qu'on ne l'imagine. Et seul cet enfant la connaît.

Anita Baldi n'arrivait pas à exprimer autrement l'idée qui la troublait.

— Alors, que suggères-tu ?

L'hypnotiseur sortit de la poche de son trench un carnet noir aux pages vierges.

— Rouvrons la salle de jeux.

7

De fait, la « salle de jeux » était une pièce avec des jouets. Simplement, la fonction de ces objets n'était pas de divertir.

Ils servaient à explorer l'esprit des enfants.

Malgré l'absence de lit, la salle ressemblait beaucoup à une chambre d'enfant. La moquette était des couleurs de l'arc-en-ciel et les murs jaune paille, recouverts de posters qui variaient selon l'âge et le sexe du mineur qu'elle devait temporairement héberger. Pour les plus jeunes, on affichait des personnages de dessin animé. Pour les adolescents, des chanteurs, groupes de rock ou sportifs. Les jouets étaient également adaptés : poupées, petits trains, puzzles ou jeux vidéo.

Le but était aussi d'aider le mineur à se distraire du traumatisme causé par ce qu'il avait vu ou ce qui lui était arrivé, dans le but de recueillir son témoignage. Grâce aux jeux, les récits étaient épurés de l'angoisse qu'auraient causée un bureau ou une salle de tribunal.

La pièce avait été aménagée par des psychologues pour enfant : chaque objet jouait un rôle spécifique. Si un petit s'acharnait sur une poupée ou un pantin, c'était probablement parce qu'il avait subi des violences. Les séances étaient toujours menées par des professionnels et des caméras cachées enregistraient tout, pour instruire le dossier. Dans un des murs était placé un miroir sans tain, derrière lequel se tenaient un juge, un greffier, parfois un jury, des forces de l'ordre et les accusés avec leurs avocats.

Dans la salle de jeux, le recours à l'hypnose n'était pas la règle. En effet, un avocat habile aurait pu contester le témoignage contre son client, sous prétexte qu'il avait été obtenu par des méthodes suggestives susceptibles d'en invalider l'authenticité. Mais, dans les affaires les plus difficiles, la juge Baldi s'était servie de sa collaboration avec Monsieur B. puis, depuis sa mort, avec son fils Pietro.

C'était souvent le seul moyen pour reconstruire des vérités complexes.

Après avoir demandé aux carabiniers de préparer une séance, Anita Baldi accompagna Gerber à la salle de jeux. Dans le couloir, le psychologue remarqua un vieil homme en bottes et blouson vert, appuyé au mur, le regard rivé au sol. Ses mains calleuses torturaient un borsalino et il mâchonnait un cigare toscan éteint. Quand ils passèrent devant lui, il leva un instant la tête et les salua avec respect. C'est alors que Gerber s'aperçut qu'il s'agissait d'une femme à l'allure masculine.

— Qui est-ce ?

— L'éleveuse de chevaux qui a trouvé Nikolin dans les bois, répondit la magistrate.

— Pourquoi est-elle encore ici ?

La femme haussa les épaules.

— On lui a expliqué qu'elle pouvait partir, mais elle dit qu'elle ne veut pas laisser l'enfant seul.

Gerber éprouva du respect pour cette femme mue par un sens anachronique des responsabilités envers un parfait inconnu. Il pouvait lire dans ses pensées : c'était elle qui avait retrouvé Nikolin, et c'était donc comme si quelqu'un ou quelque chose l'avait confié à elle.

L'hypnotiseur entra dans la salle de jeux. Il ignorait depuis combien de temps il n'y avait pas mis les pieds. Saisi d'une légère claustrophobie, il inspira profondément pour contenir ses émotions, mais il avait parfaitement conscience qu'il n'était plus le même homme qu'avant.

Au travail, se dit-il.

Il retira son imperméable, le posa par terre dans un coin, puis il releva les manches de son pull-over et retroussa sa chemise à carreaux jusqu'aux coudes. Ensuite, il prépara l'arrivée du patient : il retira les posters et rangea les jouets dans les tiroirs. Il avait besoin d'un environnement neutre. Il ne laissa que des crayons de couleur et des feuilles blanches sur une table basse, placée au centre : l'enfant étant albanais, son italien était peut-être incertain, alors le dessin pourrait l'aider.

Il ajusta la luminosité. Il y avait aussi un vieux métronome électronique, semblable à celui de son cabinet sous les toits : il le régla sur un rythme à quatre temps, dont le premier était accentué.

Peu après, il demanda aux carabiniers de lui amener le jeune Nikolin.

8

Quand le garçon entra dans la salle de jeux, il était minuit passé. Il commença par regarder autour de lui, peut-être pour identifier la source du bruit persistant qu'il entendait, mais ne laissa transparaître aucune réaction. Il portait un pull-over à losanges sur une chemise claire, un pantalon en flanelle et des Adidas usées. Ses cheveux blonds tombaient sur ses yeux bleus. Les traits de son visage étaient délicats, sa peau laiteuse lui donnait des airs d'éphèbe. Bien qu'à l'aube de l'adolescence, il n'était pas encore dans la puberté.

— Entre, Nico, l'invita Gerber en utilisant le diminutif que, lui avait-on dit, la mère du garçon aimait employer.

Il lui indiqua les petites chaises autour de la table basse.

— Je m'appelle Pietro, se présenta-t-il. Bienvenue.

Comme prévu, le jeune garçon resta mutique. Mais il alla s'asseoir.

Gerber prit tout son temps pour refermer la porte et jeta un coup d'œil au miroir sans tain, comme pour communiquer à ceux qui se tenaient de l'autre côté que la séance allait commencer. Quand il se retourna, Nikolin avait aligné les crayons de couleur et empilé les feuilles éparses. Sans raison particulière, sans que personne le lui ait demandé.

Gerber alla s'asseoir à côté de lui et attendit qu'il dessine quelque chose. Mais Nico resta appuyé au plateau, la tête basse, les bras le long du corps et le regard rivé sur le poignet gauche de sa chemise, qui pointait sous son pull.

Le psychologue constata qu'un bouton était partiellement décousu et qu'un fil de coton pendait. L'enfant joua avec, l'air distrait. Pietro fut frappé par ses paupières immobiles.

Il évalua que l'enfant résistait quarante secondes sans un battement de cils. Une éternité, étant donné qu'une personne normale bat des paupières toutes les cinq secondes. Gerber eut l'intuition que cette anomalie était importante.

— On va faire une expérience, d'accord ? demanda-t-il avant de poursuivre, sans attendre de réponse. Tu entends ce bruit ? Je voudrais que tu te concentres et que tu essaies d'inspirer et d'expirer au moment précis où le battement devient plus fort.

La respiration de Nikolin était régulière, mais ne suivait pas le rythme.

Ignorant si le garçon avait bien compris, Gerber reformula la question et ajouta, pour le rassurer :

— Ça va t'aider à te sentir très détendu, ce sera agréable, tu vas voir.

Mais l'enfant torturait encore le bouton de sa chemise.

Alors l'homme tendit la main vers l'appareil électronique et tourna la molette jusqu'à ce que le battement soit calé sur la respiration de Nico. Mais l'enfant ne se laissait toujours pas aller. Gerber inséra une note brève, qui résonnait brièvement à intervalles réguliers.

Rien à faire : le patient résistait. C'était comme s'il n'existait rien d'autre que ce maudit bouton décousu. Il était impossible de troubler sa concentration.

Le regard découragé de Gerber se posa sur les crayons et les feuilles, bien alignés. En entrant dans cet espace vide, nouveau pour lui, Nikolin avait senti le besoin impérieux de ranger ces objets.

Trouble obsessionnel compulsif, se dit le psychologue. En même temps, il eut une intuition : il se leva et alla ramasser son imperméable.

L'aiguille trouvée dans une des pommes de son cabinet, avec son fil bleu, était toujours piquée dans le col.

Il la retira et l'emporta à la table. Puis il saisit doucement le bras du garçon et retira le bouton de sa chemise, avec son fil : par coïncidence, celui-ci aussi était bleu. Nikolin observa l'opération sans protester. Gerber recousit calmement le bouton, en imaginant ce que la juge Baldi pensait, de l'autre côté de la vitre sans tain. Elle se demandait sans doute ce qu'il faisait. Mais il était sûr de lui. En effet, quand le bouton fut recousu, c'est-à-dire quand l'ordre des choses fut rétabli, l'enfant lui accorda toute son attention. Très vite sa respiration ralentit, signe qu'il glissait dans un état de quiétude. Gerber en profita pour modifier le rythme du métronome.

Grâce à cette ruse, Nico se retrouva dans un état de

transe légère, comme en témoignaient son regard perdu et ses bras abandonnés le long de ses hanches.

— Tu m'entends ? demanda alors l'hypnotiseur.

Il s'attendait à un signe de tête, aussi il fut surpris par le « oui » que prononça l'enfant.

— Tu sais où tu te trouves ?

Courte pause.

— Non.

— Tu sais au moins comment tu es arrivé ici ?

— Non.

Cette deuxième réponse négative était encourageante : l'enfant était probablement en train de passer dans un état de confusion, comparable à un choc post-traumatique.

— Tu sais qui tu es ?

— Oui, répondit l'enfant, toujours sur un ton automatique.

Gerber, qui s'attendait à un accent étranger, à une intonation, s'étonna de sa prononciation parfaite.

— Et tu te souviens de ton nom, aussi ?

Nikolin ne répondit pas, mais sa respiration accéléra : cette question banale le troublait.

Gerber n'insista pas, au risque de briser la transe fragile du garçon.

— Quel est ton dernier souvenir ?

— Le bois.

Ce fut comme si, soudain évoqué, ce bois se matérialisait devant eux.

— Qu'y a-t-il dans le bois ?

— D'abord les trois conditions, ensuite les questions, répondit l'enfant, de plus en plus agité.

Gerber ne saisissait pas. La phrase était incompréhensible, et surtout le ton autoritaire du garçon lui sembla étonnamment hors de propos. Plus précisément, il détonnait dans la bouche d'un enfant, même si le psychologue n'aurait pas su dire pourquoi. Il changea de sujet :

— Tu te souviens de l'accident, quand tu étais avec ta mère et qu'un pneu de la voiture a crevé ?

Nico acquiesça.

— Que te rappelles-tu de ce moment ?

— C'était moi.

— Comment ça, c'était toi ? Tu veux dire que c'est toi qui as crevé le pneu ?

— Oui, confirma l'autre d'un ton sec.

Il n'avait pas hésité. Cela lui sembla également étrange.

— Pourquoi ?

— Arnau avait compris avant les autres comment ça allait se terminer, mais il ne pouvait plus rien y faire…, dit-il d'une traite.

— Qui est Arnau ?

Nikolin se tut.

L'hypnotiseur supposa que ces paroles venaient d'une sorte d'interférence : comme si un souvenir ancien s'était arbitrairement inséré dans la reconstruction des faits.

— Tu veux bien me parler de ta mère ?

— Arnau avait compris avant les autres comment ça allait se terminer, mais il ne pouvait plus rien y faire, répéta l'enfant comme une rengaine.

Essayait-il de changer de sujet ? Il n'y avait qu'un moyen pour le découvrir : insister.

— Nico, qu'est-il arrivé à ta mère ?

Silence.

— Il lui est arrivé quelque chose ?

— Oui.

— C'est la faute de cet Arnau ?

— Non.

— De qui, alors ?

— C'était moi.

La même phrase, la même netteté. Pietro Gerber se sentit mal à l'aise. Soudain, il regretta de ne pas être resté chez lui, ce soir.

— Que veux-tu dire ? Tu pourrais être plus clair, s'il te plaît ?

Cette fois, l'enfant tourna lentement la tête vers lui. Il le fixa, puis répéta d'un ton glacial :

— C'était moi.

9

Première séance : 24 février 2021
Patient : Nikolin (12 ans)

Notes

Je l'ai fait revenir en détachant de nouveau le petit bouton du poignet de sa chemise. Le compte à rebours n'a pas été nécessaire. Ce geste l'a en quelque sorte « déconnecté ». Ensuite, le garçon s'est renfermé dans son silence imperturbable.

À la fin de la séance, Nikolin n'avait plus une perception claire de ce qu'il m'avait révélé, ni des conséquences potentielles pour lui. Au réveil, il m'a simplement observé de ses yeux innocents, qui semblaient explorer le monde pour la première fois.

Gerber se souvint de l'immense compassion qu'il avait ressentie pour l'enfant-monstre. Il leva les yeux de son carnet noir et regarda autour de lui, dans le couloir à moitié vide du tribunal, où il était assis sur un banc en Formica : il se rendit compte qu'il était très impliqué. Cela ne lui était jamais arrivé et ce n'était pas acceptable. À la fin de la séance avec Nikolin, ses états d'âme avaient sérieusement mis en danger son impartialité.

Pour la juge Baldi, la dernière phrase de Nico était clairement un aveu. Les carabiniers partageaient son avis. Le parquet avait été prévenu de la progression dramatique de l'affaire. Même si la déclaration sous hypnose n'avait pas la valeur légale d'une confession, ils allaient chercher des éléments pour la corroborer.

À l'aube, le bois où l'enfant avait été retrouvé serait fouillé par les chiens détecteurs de cadavre.

Gerber ne pouvait s'empêcher de penser que les mêmes moyens n'avaient pas été déployés au moment de la disparition, pour rechercher la mère et l'enfant encore vivants. Sans doute parce qu'ils étaient pauvres et, surtout, parce qu'ils n'étaient pas italiens. Même l'opinion publique s'en était moquée. Mais peut-être qu'aujourd'hui, avec ce rebondissement inattendu, il y aurait suffisamment d'éléments juteux pour susciter l'intérêt des réseaux sociaux.

« La vérité pourrait se révéler à la fois plus simple et plus terrifiante qu'on l'imagine », avait dit Anita Baldi quand elle avait exposé à Gerber les raisons pour lesquelles il devait intervenir. À la lumière de ce qui s'était passé ensuite dans la salle de jeux, le pressentiment de la juge semblait fondé.

Cet enfant cachait un secret plus grand que lui.

Mille séances d'hypnose ne suffiraient pas à le faire parler. Le psychologue pour enfants n'était donc plus d'aucune utilité pour aider à comprendre ce qui s'était réellement passé. Après avoir signé la déclaration sous serment, Gerber pouvait rentrer chez lui. Il ne s'occuperait plus de cette histoire, il ne reverrait pas Nico. À la suite des événements de la nuit, cette idée le soulageait.

Pourtant, il ne put s'empêcher de noter ses impressions dans le carnet qu'il avait dédié à l'affaire.

Tandis qu'il attendait que les formalités soient achevées, il avait entendu par hasard les enquêteurs formuler une hypothèse : après avoir trouvé un prétexte pour emmener sa mère dans un coin perdu, Nikolin avait intentionnellement provoqué l'accident en crevant le pneu. Puis, profitant de la situation, il l'avait tuée, s'était débarrassé du corps et s'était aventuré dans les bois, avec l'intention qu'on perde sa trace.

Même si un enfant de 12 ans pouvait fomenter un tel plan, il aurait vécu pendant des mois seul dans les bois. Les enquêteurs ne semblaient pas s'en étonner. Il y avait plusieurs ruines abandonnées où il aurait pu trouver refuge. Quant à la nourriture, il aurait pu s'aventurer hors de la forêt et en voler dans les fermes ou les villages limitrophes, voire fouiller les poubelles.

Toutefois, Gerber n'était pas convaincu par cette version des faits.

Anita Baldi lui avait expliqué que l'enfant était bien nourri et que ses vêtements et son hygiène n'étaient pas négligés. Il y avait sans doute une explication, mais le psychologue n'approuvait pas que les enquêteurs déforment parfois la réalité pour la faire correspondre à la version qui les arrangeait.

Une seule personne refusait encore d'accorder du

crédit à cette vérité : c'était la vieille éleveuse de chevaux qui avait trouvé Nico dans les bois. Après avoir appris que l'enfant serait conduit dans un établissement pénitentiaire pour mineurs, elle avait tout compris, sans que personne lui spécifie que Nico avait en quelque sorte fait des aveux. La femme s'était rendue sur place afin de contester la décision et de parler au juge. On lui avait demandé de partir, sans donner suite à sa demande.

En s'éloignant, la tête basse, elle était passée devant Gerber, qui avait ressenti de la peine pour elle, à cause de la façon dont on l'avait traitée.

Pendant ce temps, l'hypnotiseur repensait à la salle de jeux. Il analysa de nouveau la séance et les paroles du jeune garçon, et se rendit compte qu'il y avait des incohérences, que quelque chose perturbait la logique de l'ensemble.

Des inepties. Mais plus il y pensait, plus il s'entêtait à leur chercher un sens. Il décida de les noter.

Quand je lui ai demandé s'il se souvenait de son prénom, Nikolin s'est agité.

Par la suite, il a nommé un certain « Arnau ».

Et puis, il y a le fait qu'il parle sans accent étranger : est-il possible que l'enfant ait aussi bien appris l'italien en quatre ans ?

Enfin, la phrase qui détonnait :

« D'abord les trois conditions, ensuite les questions. »

Gerber avait conscience que ces spéculations étaient inutiles, étant donné que lui non plus, dans le fond, ne voyait aucun autre scénario possible : malgré son jeune âge, Nikolin était responsable de quelque chose d'atroce. Le psychologue devait cesser de chercher des échappatoires à cette réalité, parce que ces petits expédients visaient seulement à nier qu'une force insensible gouverne l'univers et que, pour cette raison, les enfants aussi peuvent commettre des crimes innommables. En tout cas, il n'allait pas changer le cours des événements avec des détails hors de propos qui déclenchaient une avalanche de questions.

Pourtant, il restait un grain de sable dans les rouages de la logique.

Avec le recul, le fait que j'aie sur moi une aiguille et du fil du même bleu que son bouton décousu me semble un hasard trop... hasardeux.

Mais cette phrase allait au-delà de l'évaluation de l'enfant. En tant que consultant du tribunal, il aurait dû se dispenser de telles considérations, même si elles l'impliquaient directement. Cette fois encore, c'était comme s'il cherchait une vérité alternative à la vérité officielle. C'était le travail des enquêteurs, pas le sien.

Vers 3 heures du matin, un carabinier le convoqua enfin pour qu'il signe la déclaration qui résumait son expertise. Au moment de confirmer l'avis de culpabilité, Pietro Gerber hésita. Vu son âge, Nikolin ne pouvait être ni accusé ni jugé. Mais l'opinion du psychologue pèserait sur l'avenir du garçon. Ce n'était pas la première fois qu'il se trouvait dans cette situation : c'était une énorme responsabilité. Toutefois, il n'avait jamais eu autant de mal à apposer son nom au bas de la feuille.

Quand il eut terminé, il n'eut pas envie de s'attarder, ni de recroiser la juge Baldi. Il l'imagina en train d'envisager les nouvelles implications pour l'affaire. Une conférence de presse devait se tenir quelques heures plus tard et Gerber savait déjà ce qui allait arriver.

Le monde aurait un nouveau Monstre de Florence, cette fois avec des traits d'enfant.

L'indignation et l'étonnement céderaient bientôt la place à un sentiment moins noble : la curiosité. Une chasse aux détails macabres serait lancée et l'horreur disparaîtrait en même temps que la pitié. On assisterait à une liturgie plus prosaïque, faite de discussions de comptoir et de potins. Après tout, la première réaction des gens face à un crime est de chercher le bourreau sur les réseaux sociaux. Et des victimes, mais dans un deuxième temps. Comme si, dans la normalité que le futur monstre affichait sur son profil Facebook ou Instagram, pouvaient se cacher des traces de méchanceté ou de folie.

Mais le mal ne pouvait pas toujours être expliqué.

Gerber aurait voulu que ces personnes expérimentent ce qu'il avait ressenti dans la salle de jeux, cette sensation de terreur et de consternation avant que Nikolin redevienne simplement un enfant. Parce que c'était comme si deux entités cohabitaient en lui.

Le garçon innocent de 12 ans et l'assassin froid.

En redescendant l'escalier en marbre du tribunal, le psychologue dans sa poche serrait le calepin noir rangé, dont il n'avait rempli que les deux premières pages. Les autres resteraient vierges et ce carnet finirait dans ses archives, protégé pour toujours par le secret professionnel qui l'empêchait à la fois d'en diffuser le contenu et de le détruire.

L'endormeur d'enfants aurait voulu le jeter dans la première poubelle venue. Mais il ne pouvait pas.

Dans la rue, il fut accueilli par des rafales. Il se blottit dans son imperméable pour affronter la tempête. Le centre historique était plongé dans une atmosphère irréelle, l'air était lourd d'humidité.

C'était comme s'il pleuvait, mais sans pluie.

Les rues étaient encore désertes. On n'entendait que la cloche du Lion, reliée à l'horloge de la tour d'Arnolfo qui pointait au-dessus du Palazzo Vecchio. Gerber considéra qu'il était l'heure d'aller se coucher : son premier rendez-vous était à 9 heures et il avait besoin de se reposer avant d'affronter une autre séance. Surtout après la nuit qu'il venait de passer.

Il avançait vers chez lui, quand il entendit clairement des pas dans son dos. Mal à l'aise, il accéléra. Mais l'inconnu l'imita.

Cette concomitance le mit sur le qui-vive.

En un autre moment, il y aurait accordé peu d'importance. Mais il avait encore en tête l'épisode de la porte de son cabinet qui s'ouvrait et se refermait toute seule, et de l'ampoule rouge qui s'allumait alors qu'il n'y avait personne dans l'entrée, juste avant qu'il retrouve l'aiguille dans la pomme.

Pietro Gerber connaissait le pouvoir de la suggestion et il savait qu'en laissant libre cours à son imagination, on pouvait perdre le contrôle de ses actes. Alors il se retourna soudainement, et attendit.

L'ombre qui le suivait parut déboussolée par son mouvement brusque et ralentit, ce qui surprit Gerber.

Quelques secondes passèrent dans le silence le plus absolu. Puis l'ombre vint vers lui.

10

— Je ne voulais pas vous faire peur, s'excusa l'éleveuse de chevaux qui avait trouvé Nico dans le bois, en enlevant son chapeau pour se présenter.

— Je suis désolé, mais je ne peux rien vous dire : je suis tenu au secret professionnel.

— Cet enfant ne bat pas des paupières.

Il n'avait pas oublié cette anomalie, toutefois la femme lui avait rafraîchi la mémoire. Il se tourna vers elle.

— Je ne veux pas vous poser de questions, poursuivit-elle. C'est juste que je ne peux pas garder ce truc pour moi, j'ai besoin de le raconter à quelqu'un.

De quel « truc » parlait-elle ?

— Je ne comprends pas : n'avez-vous pas tout dit aux carabiniers ?

— J'ai répondu à leurs questions, se défendit l'éleveuse de chevaux.

De toute évidence, il y avait autre chose.

— Si vous avez omis un élément important, vous devez tout de suite aller rectifier votre déposition.

— J'ai demandé à parler à la juge, mais elle n'a pas voulu me recevoir…

Gerber soupira.

— Vous risquez d'être accusée d'entrave à la justice, vous savez ?

— Je ne crois pas que ce que j'ai à dire changera beaucoup les choses, ou peut-être que si… Je ne sais pas…

À quoi faisait-elle référence ?

— C'est quelque chose qui s'est passé, mais je ne sais pas si ça s'est vraiment passé. Il y a eu d'étranges… coïncidences, affirma-t-elle. Voilà pourquoi je n'en ai pas parlé avant. Mais quand j'ai compris que l'enfant était accusé d'avoir fait du mal à sa mère, j'ai pensé que c'était probablement important.

Elle tergiversait et semblait confuse. Pourtant, Gerber décida de lui accorder quelques minutes.

— Je connais un bar ouvert toute la nuit : venez, vous allez tout m'expliquer.

Peu après, ils étaient assis à la seule table du minuscule établissement, une brûlerie à deux pas de la basilique de Santa Croce, qui servait depuis cinquante ans le meilleur expresso de Florence.

Avec pour toile de fond les soupirs de vapeur d'une machine à café en cuivre et l'odeur des croissants chauds qui venaient d'être livrés par le commis d'un boulanger, Gerber essaya de comprendre ce qu'avait voulu dire l'éleveuse de chevaux.

— Racontez-moi tout depuis le début, et n'ayez pas peur…, l'encouragea-t-il.

— Le fait est que, depuis quelques semaines, je me réveille toujours à la même heure : 3 h 47, expliqua la femme en approchant une tasse fumante de ses lèvres. Je ne sais pas pourquoi, mais je regarde le réveil et il est toujours la même heure.

Le psychologue connaissait le phénomène.

— Vous souffrez d'insomnie ?

— Oui.

— Alors c'est normal : il s'agit d'une illusion créée par votre cerveau, une séquelle de la phase de sommeil paradoxal. Vous avez l'impression de vous réveiller toujours à la même heure mais, en réalité, quand vous regardez votre réveil, vous êtes encore en train de dormir.

L'éleveuse ne semblait pas convaincue.

— Il y a autre chose, ajouta-t-elle. Vu que je me lève très tôt tous les jours, j'en profite pour emmener mes chiens dans les bois où j'allais autrefois chasser avec mon mari, avant que nos petits-enfants commencent à me regarder comme une criminelle. Je vais toujours au même endroit : ça s'appelle la vallée de l'Enfer.

— Pourquoi toujours le même endroit ?

— Je ne sais pas : chaque fois que je monte dans la voiture, je me dis que je vais aller ailleurs, mais je finis toujours là-bas.

Le psychologue ne savait que répondre. Cela lui semblait absurde, mais il ne voulait pas que la femme se sente blessée par son commentaire, aussi la laissa-t-il simplement parler.

— Mes deux setters courent comme des fous pendant une demi-heure, ensuite je les ramène à la ferme.

Gerber savait que c'était dans ces circonstances qu'elle avait rencontré Nikolin, la veille au matin.

— Vos chiens ont trouvé l'enfant.

— Oui, mais ce n'est pas tout…

Elle avait posé sa tasse et frottait ses mains calleuses à cause du cuir des rênes, en proie à une étrange inquiétude.

— Je gare toujours ma Lada dans la clairière d'où part le sentier. Et hier matin j'étais là-bas avant le lever du soleil, donc on ne voyait presque rien, mais…

— Mais ?

La curiosité de Gerber était piquée.

— J'ai eu l'impression de ne pas être seule.

— Comment ça ?

— C'était comme si je savais que l'enfant était dans le bois… juste avant que mes chiens se mettent à aboyer.

— Avez-vous entendu un bruit ou remarqué quelque chose ?

La femme secoua la tête, en se mordant la lèvre. Elle était gênée et elle avait peur.

Gerber ne voulait pas l'humilier en lui disant qu'il s'agissait peut-être uniquement de suggestion : il était d'avis que l'imagination de cette personne âgée, encore secouée par les événements, lui jouait des tours. Pourtant, il se rappela qu'il avait lui aussi eu une sensation étrange en essayant de faire parler Nikolin.

Une présence.

Oui, c'était comme s'il y avait quelqu'un d'autre avec eux, dans la salle de jeux. Toutefois, l'hypnotiseur ne trouvait pas d'explication à cette sensation. Et puis, il y avait l'histoire de l'intrus qui s'était introduit dans son cabinet pour planter l'aiguille dans la pomme.

Gerber n'était plus aussi certain que cette personne ait été malintentionnée.

L'intrus voulait simplement que je m'en aperçoive et que j'emporte l'aiguille, se dit-il soudain.

C'était quand il avait recousu le bouton du poignet de la chemise de Nico que celui-ci s'était mis à parler. Peut-être que le blocage du jeune garçon ne provenait pas d'un TOC. Et maintenant, en écoutant le récit incohérent de l'éleveuse de chevaux, l'hypnotiseur comprit que ce geste l'avait en quelque sorte… activé.

— Quand il était avec vous, Nico a-t-il fait quelque chose ? lui demanda-t-il.

— Non, à part me suivre sans un mot jusque chez moi, puis manger du pain et boire du lait à côté du poêle… Mais, en vérité, il avait l'air égaré.

Gerber réfléchit : en effet, « égaré » était le mot le plus adapté pour décrire son état.

— Est-ce que « d'abord les trois conditions, ensuite les questions », cela vous évoque quelque chose ?

Il venait d'enfreindre son devoir de réserve. Mais, à ce moment-là, le plus important était de comprendre pourquoi ces mots avaient sonné faux dans la bouche de l'enfant.

La femme haussa les épaules, puis demanda :

— C'est Nico qui vous a dit ça ?

Il ne confirma pas, mais ne démentit pas non plus. Il ne comptait pas lui révéler que l'enfant s'était accusé de ce qui était arrivé à sa mère, mais il décida tout de même de poursuivre. Il repensa à la phrase sortie de son contexte et privée de sens que Nikolin avait débitée.

— « Arnau avait compris avant les autres comment

ça allait se terminer, mais il ne pouvait plus rien y faire », répéta-t-il.

Abasourdie, la vieille se raidit. De toute évidence, elle savait quelque chose que Gerber ignorait.

— Vous avez déjà entendu ce nom ? Vous savez qui est Arnau ?

L'éleveuse essayait de mettre de l'ordre dans ses pensées, comme si elle ne savait pas par où commencer. Enfin, elle dit :

— À Florence, tout le monde sait qui est Arnau.

11

La plupart des gens n'imaginent pas qu'ils passent au moins dix pour cent de leur existence éveillés dans le noir. En effet, en additionnant toutes les fois où un être humain bat des paupières, on arrive à ce chiffre.

Nous sommes plongés dans l'obscurité pendant au moins quatre secondes par minute, se rappela Pietro Gerber. Et cela se produit sans qu'on en ait conscience, même quand on est très concentré sur une tâche délicate, comme manipuler une lame tranchante ou conduire.

Cet automatisme sert à hydrater l'œil et à le nettoyer d'éventuelles impuretés, surtout des poussières qui flottent dans l'air. Mais peu de gens savent que cela sert aussi à « reposer » le cerveau. En effet, pendant cette fraction de seconde où les paupières se baissent, le cerveau prend une pause sans que cela ait aucun effet sur ce qu'il est en train de faire : concrètement, on ne se coupe pas, on n'a pas d'accident de voiture parce que, d'une certaine façon, notre esprit « continue de voir ». Toutefois, une interruption ou un retard dans ce processus élémentaire altère gravement notre perception du temps et de l'espace. Au Moyen Âge, l'une des tortures préférées des inquisiteurs florentins, l'« aveuglement », consistait à couper les paupières des hérétiques pour obtenir des aveux. En effet, au bout d'un moment, ceux-ci voyaient des démons et des esprits malins, mais leur hérésie était d'avoir perdu la notion du monde qui les entourait.

« Il avait l'air égaré. »

Les mots de l'éleveuse de chevaux décrivaient bien l'état de Nikolin. Les paupières ralenties de l'enfant auraient dû alerter Gerber. Maintenant, l'hypnotiseur doutait sérieusement que l'anomalie dépende de Nico : elle était sans doute déterminée par autre chose. Et il devait tout faire pour comprendre quoi.

Ainsi, il avait filé à son cabinet et s'était assis devant son ordinateur. Il venait de taper le nom « Arnau » dans le moteur de recherche de YouTube.

La vieille femme avait sans doute exagéré, en disant que tout le monde le connaissait à Florence. Par exemple, ni Gerber ni Anita Baldi n'en avaient jamais entendu parler. Pourtant, étant donné la quantité de vidéos et de commentaires qui apparurent sur l'écran, visiblement, Arnau avait défrayé la chronique.

Cela remontait à plus de vingt ans.

Le 2 novembre 1999, le match de la Ligue des Champions qui se jouait au stade Franchi opposait l'équipe locale, la Fiorentina, au FC Barcelone. Parmi les champions, il y avait un milieu de terrain qui, jusque-là, avait fait une modeste carrière d'ailier droit. Il s'appelait Mauro Bressan et, pendant les treize premières minutes du match, personne n'imaginait qu'il puisse entrer dans l'histoire de la ville de Florence.

En regardant le film qui immortalisait son action, et en lisant la légende, Gerber ne put s'empêcher de s'émerveiller.

Bressan était loin du camp adverse quand il vit arriver une balle haute. Il tournait le dos au but et son instinct aurait donc dû lui suggérer de la passer à un joueur plus talentueux que lui.

Pourtant, il eut un coup de folie, ou de génie.

Bressan se leva et frappa le ballon à l'envers. Celui-ci parcourut une trajectoire impossible et alla se nicher derrière le gardien *blaugrana*, Francesc Arnau : comme l'avait dit Nikolin, Arnau avait compris avant les autres comment ça allait se terminer. Avant ses coéquipiers, avant le public et sans doute même avant Mauro Bressan. Pourtant, il fut contraint d'assister au chef-d'œuvre balistique qui se déroulait devant ses yeux. Gerber repassa plusieurs fois la vidéo, pour essayer de comprendre le rapport entre cet événement sportif et l'histoire de Nico et de sa mère. La seule chose à laquelle il pensa, c'était qu'en 1999 l'enfant n'était pas né.

Alors, d'où lui venait ce souvenir ?

Connaissait-il cet épisode parce qu'il était supporter de la Fiorentina ? Cela lui sembla anachronique. Un enfant albanais arrivé en Toscane quatre ans plus tôt ne connaît pas ce genre de choses.

Gerber était certain que l'information était entrée autrement dans la tête de Nico.

Soudain, un soupçon terrible se forma en lui, en même temps qu'il était envahi par une peur incontrôlable. *Ne t'en mêle pas*, lui dit une petite voix dans sa tête. *Ta mission est terminée.* Mais il savait parfaitement qu'il ne l'écouterait pas : il devait d'abord s'assurer qu'il s'était trompé.

Il ne bat pas des paupières.

Il ajouta ces mots dans son carnet, parce qu'il était convaincu qu'il y avait un lien entre cette anomalie physique de l'enfant et le match de foot qui s'était joué vingt ans plus tôt. La présence qu'il avait sentie en parlant avec Nikolin n'était pas uniquement le fruit de son imagination. Il n'aurait pas su la définir et, avant cela, il n'aurait pas cru à certaines choses. Pourtant, après cette nuit, il n'était plus certain de ce en quoi il croyait vraiment.

C'était comme si cet enfant était possédé.

12

— Pourquoi ? demanda sèchement Anita Baldi au téléphone.

Gerber venait d'attendre vingt minutes qu'on la lui passe et il craignait qu'elle refuse de lui parler parce qu'il l'avait dérangée au mauvais moment : son bureau s'apprêtait à diffuser la nouvelle de l'existence d'un matricide mineur.

— Pour avoir tout essayé.

Sa réponse n'était que partiellement vraie, mais son but était d'amadouer la juge pour revoir Nikolin. Il était déjà en chemin vers l'institut où l'enfant était détenu.

— Et si cela rend les choses encore plus confuses pour lui ?

Le psychologue comprit que la juge avait envie de lui faire confiance. Il avait insinué dans son esprit l'idée que l'accusation n'était peut-être plus aussi solide. Quoi qu'il en soit, pour le moment, il ne souhaitait pas expliciter ses soupçons. De toute façon, la magistrate ne croirait pas à la possession.

Il y avait autre chose, dans l'esprit de Nico, que Gerber n'avait pas réussi à faire émerger pendant la séance d'hypnose. Ou alors qu'il n'avait pas su interpréter.

Il lui expliqua l'histoire des paupières et ajouta :

— Je veux juste effectuer un test sur son état de conscience : quels dommages puis-je causer, juste en bavardant avec lui ?

Dans le fond, ils avaient des aveux, qui seraient sans doute bientôt confirmés par la découverte du cadavre : la juge n'avait donc rien à craindre.

— Je n'ai pas l'intention de l'hypnotiser, poursuivit-il.

— Pas d'hypnose ?

— Pas d'hypnose, promit-il, convaincu que de toute façon il n'en aurait pas besoin.

— D'accord, accepta Anita Baldi. Je les préviens que tu arrives, mais je veux un compte rendu le plus vite possible.

Ils raccrochèrent. Gerber était presque arrivé. Il était à peine 7 heures du matin et il calcula que, dans le cas où il aurait suivi une fausse piste, il aurait le temps de revenir à son cabinet pour son premier rendez-vous de la journée.

Il espérait sincèrement se tromper.

Nico se trouvait dans un bâtiment près de la basilique Santa Maria Novella et de la gare du même nom. L'institut était la dernière destination pour les mineurs qui, à cause de leur jeune âge, ne pouvaient être ni jugés ni condamnés. Ils y restaient pour une durée indéterminée, jusqu'à ce qu'un juge décide qu'ils étaient prêts à reprendre une vie normale. Il n'y avait pas de barreaux aux fenêtres, car le bâtiment était soumis à des normes strictes pour respecter le patrimoine architectural. Monsieur B. disait toujours qu'à Florence chaque chose est enrichie par l'histoire. Même une prison pour enfants ne déroge pas à la règle. Et, de toute façon, ce lieu ne devait pas ressembler à une prison, pour deux raisons : protéger les enfants qui y séjournaient et protéger le monde extérieur de l'idée qu'il y avait des enfants capables de tuer. D'ailleurs, quand on demandait à Gerber s'il existait de pareils endroits, il répondait toujours par la négative.

Le psychologue y était déjà allé, dans le cadre d'une mission pour le tribunal. Il savait donc que les jeunes hôtes avaient souvent commis des crimes terribles, aussi terribles que ceux des adultes, à l'instar de leur cruauté. Mais ils avaient un avantage : l'âge était un masque trompeur, qui permettait de berner les victimes. Les enfants inspiraient confiance et pouvaient donc surprendre et frapper avec férocité.

Gerber fut accueilli à la porte par une femme d'une quarantaine d'années portant des lunettes, les cheveux bruns noués en queue-de-cheval. La juge Baldi l'avait prévenue.

— C'est moi qui m'occupe de Nikolin, précisa-t-elle.

Un mineur, un agent : c'était la règle. Les agents avaient pour tâche principale de surveiller les comportements, en prêtant une attention particulière à l'agressivité et aux changements soudains d'humeur. Certes, leur évaluation pesait sur le curriculum carcéral, mais leur intention était surtout de déterminer les probabilités que l'enfant récidive à l'âge adulte.

En le guidant dans les couloirs, la femme l'informa

que les jeunes détenus étaient déjà réveillés et qu'ils prenaient leur petit déjeuner : les activités scolaires commençaient à 8 heures précises. Nikolin en était dispensé pour son premier jour.

— Il a été amené il y a deux heures, donc il n'a pas beaucoup dormi, expliqua la femme en franchissant plusieurs passages sécurisés, surveillés par des gardiens. C'est le plus jeune, alors on lui a donné une chambre individuelle, on décidera plus tard si on l'installe avec les autres.

De fait, ce n'était pas une chambre mais une cellule. Gerber aperçut Nikolin par le judas. Il était assis au bord du lit, le dos voûté et les mains entre les jambes. Il s'était changé : comme ses camarades, il portait une combinaison blanche. Il regardait vers le haut, en direction de l'unique fenêtre, d'où filtrait la première lueur du matin.

— Comment ça va ? le salua le psychologue, conscient qu'il n'obtiendrait pas de réponse. Tu te souviens de moi ?

— Ça fait un moment qu'il est comme ça, dit la femme. Il ne parle pas, il ne fait rien, mais il est tranquille.

Gerber s'assit à côté de lui, passa la main dans les cheveux blonds du garçon, lui caressa doucement la tête.

— Tu es content que je sois venu te voir ?

En état de catatonie, Nikolin ne détourna pas le regard.

— Un peu, qu'il est content ! répondit l'agente à sa place, avec le ton condescendant qu'on réserve aux enfants.

Mais Gerber n'était pas certain que Nico était heureux de sa visite. Lui, il ne l'était pas. Il ne savait pas encore à quel étrange phénomène il avait affaire, ni si Nikolin était aussi innocent qu'il voulait le laisser croire. Ses questions d'usage et son attitude amicale étaient une mise en scène destinée à l'agente qui, en effet, prit immédiatement congé.

— Je reviens dans une demi-heure, prévint-elle. Je vous apporterai le petit déjeuner.

— Formidable, commenta Gerber.

Dès qu'elle se fut éloignée, son sourire s'éteignit.

Il avait promis à la juge Baldi de ne pas hypnotiser Nico, mais uniquement parce qu'il était convaincu que le rituel habituel, avec le métronome et le compte à rebours, n'était pas nécessaire. Sans attendre, il sortit son Smartphone de sa poche. À cause des contrôles, il n'aurait pas pu introduire d'aiguille dans la prison, néanmoins il était sûr que quelqu'un d'autre s'en était occupé, et lui offrirait ainsi la solution.

Si ses hypothèses étaient fondées, il savait comment activer l'enfant une deuxième fois.

Il chercha dans son téléphone la vidéo du but de Bressan pendant le match Fiorentina-FC Barcelone et plaça l'écran devant Nikolin. Il appuya sur lecture.

En attendant que son stratagème fasse effet, il se sentit très inquiet. Il repensa à Lavinia, qui n'arrivait pas à ouvrir une porte fermée en elle. Comment son thérapeute pouvait-il prétendre l'aider, s'il échouait avec Nikolin ? Simplement, le seuil que Pietro Gerber s'apprêtait à franchir ouvrait sur un gouffre. Et il ignorait s'il valait mieux faire appel à Dieu ou à sa propre science.

La vidéo touchait à sa fin, mais déjà Nico laissait aller ses bras et ses épaules. C'était le signal. La porte de son esprit s'était ouverte pour laisser entrer l'hypnotiseur.

Il rangea son téléphone.

— Tu vois, j'ai découvert qui est Arnau. Et j'ai peut-être compris pourquoi tu avais eu le besoin de me fournir cette information... Je pense que c'était une sorte de test. Tu voulais me mettre à l'épreuve. Je me trompe ?

— Tu ne te trompes pas, répondit le garçon avec aplomb.

— Et tu t'es servi d'un épisode du passé pour me faire comprendre que je ne suis pas en train de parler à un enfant de 12 ans, mais à un adulte... Parce que, là, tu n'es pas Nikolin, pas vrai ?

L'enfant se tut. Gerber frissonna.

Puis, comme lors de leur premier entretien, il répéta sur un ton monocorde :

— D'abord les trois conditions, ensuite les questions.

Bien qu'il se sentît perturbé, le psychologue essayait de garder son calme.

— D'accord. Alors je t'écoute, quelles sont ces conditions ?

— Primo : tu ne parleras de moi à personne. Secundo : tu écouteras ce que j'ai à dire... *jusqu'au bout*, débita l'enfant mécaniquement, en insistant sur les derniers mots.

Gerber réfléchit aux implications de ces conditions.

Il lui était impossible de rencontrer Nico où et quand il le souhaitait, et de rester discret sur leurs entrevues. Il n'était pas certain de pouvoir signer un tel pacte, pourtant il demanda tout de même :

— Et la troisième condition ?

— Tu ne me chercheras pas dehors.

Cette phrase confirma la théorie du psychologue, c'est-à-dire que la personne qui parlait à travers le garçon était celle qui l'avait enlevé et gardé prisonnier pendant huit longs mois. Quand, dans la salle de jeux, Nico avait dit « C'était moi », en fait c'était cette autre personne qui avouait.

— Qu'est devenue la mère de Nikolin ? tenta-t-il.

Mais Nikolin n'eut aucune réaction : comme s'il n'était pas programmé pour donner certaines réponses.

Gerber était de plus en plus inquiet.

— Si j'accepte tes conditions, qu'est-ce que j'obtiendrai en échange ?

Silence.

— Tu es venu à mon cabinet hier après-midi, c'est toi qui as laissé l'aiguille dans la pomme…

Gerber en était certain. Cette visite avait un double but : lui fournir un instrument pour activer le récit de l'enfant et lui faire comprendre qu'il était proche, bien plus que Gerber ne pouvait l'imaginer.

— Si tu t'approches encore de mes patients, tu auras affaire à moi, menaça-t-il, conscient que c'était totalement inutile parce que celui à qui il parlait vraiment ne pouvait pas l'entendre.

Nikolin était une sorte d'enregistreur qui reproduisait ce qui avait été gravé dans son esprit, comme sur une bande magnétique. Cela expliquait qu'il n'avait aucun accent quand il parlait.

Toutefois, pour la même raison, à ce moment-là, Gerber aurait pu promettre n'importe quoi : un pacte lui permettrait seulement de gagner du temps pour comprendre ce qu'il se passait, et s'il existait un réel danger.

— D'accord, dit-il alors. Je ferai ce que tu demandes.

Nikolin continua à inspirer et à expirer avec régularité, flottant dans son état de quiétude comme un poisson rouge dans un bocal. Pietro Gerber avait encore une question, mais il craignait la réponse. Toutefois, il n'avait pas le choix, d'autant que ce qui le poussait n'était pas tant la curiosité que cette même peur qui le retenait. Il osa :

— Qui es-tu ?

Un petit sourire.

— Tu sais bien qui je suis...

C'était vrai : il le savait.

— Tu es un hypnotiseur.

13

Pietro Gerber n'avait pas imaginé qu'il reviendrait si vite dans le couloir oppressant du tribunal pour enfants, mais il était venu faire à Anita Baldi le compte rendu de sa séance avec Nikolin, comme convenu. Pour le moment, elle était en pleine conférence de presse sur l'affaire, tandis que Pietro patientait.

— Je ne comprends pas ce que tu dis, on peut se rappeler ?

À cause des murs épais du bâtiment ancien, les portables captaient mal. Pietro Gerber faisait nerveusement les cent pas en essayant de trouver le bon endroit pour entendre.

— Non, on doit régler ça maintenant, répondit Silvia avec fermeté.

Son ex-femme n'avait pas choisi le meilleur moment pour l'appeler, mais Gerber décida de la laisser se défouler. Il savait déjà de quoi il s'agissait. Il écouta sa voix hachée en réfléchissant à comment il allait présenter les choses à la juge Baldi. Il ne serait pas simple de résumer ce qu'il avait découvert, et encore moins de le rendre crédible pour une profane. Soudain, il eut une idée. Alors, debout, le portable bloqué entre l'oreille et l'épaule, il sortit son stylo et la nota dans son carnet.

Nikolin a l'air imperturbable parce que sa conscience se trouve à un niveau suspensif, une sorte de « transe » constante. Comme si l'état d'hypnose dans lequel l'a plongé son ravisseur était permanent.

Gerber était convaincu de pouvoir le libérer, mais celui qui avait fait cela méritait d'être puni. Le psychologue se moquait donc des trois conditions de ce cinglé. Et si l'aiguille plantée dans la pomme visait à l'intimider, ce type se trompait : il ne se laisserait pas influencer.

— Tu n'appelles jamais, lui reprocha Silvia. Si je ne te donnais pas de nouvelles, tu ne saurais même pas comment va ton fils.

Gerber repensa aux tulipes jaunes qu'il avait achetées pour elle la veille au soir et qui pourrissaient maintenant à la poubelle. Il aurait voulu lui dire qu'il n'appelait pas parce que, pour lui, Marco et elle vivaient encore dans leur appartement florentin. Chaque jour, il avait recours à un exercice de distanciation pour se convaincre qu'elle et Marco faisaient encore partie de son quotidien. Il aurait voulu lui crier que tout ce qui lui restait était une maudite cassette vidéo contenant quarante minutes de souvenirs douloureux qu'il utilisait chaque soir comme de la méthadone pour se sevrer de son passé. Mais il se tut, et laissa Silvia dresser la liste de ses manquements en tant que père et ex-mari.

Dans sa tête, les pensées tourbillonnaient.

Il allait devoir expliquer à Anita Baldi que la théorie du bon Samaritain, c'est-à-dire d'une tierce personne intervenue dans la disparition de la mère et du fils, n'était pas tout à fait inexacte. Mais ce n'était pas un automobiliste de passage, encore moins un bienfaiteur. Dans la salle de jeux, le mystérieux hypnotiseur avait pris la voix de Nikolin pour s'accuser d'avoir été à l'origine de la crevaison.

Le « c'était moi », répété à plusieurs reprises, faisait penser à un plan articulé.

L'inconnu avait peut-être attiré la femme et l'enfant sur la route du bois. Ou alors il savait qu'ils avaient l'habitude de s'y rendre et il en avait profité. De fait, l'accident et le lieu désert s'étaient révélés parfaits pour mettre les enquêteurs sur une fausse piste.

Une chose était certaine : il les avait choisis.

Deux marginaux, sans domicile fixe, étrangers. Personne ne s'épuiserait à les chercher. Mais le ravisseur n'avait besoin que de l'enfant, comprit Gerber. Dans un tel dessein, la mère était superflue et pouvait être éliminée. Ce qui faisait de l'inconnu un assassin. Gerber ne devait pas l'oublier.

— Et puis, si tu permets, moi, j'ai refait ma vie, déclara Silvia, regagnant son attention.

Cette précision gratuite l'agaça.

— Je n'ai jamais rien dit sur ton nouveau compagnon, répondit-il.

— Ce n'est pas simplement mon « compagnon ». C'est mon fiancé, annonça-t-elle avec irritation.

Puis sa voix se brouilla de nouveau et Gerber pria pour que la communication soit coupée. Il rêvait d'éteindre son téléphone. Le mot « éteindre » le ramena à Nikolin : c'était exactement ce qui était arrivé à l'enfant. Le ravisseur avait choisi un garçon inadapté pour le manipuler à loisir. Il réfléchit aux méthodes grâce auxquelles il avait pu entrer dans sa tête. Il les connaissait bien : elles faisaient partie d'une pratique d'endoctrinement forcé, communément appelée « lavage de cerveau ».

La première phase est celle de l'isolement.

Pour que quelqu'un croie à quelque chose qui contraste avec sa propre expérience ou, par exemple, avec l'éducation qu'il a reçue, il faut l'arracher à son monde et le garder éloigné de ce qu'il connaît. Cette pratique est typique des sectes millénaristes, qui s'assurent que leurs membres sont totalement immergés dans l'apprentissage des préceptes religieux.

La prison du jeune garçon devait se situer dans un lieu à l'écart. C'était la première suggestion à faire à la juge et aux carabiniers pour rechercher le ravisseur.

La deuxième phase est celle du contrôle, qui consiste à empêcher que le sujet entre en contact avec des idées en conflit avec celles qu'on veut lui inculquer. Donc pas de téléphone, de télévision, ni d'Internet. Mais, surtout, aucun autre contact humain.

Il a agi seul, pensa Gerber. *L'hypnotiseur de Nico n'a pas de complices.*

La troisième phase est celle de l'incertitude.

Faire croire au sujet que le monde extérieur n'a pas besoin de lui, le rejette ou, carrément, qu'il a été bouleversé par une catastrophe ou un holocauste. De nombreux manipulateurs parviennent à convaincre leurs victimes qu'elles sont les derniers êtres humains sur Terre.

Ensuite, il y a la quatrième phase : la réitération.

Répéter un concept à l'infini, jusqu'à ce qu'il prenne racine, voire qu'il devienne une obsession. Ainsi, le simple fait de discuter, ou simplement modifier, une vérité acquise induit chez la victime une douleur physique et une sensation d'égarement. C'est ce qu'on appelle l'« obéissance sans pensée », dont le résultat est une action banale, épurée de toute possibilité de critique. Par exemple, répéter mécaniquement des mots ou faits appris de quelqu'un d'autre, comme Nikolin.

Enfin, il y a la phase de rééducation émotionnelle, dite « de la nouvelle mère », lors de laquelle le manipulateur rend la victime dépendante de lui, comme dans un rapport filial.

Pour cette raison, le sevrage psychologique de Nico allait être un défi pour Gerber. Encore un point qu'il devait mentionner à la juge, quand elle le recevrait.

Le plus extraordinaire, mais aussi le plus inquiétant, est que, pour obtenir un tel résultat, il n'y a pas besoin de coercition ni de violence. Il suffit de disposer d'un lieu adéquat pour apprivoiser le sujet, et de temps pour agir.

Huit mois, une durée parfaite pour transformer le patient en cobaye.

Naturellement, il fallait que le manipulateur soit compétent. Et Gerber craignait que leur adversaire, en plus de n'avoir aucun scrupule, soit un expert.

Il y avait un nom, pour désigner ceux qui utilisaient des techniques psychologiques invasives sans aucune considération pour la santé ou le bien-être des sujets à hypnotiser.

Des affabulateurs.

— Vraiment, je ne te comprends pas, poursuivit Silvia au téléphone.

Pietro Gerber avait trouvé un endroit, près d'une grande fenêtre, où son téléphone captait correctement, mais il n'était pas certain que ce soit une bonne chose.

— Si on veut maintenir de bonnes relations, on doit apprendre à se respecter. Tu ne peux pas n'en faire qu'à ta tête.

— Je n'en fais pas qu'à ma tête, protesta Pietro.

— Alors pourquoi tu te comportes encore comme ça ?

Que se passait-il ? À quoi faisait-elle allusion ?

À ce moment-là, la porte de la juge Baldi s'ouvrit et une petite foule de journalistes, caméramans et photographes sortit de son bureau. Puis la magistrate apparut sur le seuil.

— Je te prie de m'excuser de t'avoir fait attendre, Pietro. Entre, mais, je te préviens, j'ai très peu de temps.

Gerber lui fit signe qu'il arrivait dans un petit moment.

— Essaie d'être plus claire, s'il te plaît, encouragea-t-il Silvia en essayant de ne pas l'énerver plus.

Il ne comprenait vraiment pas.

— Tu sais bien de quoi je parle… Notre fils est perdu, et mon fiancé trouve que ton comportement est inapproprié.

— Mais je n'ai rien fait ! se défendit-il.

Pourtant, il comprit soudain que, cette fois, il y avait une raison à son appel.

— Je ne vais pas écouter plus longtemps tes insinuations, fit-il semblant de s'indigner pour la pousser à parler, mais sans lui faire peur.

— Les fleurs, dit-elle sèchement.

Gerber se raidit.

— Quelles fleurs ?

— Les tulipes jaunes que tu m'as envoyées ce matin.

14

Une des astuces pour faire durer un mariage est de savoir de l'autre quelque chose que tout le monde ignore. C'était la théorie de Silvia. Pietro connaissait sa passion pour les fleurs. Officiellement, elle aimait les orchidées. Mais il était le seul dépositaire de la vérité.

Les tulipes jaunes.

Ce n'était pas un grand secret, mais une petite chose qu'ils avaient décidée ensemble quand ils étaient fiancés. Ils s'étaient également promis qu'ils ne dévoileraient jamais cette information.

Parce que, de cette façon, seul Pietro pouvait lui offrir ses fleurs préférées.

Ainsi, quand il entra dans le bureau de la juge après avoir parlé à son ex-femme, Gerber avait la bouche sèche. Il était très tendu.

— Alors, comment ça s'est passé ? lui demanda Anita Baldi, impatiente de connaître l'issue du nouvel entretien avec Nikolin.

Gerber n'arrivait pas à parler. Sa langue était pâteuse, comme s'il avait mangé du sable. Toutefois, il savait qu'il n'avait que quelques secondes pour se lancer, sinon la femme en face de lui comprendrait que quelque chose n'allait pas. Or il ne pouvait pas lui dire la vérité.

Primo : tu ne parleras de moi à personne.

— Ce n'est pas facile à expliquer, affirma-t-il pour gagner du temps.

En offrant les tulipes à Silvia, l'affabulateur lui envoyait un avertissement.

Il connaissait le secret des fleurs préférées de sa femme.

Les suppositions se multipliaient dans la tête de Pietro. Il sait beaucoup de choses de moi et de mon passé, constata-t-il avec effroi. Son adversaire possédait des informations à qui personne n'aurait dû avoir accès, tandis que Gerber ne savait rien de lui.

— Alors ? le sollicita Anita Baldi.

À ce moment-là, une rafale entra par la fenêtre ouverte et décolla quelques feuilles derrière le bureau de la juge. Des dessins d'enfants volèrent dans la pièce. La femme se baissa pour les ramasser.

— Quel désastre !

Cette diversion fit gagner du temps à Gerber, qui réfléchit à une stratégie. Cet homme est dangereux, se dit-il. Il a tué la mère de Nikolin. Il n'a aucun scrupule parce qu'il a un plan précis et il fera tout pour le réaliser.

— J'ai décidé de retirer ma signature de l'expertise de cette nuit, affirma-t-il soudain. Je n'avaliserai pas les aveux d'un enfant en état d'hypnose dans la salle de jeux.

Troublée, la juge se releva, les dessins dans les mains, l'air surprise et affectée.

— Pourquoi ferais-tu une chose pareille ? S'il te plaît, explique-moi ce qui t'a fait changer d'avis.

Il regrettait de devoir traiter ainsi sa vieille amie.

— Ce matin, à l'institut, j'ai reconsidéré mon point de vue sur Nikolin, et je pense avoir besoin de plus de temps pour comprendre.

Sa proposition était risquée. Ce que l'enfant avait révélé sous hypnose n'avait aucune valeur légale, donc la juge pouvait tout à fait l'ignorer et se débarrasser du psychologue. Dans le fond, les propos de Nikolin n'avaient servi qu'à commencer les recherches du corps de la mère et à enfermer le fils, pour empêcher qu'il prenne la fuite ou qu'il récidive.

— D'accord : retire ton expertise, dit-elle en effet, sans se décomposer.

Toutefois, son ton trahissait sa déception et sa colère.

— Je ferai une déclaration publique, poursuivit-il. Je déclarerai à la presse que l'enfant doit être réexaminé.

La juge le scruta pour comprendre s'il était sérieux.

— Tu me mettrais en difficulté, mais surtout tu ruinerais ta réputation pour toujours…

C'était vrai. En plus, il s'exposait à une sanction disciplinaire de l'Ordre des psychologues pour violation du code déontologique, qui interdisait de fournir aux médias des détails en rapport avec les patients. Mais le pire, s'il réfutait ce qu'il avait écrit noir sur blanc, était que personne ne lui ferait plus confiance. L'endormeur d'enfants pourrait dire adieu à son travail, qu'il aimait plus que tout. Pourtant, sa famille était potentiellement en danger et il ne voyait aucune autre solution.

— Je sais, affirma-t-il en essayant d'être le plus convaincant possible.

Si la juge Baldi ne se laissait pas intimider, c'était la fin.

— Bon. Je t'écoute, accepta la juge.

Gerber espérait qu'elle ait compris que son comportement avait une explication dont il ne pouvait pas parler.

— Je voudrais pouvoir pratiquer d'autres séances d'hypnose, à partir d'aujourd'hui.

— Pour combien de temps ?

Secundo : tu écouteras ce que j'ai à dire… jusqu'au bout.

— Pendant le temps qui sera nécessaire, répondit-il avec l'espoir que le corps de la mère de Nikolin soit retrouvé le plus tard possible, parce que, dès lors, menacer la juge ne servirait plus à rien.

Anita Baldi se dirigea vers son bureau, posa les dessins qu'elle avait ramassés et décrocha le téléphone.

— Je vais prévenir le directeur de l'institut qu'ils devront t'amener l'enfant ici : nous t'ouvrirons la salle de jeux et nous t'apporterons toute l'aide dont tu auras besoin.

— Non, l'arrêta Gerber. Il faut qu'il vienne à mon cabinet.

La femme le regarda, l'air de dire « là, tu exagères ».

— Les séances devront être filmées et retranscrites, donc pas question.

— J'ai besoin d'un environnement que Nikolin ne connaît pas, je dois établir un nouveau pacte avec son esprit, sinon il ne s'ouvrira pas.

C'était vrai en partie, mais il comptait sur le fait que la juge avait vu de ses yeux à quel point il était difficile de le faire parler, la première fois.

Elle resta un long moment sans rien dire. Gerber pria mentalement pour que sa réponse soit positive.

— J'ignore pourquoi tu te comportes ainsi, Pietro. Mais j'espère de tout mon cœur que tu as vraiment une bonne raison car, à partir de maintenant, tu seras complètement seul.

— Je sais, répondit-il en soutenant son regard.

Tu ne me chercheras pas dehors.

Il allait devoir pourchasser un affabulateur.

Seul.

15

Il y a un endroit en nous, lointain et inconnu, que les hypnotiseurs appellent la « chambre perdue ». Personne ne sait exactement où elle se trouve, comment on y parvient. C'est comme une sorte de débarras où, au fil des ans, nous abandonnons tout ce qui ne nous plaît pas de nous-même, ou les scories de notre inconscient. Généralement, ce sont les choses les plus secrètes que, parfois, nous ignorons nous-même, ou que nous refusons de voir. Les instincts impurs, les pensées secrètes, les peurs inexplorées, les désirs les plus aberrants.

C'est là que se trouve Nikolin. Il a été enfermé dans cette espèce de prison de l'affabulateur. Qui lui a laissé la possibilité d'interagir avec les autres et avec son environnement, de façon très élémentaire.

La chambre perdue est un lieu sans issue. Et il est seul.

Vêtu de la combinaison blanche de l'institut, il était escorté par l'agente que Gerber avait déjà rencontrée et par deux gardiens. Le psychologue, adossé au mur du couloir, observa le jeune garçon à qui on retirait les menottes.

Un enfant menotté est une image surréaliste.

Nikolin, docile, se laissait faire. Il fixait la porte du cabinet de Monsieur B., fermée depuis des années, comme s'il savait que, de l'autre côté, il y avait une jungle en papier mâché. Cela arrivait à tous les enfants qui venaient pour la première fois : de façon inexplicable, ils s'arrêtaient devant cette porte avec la même expression, envoûtés par l'appel de ce petit monde fantastique caché derrière, créé par le Dr Gerber pour eux, de nombreuses années auparavant.

— Vous êtes sûr que vous ne voulez pas que nous restions ? demanda l'un des gardiens, un type baraqué à l'aspect rassurant.

— Merci, mais je préfère que vous attendiez en bas. Je vous appelle dès qu'on a terminé, répondit l'hypnotiseur.

Les deux hommes, qui avaient reçu l'ordre de se mettre à son service, se dirigèrent vers la sortie.

L'agente à lunettes ne bougea pas. Son attitude avait changé, par rapport à la fois précédente. Son expression et ses manières étaient moins cordiales, voire ouvertement hostiles envers Gerber. Toutefois, après un échange de regards durs, elle suivit les geôliers.

L'endormeur d'enfants guida Nikolin jusqu'à son cabinet.

— Tu peux t'asseoir là, dit-il en indiquant le fauteuil à bascule. C'est très confortable.

Le garçon obéit. Le psychologue ne savait pas à quel point il était maître de ses actes. Cela pouvait sembler incroyable, mais, en l'enfermant dans la chambre perdue, quelqu'un l'avait programmé pour qu'il se comporte d'une certaine manière, en laissant à sa volonté un nombre restreint de décisions.

Nico est libre de se nourrir, de dormir, de marcher, de respecter des habitudes déterminées ou d'exécuter une série de petits gestes, par exemple se laver les dents ou se gratter le nez en cas de besoin.

En écrivant ces lignes, Gerber s'était souvenu d'une histoire de secte aux Philippines : dans la forêt, on avait retrouvé trois cents disciples d'un gourou qui, à son commandement, imitaient son comportement à l'unisson, comme dans une chorégraphie absurde. Il avait fallu des mois pour briser cette sorte de mauvais sort, mais beaucoup d'entre eux n'étaient jamais sortis de cet état.

Ils étaient comme perdus dans leur propre esprit. Contraints à y rester et à y errer pour toujours.

L'hypnotiseur s'approcha du jeune garçon et prit délicatement son visage entre ses mains, en cherchant son regard.

— Avant de commencer, je veux te dire une chose, Nico… je sais que tu es quelque part et que tu peux m'entendre.

L'enfant n'eut aucune réaction : les yeux qui fixaient Gerber sans battre des paupières étaient vides.

Égaré.

C'était le mot employé par l'éleveuse de chevaux,

quand elle l'avait décrit en train de manger du pain et de boire du lait à côté du poêle.

— Tu as probablement peur, parce que tu ne sais pas où tu es, poursuivit l'hypnotiseur. Mais tu dois être courageux et me faire confiance. Je te trouverai et nous rentrerons à la maison ensemble, je te le promets.

Il espéra que Nikolin avait entendu ces mots, où qu'il soit.

Gerber était convaincu que, avec le temps, il obtiendrait les réponses qu'il cherchait et que tout s'éclaircirait. Maintenant, il était prêt pour l'étape suivante. Comme dans la salle de jeux, son bureau était truffé de caméras, cachées derrière les tableaux ou dans certains jouets posés sur la bibliothèque. L'hypnotiseur filmait généralement les séances. Toutefois, pour ne pas contrevenir aux conditions de l'affabulateur, il était contraint de faire une exception pour Nico.

Ce qui allait se passer resterait entre lui et le garçon.

Il se contenta donc de fermer les rideaux. La lumière du jour prit une tonalité rougeâtre, semblable à un coucher de soleil permanent. Puis il alla s'asseoir dans son fauteuil, se pencha vers celui, à bascule, où était assis le petit patient, et le poussa légèrement. Tout raide, Nikolin s'accrochait aux accoudoirs comme s'il craignait de tomber. Gerber tendit une main pour attraper quelque chose sur le tapis rouge, à ses pieds.

Une tulipe jaune. Il la déposa sur les genoux du garçon.

Il avait compris que son homologue avait créé plusieurs niveaux dans l'esprit de Nikolin. Pour y accéder, il fallait trouver le déclencheur spécifique à chacun.

Pour le premier, c'était l'aiguille à coudre et le bouton. Pour le deuxième, les images du célèbre but d'un vieux match de foot. Maintenant, il supposait qu'il s'agissait de la fleur préférée de Silvia.

Tu écouteras ce que j'ai à dire… jusqu'au bout.

Gerber était prêt à entendre cette histoire. La tulipe avait une forte odeur et la respiration du jeune garçon accéléra : la stimulation olfactive fonctionnait. Quand l'hypnotiseur vit une lueur noire dans le regard du patient, il comprit qu'il pouvait établir le contact.

— Je suis là, s'annonça-t-il.

— Certains portent en eux des blessures invisibles, qui saignent en permanence. Ou bien des vides impossibles à combler où résonnent des cris désespérés, commença le mystérieux narrateur. Ce que j'ai vécu m'a amené à toi, parce que je dois le montrer à quelqu'un. Maintenant, tu vas venir avec moi.

La dernière phrase était à mi-chemin entre l'invitation et la menace. À ce moment-là, Nikolin était comme un faisceau hertzien qui captait des signaux d'une autre dimension, grave et invisible.

— T'es-tu demandé pourquoi j'ai choisi un enfant et pas un adulte, docteur ?

Parce que leur psyché est plus malléable, pensa Gerber. Mais il ne dit rien.

— J'avais son âge quand c'est arrivé…

La transmission provenait du passé. Apparemment, l'affabulateur voulait lui raconter une histoire personnelle, qui remontait à son enfance.

— Depuis tout petit, le soir, j'ai peur de m'endormir seul. Mais, à 12 ans, je suis trop grand pour aller dans le lit de mes parents, et de toute façon j'ai compris qu'il ne peut pas y avoir de monstre caché dans l'armoire. Mais c'est justement quand j'ai cessé d'y croire que ce monstre apparaît… As-tu déjà rencontré un monstre, docteur ? Ceux dont on pense qu'ils ne vivent que dans les contes ou les films d'horreur ? Un être immonde, une erreur de Dieu ? Pour comprendre que tu en as un devant les yeux, il faut d'abord te convaincre que c'est possible. Et c'est la partie la plus difficile, parce que personne ne t'a jamais appris à les reconnaître. Personne ne t'a jamais expliqué que, quand tu en verras un, il ressemblera aux personnes que tu croises chaque jour. Une tête, deux jambes, deux bras. Des cheveux, des yeux, des ongles, des doigts et des orteils – tout ce qu'il faut.

Gerber était troublé : ce préambule délirant exprimait visiblement une souffrance authentique, qui venait de loin et n'avait jamais été guérie. Le psychologue ne savait pas s'il devait parler, et dans tous les cas il n'aurait pas su quoi dire.

— Es-tu vraiment prêt à écouter tout cela, docteur ?

— Oui, répondit calmement l'hypnotiseur. Je suis prêt…

— Bien, déclara l'affabulateur avec la voix de Nikolin. Cela va te paraître incroyable, mais à 12 ans j'ai rencontré un ogre.

16

C'est le 7 juin. J'ai 12 ans et aujourd'hui c'est le dernier jour d'école.

La matinée est à la fois fraîche et chaude, et il y a une lumière nouvelle, plus dorée. Même l'air est différent. On sent que le printemps est en train de céder la place à l'été. Les cours sont terminés, c'est le début des vacances et moi, je suis heureux.

Il ne peut rien m'arriver, un jour comme celui-ci. À 13 h 20, le bus scolaire me laisse, comme d'habitude, à une centaine de mètres de la ferme, en bas de la colline. Je n'ai qu'à grimper la côte pour rentrer chez moi. Je regarde distraitement le véhicule continuer sa route sur la bande d'asphalte qui se perd dans le paysage ondulé. Par la suite, je penserai souvent à ce moment précis, quand je pouvais encore me sauver. Mais, ce jour-là, je n'imagine pas que je regarde s'éloigner ma dernière chance d'éviter tout le reste. Parce que, si j'avais eu un pressentiment, j'aurais demandé à mes camarades ou au chauffeur de ne pas me laisser seul, de m'emmener le plus loin possible du lieu que j'aime le plus et où j'ai toujours été aimé. Chez moi.

Je crois que les passagers d'un navire en train de couler ou d'un avion en train de tomber vivent la même chose. Je suis convaincu qu'ils pensent tous à la petite voix lâche qui, au moment d'embarquer, leur a suggéré de faire demi-tour. Et qu'ils n'ont pas écoutée.

Mais, berné par l'allégresse qui m'emplit le cœur, je n'ai aucune intuition de ce qui va se passer. Comme toujours, j'emprunte le sentier en montée et, à mi-chemin, je suis déjà en nage. Mon tee-shirt colle à mon dos et de petites gouttes chaudes coulent sur mon front. Quand elles mouillent mes lèvres, je sens leur goût salé. Mon sac de cours est moins lourd aujourd'hui, et j'ai envie d'enlever mes chaussures.

Nous n'habitons pas loin de la route, mais la ferme est cachée par la colline. Arrivé en haut, j'aperçois la vieille bâtisse qui pointe dans la petite vallée entourée de bois, fendue en deux par un torrent, sorte de cicatrice transparente qu'on traverse grâce à un pont en pierre. Autrefois, la ferme appartenait à mes arrière-grands-parents. Ma mère en a hérité il y a huit ans. C'était une ruine, je m'en souviens bien, mais mon père et elle ont tout rénové petit à petit, en dépensant toutes nos économies. Nous habitions encore en ville. Pendant huit ans, nous sommes venus ici chaque week-end, pour vérifier l'avancement des travaux. Au début, nous dormions dans notre camping-car, un Ducato de 1985 que papa avait installé sous le porche. Ce n'était pas la panacée, surtout en hiver. En même temps, c'était amusant d'être serrés les uns contre les autres dans cette boîte en tôle. En fait, j'ai grandi dans cette maison avant d'y habiter. Nous nous y sommes enfin installés l'année dernière, plus ou moins à cette période : nous avons quitté notre appartement pour la campagne.

Comme depuis l'âge de 4 ans j'ai passé tous mes étés à la ferme, après le déménagement, maman a décidé que, cette année, nous partirons en voyage.

Papa a réparé le moteur du camping-car, qui était à l'arrêt depuis huit ans. Nous partons pour l'Europe du Nord. Ces dernières semaines, chaque soir, nous avons marqué sur une carte les endroits à visiter, les étapes et les itinéraires. Hier, nous avons chargé les bagages et la nourriture. Ce matin, papa devait aller faire le plein. Le départ est prévu pour cet après-midi.

Un déjeuner rapide et hop, en route ! Je bous d'impatience.

D'habitude, le Ducato est garé à l'arrière, on ne le voit pas de la colline. En marchant vers la ferme, j'imagine mes parents occupés à régler les derniers détails, là-bas derrière, Papa sifflotant les chansons de sa jeunesse. Je sais déjà qu'il va nous infliger ses CD pendant le trajet. Je ne trouve pas non plus bizarre que Bella, mon golden retriever, ne vienne pas à ma rencontre en aboyant et en agitant la queue, comme toujours. Elle doit être occupée, elle aussi, à quémander de la nourriture pendant que maman prépare des sandwichs au salami sur le plan de travail en marbre.

Il est incroyable que j'imagine tout cela sans m'attendre à rien d'autre. J'entre dans la maison, je sors mon bulletin de mon sac et je jette ce dernier dans un coin. Je le reprendrai dans trois mois. La feuille à la main, je file à la cuisine, parce que je veux participer aux préparatifs et en plus j'ai soif. Je me demande ce que papa dira quand il verra que j'ai un A en mathématiques, alors que l'algèbre est ma bête noire.

Maman et lui vont être fiers de moi. La maison est silencieuse, mes parents sont sans doute à l'extérieur. Pourtant, quand je traverse les autres pièces et le couloir, j'entends des bruits. Je m'attends à voir maman disputer Bella devant le réfrigérateur. Je la laisserai peut-être m'embrasser, vu qu'elle se plaint toujours que, depuis que j'ai grandi, chaque fois qu'elle a un geste tendre, je m'écarte comme si elle voulait me donner un coup de couteau.

Mais, en arrivant dans la cuisine, je m'arrête net. Un homme que je n'ai jamais vu est assis à la table. Je ne saurais pas dire son âge, il n'est pas jeune mais pas vieux non plus. Il a les cheveux très noirs, une ombre de barbe sur le visage, des poils dépassent de son tee-shirt blanc, qu'il porte sous une combinaison bleue de mécanicien ou d'ouvrier, ses pieds sont chaussés de gros godillots de travail. Je remarque ses mains : il a les ongles sales. Il est en train d'éplucher une pomme avec un couteau.

En me voyant, il n'a aucune réaction. J'ai même l'impression qu'il m'attendait.

— Bonjour, dis-je, parce que c'est ce qu'on m'a appris à faire quand je rencontre un adulte.

Pour le moment, aucun signal d'alarme ne retentit dans ma tête. Je suis plutôt tranquille. C'est juste que tout est bizarre.

— Bonjour, répond-il d'un ton cordial, la bouche pleine.

Je regarde autour de moi pour chercher mes parents,

mais nous sommes seuls. Je lorgne par la porte-fenêtre ouverte, je ne vois personne. Il remarque mon regard, mais ne dit rien. Je me demande comment il est arrivé à la ferme, parce qu'il n'y a aucun véhicule garé. J'aperçois un sac de marin, à ses pieds. Ma raison me souffle qu'il vient de débarquer d'un navire porte-conteneurs ou d'un pétrolier. J'ignore quelle différence cela peut faire, à ce moment-là. Mon cerveau est peut-être simplement en train d'essayer d'échapper à quelque chose d'autre, une idée qui fait peur.

— Maman !

Je l'appelle parce que je n'aime pas la façon dont l'homme mâche sa pomme. En fait, sa présence me met mal à l'aise, mais je ne veux pas encore l'admettre.

— Maman ! je répète en me dirigeant vers la porte-fenêtre.

— Ils sont partis.

Les mots de l'inconnu me clouent sur place, avant d'avoir pu mettre un pied dehors.

Je regarde tout de même à l'extérieur.

— Ce n'est pas poss…

En effet, sous le porche, il manque quelque chose. Le camping-car. Il ne reste que la vieille Volvo, et à côté la place vide est aussi visible qu'un trou dans la gencive. Je me retourne vers l'étranger.

— Comment ça, ils sont partis ?

Je m'entends parler d'une voix rauque, et je suis en colère contre eux, comme s'ils étaient vraiment partis sans moi. Je n'arrive pas encore à penser qu'ils n'auraient jamais fait une chose pareille, que même l'imaginer est ridicule. Pourtant, à ce moment-là j'y crois, je veux y croire. Parce que les autres options sont pires.

— Il y a une heure, me confirme l'homme, très calme, toujours en mangeant sa pomme. Ils ont emmené le chien.

C'est alors que je me rends compte que je n'ai pas entendu Bella aboyer. Elle est généralement très méfiante envers les étrangers et, tant qu'elle ne s'est pas habituée aux hôtes, il faut la tenir en laisse.

— Je vais les appeler, dis-je.

— Fais ce que tu veux, me répond-il, comme si cela ne faisait aucune différence pour lui.

Puis je me souviens que nous n'avons pas de ligne fixe et que, malgré mon insistance, mes parents ne m'ont pas encore doté d'un téléphone portable.

— Je pourrais avoir votre portable, s'il vous plaît ?

Ma requête me semble aussi étrange que la situation dans laquelle je me trouve.

— Jamais eu, lance l'inconnu. Désolé, bonhomme.

J'ai les larmes aux yeux.

— Qu'est-ce que je fais, alors ?

Comme si un type que je n'ai jamais vu de ma vie pouvait vraiment m'aider.

— Tu vas rester avec moi, affirme-t-il comme si c'était évident.

— Avec vous ?

Mes bras et mes jambes sont de plomb, soudain je me sens faible, je vais m'écrouler.

— Jusqu'à quand ?

J'ai encore l'impression d'avoir une conversation normale.

— Jusqu'au retour de tes parents.

Plus les minutes passent, plus je me raccroche à mon espoir que tout cela soit une mauvaise blague. Je ne suis pas encore prêt à composer avec cette nouvelle réalité. Enfin, je lance :

— Qui êtes-vous ?

— Tu peux m'appeler… tonton.

C'est vraiment curieux : maman et papa sont enfants uniques. Alors d'où sort ce tonton ?

— Vous avez bien un nom ?

— Appelle-moi tonton, un point c'est tout, affirme-t-il en essuyant du revers de sa main le jus de pomme qui coule sur son menton.

Je m'aperçois que je n'ai jamais vu le couteau qu'il tient à la main. Il n'est pas à nous. Quand il a fini de manger, il le repose sur la table et sort de sa poche un mouchoir rouge, en boule, avec lequel il s'essuie le visage et éponge la sueur dans son cou. Puis il tend le bras vers moi en indiquant quelque chose.

— Je peux ?

Il me faut quelques secondes pour comprendre qu'il veut le bulletin scolaire que je tiens dans la main. J'hésite mais, incapable de m'opposer, je finis par le lui tendre.

L'homme le saisit délicatement entre deux doigts, veillant à ne pas le tacher, puis le met devant son visage pour mieux voir. Il prend tout son temps pour l'examiner.

— Bon sang ! C'est un excellent bulletin, commente-t-il avec admiration en me le rendant.

— J'ai progressé en maths, dis-je sans savoir pourquoi.

Ou peut-être parce que, si fou que cela puisse sembler, j'espère avoir une récompense : par exemple, mettre un terme immédiat à ce cauchemar.

— Tu connais la devinette des chaussettes dépareillées ? me demande l'homme.

— Non.

— Alors… il y a 26 chaussettes blanches, 18 chaussettes noires et 16 rouges sont éparpillées dans un tiroir, dans une pièce obscure : combien de chaussettes dois-tu sortir du tiroir pour avoir au moins une probabilité d'en porter deux de la même couleur ?

— Trois, réponds-je immédiatement. Si les deux premières sont différentes, il suffit d'en combiner une avec la troisième.

L'homme réfléchit. Bien sûr, il connaissait déjà la solution, et il est sans doute étonné que j'y sois arrivé aussi vite. J'ai tout de suite l'impression que ce calcul élémentaire m'a protégé de quelque chose. Cela ne me met pas à l'aise, parce que c'est comme si l'algèbre m'avait sauvé d'un destin encore plus terrible. En effet, une question me taraude :

Que se serait-il passé si je m'étais trompé ?

— Tu es un garçon très intelligent.

Pourtant, l'homme ne semble pas content. Comme si c'était un problème, que je ne sois pas stupide.

J'ai peur de m'informer sur ce qui va se passer. Il se charge de dissiper mes doutes.

— Maintenant, je vais aller faire une petite sieste, dit-il sur un ton à la fois rassurant et décidé. Tes parents m'ont autorisé à utiliser leur lit jusqu'à leur retour. Je vais dormir jusqu'à l'heure du dîner, je pense.

Cette absurde histoire de lit mise à part, je me demande ce que je suis censé faire, pendant ce temps. Mais, avant que j'ouvre la bouche, il se lève et se dirige vers la porte-fenêtre.

— Tu vas rester sagement ici, n'est-ce pas ?

Je ne réponds pas, laissant entendre que je pourrais tenter de fuguer.

— Il y a des gens malintentionnés, dehors, et je ne voudrais pas que quelqu'un te fasse du mal, m'explique-t-il calmement. Tes parents m'ont chargé de veiller sur toi pendant leur absence.

Alors je comprends que le danger n'est pas dehors, mais ici, dans la maison. Et que prendre la fuite ne suffira pas.

— Bien sûr, tu n'iras nulle part, répond-il lui-même, sûr de lui et, apparemment, de moi. Tu es un garçon bien trop malin.

Dans ses yeux se cache un éclat plus dangereux qu'une lame de couteau. Une intention. Ce n'est pas de la banale méchanceté : il y a du génie. Quelque chose me dit que l'homme devant moi a un talent unique. Il a été créé par Dieu exprès pour accomplir une mission de sang et de souffrance. Quel que soit son but, mes parents ont croisé sa route par hasard. Je ne sais pas où ils sont, en tout cas je ne crois pas qu'ils soient vraiment partis en Europe du Nord, comme il l'affirme. Toutefois, à ce moment précis, la question qui m'assaille est pourquoi ce monstre, caché avec désinvolture sous des traits humains, veut me garder avec lui.

— Tu as raison, tonton, dis-je alors sur le ton de la confidence. Je resterai ici.

En me montrant docile, j'espère découvrir le plus tard possible mon rôle dans son dessein.

Par ailleurs, j'ai besoin de temps pour comprendre ce qui se passe et prendre d'éventuelles décisions.

Ma seule certitude, c'est que je ne suis pas préparé, parce que je n'ai jamais rien vécu de tel. Je me rends compte seulement maintenant que j'ai été heureux. Mais l'entité bienveillante qui a toujours veillé sur mon enfance a soudain cessé de me protéger.

L'inconnu acquiesce. M'a-t-il cru, ou est-il trop rusé pour cela ? En tout cas, heureusement pour moi, il se contente de ma réponse. Il monte à l'étage, j'écoute ses pas lents dans l'escalier. Je ne sais pas ce qui m'attend, je suis terrorisé mais aussi étrangement soulagé, parce que les horreurs me semblent différées, pour l'instant. Je ne sais pas pour combien de temps, mais ça me suffit. Et c'est là que, du haut de l'escalier, il me dit, comme si de rien n'était :

— Si j'étais toi, je ne descendrais pas à la cave.

17

Soudain, Nikolin se tut.

Gerber ne s'y attendait pas.

— Tu m'entends ? demanda-t-il dans l'espoir de relancer la narration.

Mais l'enfant, muet, se balançait comme s'il avait soudain épuisé les mots. On n'entendait que le grincement obsédant du fauteuil à bascule.

Le psychologue ne savait que faire. Que s'était-il passé ? Il était convaincu que l'affabulateur voulait lui raconter une histoire.

Tu écouteras ce que j'ai à dire... jusqu'au bout.

Il se leva de son fauteuil et s'approcha de Nico, qui posa les yeux sur lui. Alors Gerber sortit de sa poche un petit stylo torche et l'alluma, pour tester son réflexe pupillaire. L'enfant le laissa faire : même sous la lumière, il ne cligna pas des yeux. Il fluctuait toujours dans un état de légère torpeur. Ses yeux voyaient mais ne regardaient pas.

Il était retourné dans la chambre perdue.

Troublé, Gerber éteignit sa torche et recula d'un pas. Il avait compris. Nikolin se comportait comme un pantin sans ficelles ou comme les automates de certains parcs d'attractions, à qui il faut remettre une pièce pour qu'ils poursuivent leur performance.

Tu écouteras ce que j'ai à dire...

— ... jusqu'au bout, compléta-t-il à voix basse.

L'affabulateur a dissimulé son histoire en la divisant en plusieurs états de conscience, songea-t-il. Comme les cercles de l'enfer, chacun contenait un morceau du récit. Cela constituait une autre preuve de son habileté en hypnose. Impossible de savoir jusqu'où Gerber allait devoir s'aventurer pour connaître la suite.

Ni ce qu'il découvrirait au terme de cette descente abyssale. L'endormeur d'enfants comprit qu'il ne serait pas si simple de réactiver Nikolin.

Comme l'aiguille et le bouton, le match de foot puis la fleur, cette fois encore il fallait trouver le code pour passer au niveau suivant. Il ne comprenait pas la raison de cette chasse au trésor.

Toutefois, c'était Nikolin qui paierait le prix de cette folie.

Enfreignant une nouvelle fois les règles qu'il s'était imposées avec ses patients pour maintenir une distance de sécurité, Gerber lui prit la main.

— Très bien, Nico, l'encouragea-t-il.

Le garçon n'eut aucune réaction, néanmoins il paraissait serein.

Alors le psychologue arrêta le fauteuil à bascule et rouvrit les rideaux, laissant la journée maussade reprendre possession de la pièce. Puis il appela l'agente et les deux gardiens postés en bas de l'immeuble pour qu'ils viennent chercher Nico et le ramènent à l'institut.

Il assista de nouveau au rituel insensé des menottes.

— Ça ira mieux demain, murmura-t-il à l'enfant avant qu'on l'entraîne.

En réalité, il doutait de sa promesse. Cette séance avait eu raison de son optimisme.

— Je retarderais encore l'intégration de Nikolin dans le groupe, dit-il à l'agente. Je pense qu'il doit rester isolé, je vous demanderais même de le mettre en chambre de confinement.

— Je ne vois pas pourquoi, répondit la femme avec agacement. Je le trouve trop calme pour cela.

La chambre de confinement était réservée aux jeunes gens agités, ou enclins aux crises.

— C'est simple : en confinement, il y a des caméras. En le filmant en permanence, nous pourrons voir si son humeur connaît des changements significatifs.

La femme évalua sa proposition. Le psychologue comprenait sa frustration : elle avait été écartée. Il aurait pu lui rappeler que ce n'était pas elle qui décidait, mais cela aurait été malvenu.

Elle soupira.

— D'accord.

Gerber regarda l'enfant et son escorte s'éloigner. Il était 16 heures et il était épuisé, après sa nuit blanche. Pourtant, il n'avait pas l'intention de renoncer. À ce moment-là, son portable sonna. C'était Silvia. Il fut tenté de refuser l'appel, n'étant pas d'humeur à supporter une de ses diatribes, mais il répondit.

— La juge Baldi m'a appelée, l'agressa-t-elle sans préambule.

Gerber imaginait bien la conversation entre son ex-femme et la vieille amie de la famille, qui avait dû lui parler de son coup de tête.

— Elle m'en veut, expliqua-t-il. Nous sommes en désaccord sur une affaire.

— Elle n'est pas entrée dans les détails, mais elle m'a informée que ton obstination mettait ta réputation en danger. Elle m'a suppliée de te faire entendre raison.

— En tant que conseillère matrimoniale ? ironisa Gerber. D'ailleurs, que pensent tes clients du fait que tu n'aies pas réussi à sauver ton propre mariage ? Il y a mieux, comme référence.

Il regretta immédiatement ses propos, mais il était trop tard.

— Tu ne t'es pas embarqué dans une nouvelle affaire Hall, n'est-ce pas ? demanda son ex-femme avec la même perfidie que lui.

Marco et elle vivaient loin, désormais, mais il était compréhensible que Silvia ait peur qu'il les replonge dans un cauchemar, comme deux ans auparavant. Pietro repensa aux tulipes jaunes que l'affabulateur lui avait fait livrer : les craintes de Silvia étaient justifiées. Avec ce geste, le mystérieux hypnotiseur avait prouvé que rien ne l'arrêterait. Et, surtout, qu'il poursuivait un but indéchiffrable et que Pietro Gerber représentait le moyen de l'atteindre. Quoi qu'il en coûte.

— Je…

Mais il ne put prononcer aucune phrase susceptible de la convaincre qu'il contrôlait la situation et que, au bout du compte, tout s'arrangerait. Ne pouvant rien lui promettre, il se contenta de mettre fin à la conversation.

— Embrasse Marco de ma part.

Il aurait voulu tout lui dire, chercher en elle une bouée de secours, comme autrefois. Mais, depuis la séparation, il avait appris à se passer de Silvia. Cela n'avait pas été facile. Et là, en quelques heures, son existence s'était de nouveau délitée. Même sa routine, à laquelle il s'agrippait pour ne pas se perdre dans de tristes pensées, avait été bouleversée. Pour se consacrer à Nikolin, il avait décalé tous ses rendez-vous à la semaine suivante. Il avait dû inventer des excuses pour se justifier, en espérant que le temps qu'il dégageait serait suffisant. Il avait eu du mal à mentir, surtout à la mère de Lavinia : la visite de la villa de Forte dei Marmi, sous hypnose, était un grand pas pour sa fille, et l'annulation de la séance suivante risquait de réduire ses efforts à néant. La jeune fille était enfin arrivée devant la porte qu'elle devait absolument ouvrir, et Gerber craignait qu'elle ne s'en éloigne encore.

Toutefois, pour le moment, sa priorité était de faire sortir Nico de la chambre perdue.

Pour commencer, il devait trouver la clé afin d'accéder au chapitre suivant de l'histoire de l'affabulateur. Il avait compris qu'il pouvait s'agir d'un objet ou d'une stimulation sensorielle, comme pour la vidéo ou l'odeur de la tulipe.

La réponse était peut-être dans les notes qu'il avait prises durant la longue session du jour.

18

Il se munit de Post-it. Debout au centre de la pièce, ses lunettes sur le nez et un stylo sur l'oreille, il se penchait parfois pour relire ce qu'il avait noté dans son carnet, ouvert sur la table devant lui. Chaque fois qu'il trouvait un élément important, ou qui méritait approfondissement, il le notait sur un Post-it qu'il collait ensuite à un endroit de la pièce. Cette méthode l'aidait à avoir une vision en trois dimensions.

12 ans

Il colla le premier Post-it sur la cheminée. Il avait remarqué que l'affabulateur avait justement 12 ans au moment des faits qu'il voulait lui faire connaître, le même âge que Nikolin.

7 juin

Le dernier jour d'école, celui du début de la narration, était le 7 juin, date de l'enlèvement de Mira et de son fils sur la route du bois, des années plus tard.

Combien, exactement ? se demanda-t-il. La réponse se trouvait peut-être dans le match Fiorentina - FC Barcelone, qui remontait à 1999.

Il y a 22 ans.

Sur la base de ces références temporelles, il calcula l'âge approximatif de l'affabulateur.

34 ans

Il plaça ce nombre à côté des trois autres. Sans vraiment l'admettre, il essayait de définir le profil de son adversaire. Bien que celui-ci lui ait ordonné de ne pas le chercher, il était probablement conscient que Pietro arriverait à ces résultats. Les informations avaient peut-être même été placées dans la mémoire de Nico afin de mettre Gerber sur une fausse piste. Il n'était plus sûr de rien. Hormis du fait que le début de l'histoire, qui remontait à l'été, vingt-deux ans auparavant, était bouleversant.

Le dernier jour de cours n'est pas une journée comme les autres pour un enfant de 12 ans, pensa-t-il. Il abrite une promesse qui attend d'être dévoilée. Ce jour est une brèche dans le temps : le passage se referme dès que l'enfant l'a traversé. Quand il retrouve ses camarades, à la fin de l'été, il a changé et ils ont changé. Toutefois, il ne le sait pas encore. Depuis que la dernière sonnerie a retenti, il n'y a plus ni règles ni limites. Tout peut arriver. Personne ne lui dit jamais qu'en grandissant il ne fera plus l'expérience de la joyeuse anarchie d'une journée comme celle-ci, de l'insouciance effrontée devant l'inconnu. Mais, dans le cas du garçon sans nom, ce souvenir heureux a été dévoré par un ogre.

« Si j'étais toi, je ne descendrais pas à la cave. »

Il y avait un autre parallèle avec Nikolin : ils avaient été retenus prisonniers au même âge. Et la geôle de Nico n'était pas l'institut où on venait de l'enfermer : il était emprisonné dans son propre esprit.

Combien de temps résisterait-il, sans pouvoir battre des paupières quand il en ressentait le besoin ?

Le soir arrivait, le feu dans la cheminée s'éteignait lentement et Gerber laissait la pénombre l'envelopper. La faible lueur qui arrivait du dehors, et qui s'écoulait tel un fleuve doré sur les toits de Florence, lui suffisait. Le psychologue n'avait pas l'intention d'allumer la lampe posée à côté de son fauteuil, parce qu'il avait compris très jeune que l'obscurité ne le dérangeait pas, au contraire, elle était comme une bulle de quiétude dont il avait besoin pour réfléchir.

Pour évaluer au mieux la situation, il s'efforça d'oublier que l'affabulateur et le petit protagoniste du terrible récit de Nico étaient la même personne : créer un pont d'empathie lui était utile pour croire à cette histoire. Pour cet enfant, rentrer chez lui et se retrouver devant un inconnu avait dû être effrayant.

Tonton

Le surnom choisi par l'ogre cachait une ambiguïté inquiétante. En l'écrivant et en collant le Post-it sur la bibliothèque, Gerber se posa une série de questions, qu'il nota et répartit dans la pièce.

Qui est tonton, en réalité ? D'où arrive-t-il ?

Que sont devenus les parents du garçon ? Ont-ils simplement disparu ou leur est-il arrivé quelque chose ? Ont-ils été victimes d'un accident ou l'inconnu les a-t-il fait disparaître ?

Et une dernière question :

Comment le fils a-t-il réussi à se sauver ?

Surtout, pourquoi Gerber n'avait-il jamais entendu parler de cette histoire ? Le psychologue s'arrêta sur cette dernière question. Les journaux auraient dû en parler. Les gens auraient dû s'en souvenir, comme tous les faits divers qui ressemblent à des films d'horreur.

Il posa les Post-it. Les mains libres, il sortit son smartphone de sa poche et ouvrit un site d'archives numérisées. Il remonta à l'été 1999, filtra la recherche sur la période allant du 7 juin à septembre. Aucun résultat. Il élargit la période : toujours rien.

Découragé, il changea de stratégie.

Il eut l'idée de taper des mots-clés dans un moteur de recherche. Il essaya d'abord « 12 ans + ferme + Toscane + parents + disparus + homme inconnu ». Cela ne fonctionna pas. Alors il tenta en ajoutant de nouveaux éléments, comme « combinaison bleue », « camping-car » ou « sac de marin », puis en remplaçant certains mots et en créant différentes combinaisons.

Toutefois, il n'y avait pas trace de cette histoire sur Internet. *Étrange*. Les éléments dont il disposait étaient probablement trop vagues : il trouverait sans doute, par la suite, un ou plusieurs indices plus spécifiques. Toutefois, cette absence de références était suspecte. Il eut des doutes, légitimes, sur la véracité de l'histoire.

Aucune information sur les faits.

Gerber ajouta quelques détails mais, pour le moment, il décida de ne pas se laisser influencer. Il devait écouter l'histoire en entier pour espérer libérer Nikolin du sortilège de l'affabulateur.

— Qui es-tu ? demanda-t-il à l'obscurité.

Il leva les yeux vers le plafond. Dans le noir, il apercevait l'ampoule rouge qui annonçait les patients. Le psychologue se rappela quand elle s'était allumée, la veille, dans le but de lui signaler l'aiguille plantée dans la pomme. C'était à ce moment-là que tout avait commencé.

— Tu es là, dehors, certainement en train de m'observer. Et tu continues à me mettre à l'épreuve.

Il repensa à l'énigme des chaussettes dépareillées que le tonton avait soumise au jeune garçon après avoir examiné son bulletin. Il la nota.

Il y a 26 chaussettes blanches, 18 chaussettes noires et 16 rouges sont éparpillées dans un tiroir, dans une pièce obscure : combien de chaussettes dois-tu sortir du tiroir pour avoir au moins une probabilité d'en porter deux de la même couleur ?

L'enfant avait répondu « trois », expliquant que si les deux premières étaient différentes, la troisième se combinerait avec l'une ou l'autre. Gerber n'avait jamais été un génie en maths, pourtant il avait compris que, si le raisonnement était correct, la réponse ne l'était pas. Il fallait en réalité quatre chaussettes : une en plus des trois différentes. De toute évidence, les casse-têtes ne plaisaient pas seulement à l'ogre : ils amusaient aussi l'affabulateur, devenu adulte.

Il a donné une mauvaise réponse, se dit-il en frissonnant. *Il a inséré une réponse erronée dans la tête de Nico. Et il l'a fait pour attirer mon attention sur ce chiffre.*

Il n'avait rien à perdre : il reprit son smartphone et, à la liste des indices qu'il avait déjà tapés dans le moteur de recherche, il ajouta un détail, en apparence le plus insignifiant du monde : « Trois chaussettes dépareillées. »

Soudain, l'écran de son téléphone s'obscurcit. Pietro Gerber se demanda s'il y avait un problème technique. Jusqu'à ce que de petits bruits retentissent. L'appareil fonctionnait. Il avait été redirigé vers un site qui lançait une vidéo, et ce qu'il voyait était simplement l'obscurité.

Pourtant, dans cette obscurité, il y avait quelque chose.

19

Il pensa immédiatement à Lisa, 10 ans, qui, avant de le consulter, avait essayé plusieurs fois de se donner la mort. Les vidéos qu'elle avait vues sur Internet y avaient influencé ses choix, au point qu'elle en arrive à ces gestes extrêmes. Il s'agissait de *creepypastas*, ces vidéos très répandues sur les réseaux sociaux comme TikTok ou 4chan, qui attiraient les plus jeunes. Tout commençait innocemment : quelqu'un, généralement du même âge que les victimes, recommandait aux usagers de ne jamais chercher en ligne une certaine séquence de mots, ou de ne jamais visiter un site déterminé. Bien sûr, la curiosité était toujours plus forte et les jeunes s'empressaient d'aller voir. La plupart du temps, il ne se passait rien de grave. Ils découvraient une image répugnante, ou faussement effrayante, parce que tirée de l'imaginaire *horror* : mèmes reliés à des histoires de fantômes, de monstres, de tueurs en série, d'apparitions, d'ovnis.

Mais parfois, derrière les légendes urbaines ou les banals récits terrifiants, se cachait un hameçon.

Des jeux subtils de psychologie ou de persécution,

œuvres de pervers ou de pédophiles. Les auteurs pouvaient être adultes, mais il s'agissait le plus souvent d'enfants. Insoupçonnables, donc. Tout se passait en ligne, le persécuteur pouvait agir en toute impunité. Quand le but était le sexe, la victime était encouragée à envoyer des photos ou des vidéos sur lesquelles elle prenait des poses érotiques, base du chantage futur qui l'obligerait à continuer.

Mais, dans certains cas, la finalité était bien plus perverse. Par exemple, Lisa avait été prise au piège tendu par quatre adolescents qui, profitant de son immaturité, l'avaient poussée à accepter une série d'épreuves de plus en plus extrêmes. En faisant pression sur elle, dans un crescendo de conditionnements et de manipulations, ils avaient fini par la convaincre que la réalité, bien qu'elle semble réelle, était fausse. Ils lui avaient expliqué qu'en visitant le site qui lui avait été fortement déconseillé, elle était entrée sans s'en rendre compte dans une dimension parallèle. Surtout, ils l'avaient convaincue que la seule façon d'en sortir et d'embrasser de nouveau ses vrais parents et sa petite sœur était de s'ôter la vie.

Gerber l'avait sauvée juste à temps de la paranoïa, mais il avait eu du mal à la convaincre qu'il s'agissait d'un mensonge construit par des personnes qui lui voulaient du mal. Cependant, il s'était toujours demandé ce que ressentait la jeune fille quand elle vivait cette dissociation et, surtout, comment on pouvait tomber dans un pareil piège.

« *Notre esprit est bien plus puissant que notre conscience.* »

Monsieur B. le répétait souvent pour le mettre en garde. Notre esprit nous domine sans que nous nous en apercevions, et nous ne pouvons pas l'en empêcher.

Ainsi, quand il naviguait sur Internet, Pietro Gerber éprouvait toujours un soupçon d'inquiétude. Quand il regarda la vidéo sur son téléphone, sa méfiance fut amplifiée par ce qui se passait depuis presque vingt-quatre heures, et qui l'avait projeté dans une spirale de doute et de tourment.

Concentré sur les images noires qui défilaient à l'écran, il essayait de comprendre où la vidéo avait été tournée. Une respiration haletante : celle de la personne qui filmait. Des craquements sous ses pas : des feuilles sèches. *Nous sommes à l'extérieur*, se dit-il. Il imagina un bois.

Qui qu'elle soit, la personne dont on entendait la respiration marchait en filmant avec un téléphone.

Peu à peu, la scène s'éclaircit. L'aube pointait, indéniablement. L'auteur de la vidéo s'arrêta, puis fit le point sur des branches entrelacées. Derrière la barrière d'arbustes, Gerber reconnut une structure en métal, peut-être un pylône de ligne à haute tension. Puis il regarda plus attentivement.

En fait, c'était une tourelle de surveillance pour repérer les incendies. Le numéro 68 y était peint en blanc, écaillé par endroits.

Quand l'homme arriva devant la construction, la vidéo s'interrompit.

Dans son cabinet sombre, Gerber essaya de donner un sens à cet étrange film. Qu'y avait-il à cet endroit ?

Pourquoi l'affabulateur le lui montrait-il ? Et pourquoi précisément à l'aube ?

Puis il comprit : c'était une invitation.

20

Le lendemain de la conférence de presse convoquée par la juge Baldi et par le parquet, les médias annoncèrent qu'on avait retrouvé Nikolin dans les bois du Mugello, huit mois après sa disparition. Et, le soir, les quotidiens nationaux évoquaient déjà la terrible possibilité que le garçon soit l'auteur de l'assassinat de sa mère Mira et qu'il ait lui-même caché le corps. De façon prévisible, le sentiment collectif envers Nico connut un brusque revirement. Du soulagement de le voir réapparaître et de la compassion pour le drame qu'il avait vécu, on passa à la condamnation immédiate et sans appel.

En conduisant dans la nuit, Pietro Gerber écouta les nouvelles, peu surpris par l'évolution de la situation. Depuis le début, il voulait rendre son innocence à cet enfant. Alors, après s'être longuement interrogé sur l'invitation de l'affabulateur à se rendre dans la forêt, il avait décidé de l'accepter.

Sans savoir ce qui l'attendait.

Il avait sorti du garage le Defender que Monsieur B. avait religieusement conservé pendant une grande partie de sa vie. Ce véhicule tout-terrain était parfait pour les chemins de terre. Gerber avançait dans l'obscurité et la pluie verglaçante qui fondait au contact du pare-brise, avant d'être balayée par les essuie-glaces. Il était penché sur le volant, prêt à essuyer la condensation qui se formait sur la vitre avec la manche de son imperméable.

Il prit la direction du Mugello.

L'endroit où Nikolin et sa mère avaient disparu et où, huit mois plus tard, l'enfant avait réapparu, seul. Ces bois portaient des noms anciens et effrayants comme la vallée de l'Enfer, le canal de la Sorcière ou la clairière des Pendus. Pourtant, ce n'était pas cela qui inquiétait Gerber, mais le fait que ces routes n'apparaissaient ni sur son GPS ni sur Google Maps. À la place, il y avait un trou noir sur l'écran. Quand le signal radio fut également brouillé, Pietro Gerber comprit qu'il était en train de tomber dedans.

L'image du trou noir était une illusion, bien sûr, mais dérangeante.

Pour s'orienter, il dut dépoussiérer une vieille carte. Le point de repère était la tourelle de surveillance des incendies : il n'eut aucun mal à découvrir que ces structures, utilisées par les gardes forestiers, étaient identifiées par des numéros.

Peu après 5 heures du matin, les phares du Defender éclairèrent la cabane perchée sur les poteaux métalliques, le numéro 68 bien visible.

Gerber arrêta la voiture, alluma la lampe de son portable et quitta la chaleur de l'habitacle. Il fut assailli par un vent froid et humide. Son Burberry ne le protégeait pas assez, en quelques secondes il fut trempé par la pluie. Il avança malgré tout vers la tourelle. Ses chaussures s'enfonçaient dans la boue. Le bruit de ses pas lourds se mêlait à celui de la nuit.

Des branches se battaient entre elles. Le crissement de l'écorce des arbres. Les rafales de vent qui sifflaient, avant de disparaître.

Une fois sous les pilotis, Gerber balaya les alentours avec sa torche : il sonda la forêt, libérant petit à petit les arbres et buissons de la prison de l'obscurité. C'était comme explorer un monde secret, loin de toute présence humaine. Puis il pointa son téléphone vers le haut. La cabane était perchée à plus de six mètres et, de là où il était, il ne remarqua rien. Le seul moyen était d'aller voir.

On y accédait par une échelle.

Il glissa son téléphone dans sa poche et grimpa. La semelle lisse de ses Clarks avait tendance à le faire glisser, alors il s'en remit à ses mains. Il se retournait régulièrement pour regarder en bas : s'il tombait de cette hauteur, il se briserait le cou et son cadavre serait probablement dévoré par les sangliers avant d'être retrouvé. Il atteignit enfin le sommet.

Il y avait une trappe : elle était lourde, mais il parvint à l'ouvrir. Le vantail retomba de l'autre côté avec un bruit sourd. Le psychologue se glissa dans l'ouverture et, prenant appui sur ses bras, se hissa à l'intérieur. Une fois debout, il reprit son téléphone dans sa poche et ralluma la lampe pour explorer la pièce exiguë.

Elle était vide.

La pluie battait sur l'auvent en toile ondulée. De

l'autre côté du parapet qui entourait la cabane, on n'apercevait que la végétation touffue révélée par les premières lueurs de l'aube : elle s'étendait sur des kilomètres. Il serait bientôt 6 heures, plus ou moins l'heure à laquelle la vidéo trouvée sur Internet grâce aux chaussettes dépareillées avait été tournée. Alors pourquoi n'y avait-il rien pour lui ? Il pensait trouver un objet, un petit mot, une lettre. Mais non. Quel sens avait ce rendez-vous ? Il se demandait s'il avait mal interprété le message de la vidéo, quand il comprit que le paysage qui l'entourait lui était familier.

Pourtant, il ne l'avait jamais vu avant.

La petite vallée au milieu des bois, un torrent qui la traversait comme une cicatrice transparente, le petit pont qui l'enjambait : il y était venu grâce au récit de Nikolin. Or cette description faisait partie des souvenirs d'enfance de l'affabulateur. Il manquait un seul élément.

La ferme. À sa place, il distingua quelques ruines envahies par la végétation.

Son adversaire voulait lui montrer les lieux où s'étaient produits les événements vingt-deux ans auparavant, racontés à travers l'enfant albanais. Mais pourquoi une ruine abandonnée ? Que s'était-il passé à la ferme, entre-temps ? C'était cette question qu'aurait dû se poser l'hypnotiseur, la nouvelle énigme du défi lancé par son mystérieux collègue. C'est alors qu'il aperçut une lueur qui avançait entre les broussailles.

Une personne munie d'une torche venait vers lui.

21

Pietro Gerber éteignit la lampe de son smartphone, en espérant ne pas avoir été repéré. Mais, là où il se trouvait, c'était impossible. Il eut un instant de confusion. Sa première idée fut de regagner sa voiture au plus vite et de partir. Toutefois, il estima qu'à cause de cette maudite échelle glissante, le risque de tomber dans le vide était trop grand. Alors il décida de descendre de la tourelle et d'attendre que l'inconnu se manifeste. Même si cette rencontre lui inspirait une certaine crainte.

Il ignorait qui arrivait et, surtout, quelles étaient ses intentions.

Quand Gerber mit enfin le pied au sol, l'inconnu franchit l'enchevêtrement de branches et pointa sur lui un faisceau de lumière blanche. Gerber se couvrit les yeux avec la main et se figea, pensant qu'il était peut-être dans la ligne de mire d'une arme.

— Qui va là ? demanda une voix d'homme sur un ton autoritaire.

L'emploi de cette formule un peu surannée était pour le moins singulier.

— J'étais en train de partir, rassura Pietro.

22

Ils parcoururent ensemble, en sens inverse, le chemin de terre qui avait mené Gerber à la tourelle. En peu de mots, le garde forestier s'était contenté de lui fournir quelques explications pour aller au poste des Eaux et Forêts. Avant de monter dans le Defender, il avait demandé à poser à l'arrière les pièges à oiseaux qu'il avait ramassés dans les bois. Le psychologue avait monté le chauffage au maximum pour essayer de se sécher un peu, et maintenant l'habitacle sentait le gibier.

— Vous êtes journaliste, pas vrai ? demanda le garde forestier de but en blanc.

— Comment ? demanda Gerber en se tournant vers lui.

— Si vous n'êtes pas journaliste, alors que faites-vous ici ?

— Je suis psychologue.

L'autre prit acte sans commenter.

— Quoi qu'il en soit, ils ont été là toute la journée, jusqu'à tard.

Il faisait allusion aux équipes cynophiles et à la

brigade scientifique, qui cherchaient le corps de la mère de Nikolin.

— Ils n'ont rien trouvé, précisa le garde.

Pour Gerber, c'était préférable car, tant qu'ils n'auraient pas le cadavre de Mira, la juge Baldi l'autoriserait à poursuivre les séances avec le garçon. Mais ils disposaient de très peu de temps, il en était conscient, et en plus sa mission nocturne dans les bois avait échoué : la découverte des ruines de la ferme ne servait à rien pour la suite de son travail.

— On dit que les recherches des restes de la victime vont se déplacer plus au nord, ajouta l'homme.

En effet, en arrivant, l'hypnotiseur n'avait vu aucun barrage.

— Vous croyez à cette histoire que racontent les journaux ? Moi, je ne pense pas qu'un gamin de cet âge ait pu tenir seul pendant des mois dans un endroit aussi sauvage. S'il avait trouvé refuge dans une ferme abandonnée, il aurait eu du mal à se procurer de la nourriture, même en volant dans les environs.

— Je ne sais pas, admit Gerber, mais je suis convaincu qu'on apprendra bientôt ce qui s'est passé.

L'homme parut se contenter de son opinion et changea de sujet :

— Quel jour on est, aujourd'hui ?

— Jeudi, réfléchit le psychologue.

— Et on est en février, c'est ça ?

— Oui, le 25, confirma-t-il, bien que la question lui semblât surréaliste.

Un peu plus tôt, dans le bois, le garde forestier lui avait demandé ce qu'ils faisaient là, sans attendre sa réponse. Cette fois encore, Gerber eut l'impression qu'il était égaré.

L'homme se tut jusqu'à ce qu'ils arrivent à destination, environ cinq kilomètres plus loin.

Le petit poste des Eaux et Forêts était situé dans une plaine arborée. Gerber se gara devant l'entrée. L'aube se levait maintenant sur la campagne.

— Installez-vous à l'intérieur, il fait bien chaud, l'invita le garde forestier en ouvrant le coffre de la voiture pour décharger les pièges des braconniers. Je vais vous faire un café.

La porte était ouverte, Gerber entra dans une sorte de bureau où une table et un lit de camp étaient disposés autour d'un poêle en fonte placé au centre de la pièce. La tiédeur du feu l'accueillit avec bienveillance, comme si ce petit refuge l'attendait. Il étudia les lieux : derrière cette pièce, il y avait une petite salle de bains sans fenêtres, à la porte vitrée. Sur les murs étaient affichés des cartes de la zone du Mugello et de vieux posters présentant la faune et la flore locales. Ils étaient étrangement de travers : comme la posture du garde forestier, les cadres penchaient légèrement vers la droite. Ce n'était pas le temps qui les avait inclinés, mais quelqu'un, intentionnellement, autrement cette harmonie asymétrique était inexplicable.

Curieux, pensa Gerber.

Puis, à côté des blasons en bronze des Eaux et Forêts, il remarqua un calendrier. La date du jour, que l'homme avait eu du mal à se rappeler, était entourée en rouge, avec une note : « Tourelle 68 ». L'écriture était incertaine et penchait vers la droite. Le garde forestier souffrait probablement d'une forme légère de dyslexie.

Un bruit sourd. Gerber se retourna. L'homme était entré et avait posé les pièges sur le bureau. Que le sang tache le bois et les feuilles posées dessus semblait lui importer peu. De toute façon, les Clarks boueuses de Gerber avaient laissé des traces partout sur le sol.

— Je suis désolé, s'excusa-t-il en s'en apercevant.

— Ne vous en faites pas, je passerai un coup de serpillière… Vous voulez toujours un café ?

— Avec plaisir.

Le garde retira son béret, révélant l'absence de pavillon à la place de son oreille droite. Il avait seulement un petit trou dans le crâne, entouré d'une langue de cartilage. Gerber supposa qu'il était né avec cette malformation. Il détourna le regard quand l'homme s'aperçut qu'il l'observait.

Le garde alla dans la salle de bains, où se trouvait un petit meuble avec une cafetière moka et tout le nécessaire. Il ouvrit le robinet et remplit la cafetière.

Le psychologue, trempé, s'installa près du poêle. Il avait envie de rentrer chez lui, de se changer et de foncer à son bureau pour relire ses notes et revoir la vidéo, dans le but de comprendre ce qu'il avait raté. Il avait espéré trouver un nouveau code pour connaître la suite de l'histoire de l'affabulateur, mais en vain. Il était venu jusque-là à cause d'une stupide énigme de chaussettes dépareillées. Il s'agissait sans doute d'une blague sadique de son adversaire.

— Vous êtes seul, ici ? demanda-t-il au garde forestier pour éloigner cette idée désagréable.

— L'hiver, oui, répondit l'homme. L'été et pendant la saison de la chasse, j'ai un collègue, parce que c'est plus mouvementé.

— Et vous aimez être seul dans les bois ?

La véritable question aurait été : avez-vous peur d'être isolé du reste du monde ?

— Maintenant, je ne saurais plus vivre avec les gens, je me suis habitué. J'ai un appartement en ville, mais, quand j'y vais, je n'arrive pas à dormir : le moindre bruit me tient éveillé.

Gerber se demanda si le choix de cette existence solitaire était lié à sa malformation physique.

— Pourquoi vous avez choisi cette vie ?

— C'est quelque chose dont on hérite, je crois. Mon père aussi était garde forestier.

Dans le passé, Gerber se serait vanté d'avoir hérité de son père la capacité à endormir les enfants. Maintenant, il ne racontait plus à personne qui était Monsieur B. Peut-être qu'il connaîtrait le même sort : son fils Marco le détesterait. Cette pensée, pourtant fugace et infondée, lui fit mal.

— On va mettre la cafetière sur le poêle, annonça l'homme à une seule oreille. En attendant, je prépare le procès-verbal : ça va vous coûter un peu d'argent, dit-il presque en s'excusant.

Le psychologue se tourna vers lui et, pour éviter de regarder de nouveau le trou qu'il avait dans le crâne, baissa les yeux. La première chose qu'il remarqua fut que le garde avait retiré ses chaussures.

La seconde, qui le paralysa, était qu'il portait des chaussettes dépareillées.

23

Il pensa immédiatement à la vieille éleveuse de chevaux, qui se réveillait depuis des semaines toujours à la même heure, 3 h 47. Ou qu'elle se sentait en quelque sorte contrainte de se rendre toujours au même endroit avec ses chiens. La vallée de l'Enfer. Et, surtout, au pressentiment de la femme le matin où ses setters avaient retrouvé Nikolin : la conscience qu'il y avait un enfant dans le bois s'était matérialisée dans son esprit un instant avant que les animaux se mettent à aboyer.

Gerber avait balayé ces confidences du revers de la main, affirmant qu'il s'agissait d'une conséquence de la phase de sommeil paradoxal, ou que ces réveils s'expliquaient par l'état émotionnel d'une personne d'un certain âge. Il les avait prises pour des élucubrations. En plus d'être irresponsable, il avait été injuste, parce que ces informations auraient dû l'alerter. Ou alors il avait été couard, car les conséquences n'étaient pas simples à affronter. Toutefois, le moment était venu de se confronter à la vérité et de poser une question.

— Pourquoi avez-vous retiré vos chaussures ?

Interdit, le garde forestier fixa ses pieds.

— Je ne sais pas. Pourquoi je les ai retirées ?

Il regardait Gerber et semblait secoué.

La découverte de ses chaussettes dépareillées n'était pas un hasard. Et son hésitation confirmait ce que l'endormeur d'enfants craignait plus que tout. La vidéo tournée par l'affabulateur dans les bois ne lui indiquait pas un lieu, mais une personne. Celle qui se trouvait précisément devant lui.

Sans le savoir, le garde forestier détenait probablement le nouveau code.

— Tout à l'heure, dans la voiture, vous m'avez demandé quel jour nous sommes… Ça vous arrive souvent de l'oublier ?

L'homme se tut.

— Comme je vous l'ai dit, je suis psychologue, répéta Gerber pour le convaincre de lui faire confiance.

— Oui.

— Est-ce la seule chose que vous oubliez ? demanda Gerber en essayant de ne pas le bousculer.

Le garde posa la cafetière et se passa une main sur le front, comme pour calmer une fièvre invisible.

— Non.

— Depuis combien de temps durent ces petites amnésies ?

— Un mois, répondit l'homme après réflexion. Peut-être un peu plus.

— Quand nous nous sommes rencontrés dans le bois, vous m'avez demandé pourquoi nous étions là.

— Vraiment ?

L'homme semblait perdu de nouveau. Il réfléchit et dit :

— Nous avions rendez-vous à l'aube.

Gerber secoua la tête.

— Nous ne nous étions jamais vus avant cette nuit.

— C'est vrai, admit l'autre. Alors comment est-ce possible ? Je savais que vous étiez là…

La date du jour entourée sur le calendrier et la note « Tourelle 68 » confirmaient ses propos. De même que les cadres qui penchaient à droite, ou que le boutonnage déséquilibré de la veste, constituaient des preuves tangibles que l'hypnotiseur aurait dû savoir interpréter. Il ne s'agissait pas d'une simple dyslexie : il y avait autre chose.

— Je vais vous poser une question un peu spéciale, annonça-t-il. Mais ne me demandez pas pourquoi, et réfléchissez bien avant de répondre, s'il vous plaît.

— D'accord, répondit l'autre, inquiet.

— Dernièrement, avez-vous remarqué que certains objets que vous utilisez habituellement n'étaient pas à leur place ?

Le psychologue savait qu'il s'aventurait sur un terrain miné, mais c'était nécessaire.

— Comment ça ?

— Des clés ou des lunettes qui se trouvent à un endroit incongru, une chaise déplacée ou une porte ouverte alors qu'elle aurait dû être fermée…

— Vous voulez dire que je ferais des choses dont je ne me souviens pas ? lança-t-il, sur la défensive.

Sa réaction était compréhensible, mais Gerber préférait qu'il croie qu'il avait un problème de santé, parce que la véritable explication était encore plus traumatisante.

L'homme à une seule oreille réfléchit.

— Oui… Ces dernières semaines, je me suis senti confus… De petites choses, pas très importantes, tint-il à préciser.

— Comme porter des chaussettes dépareillées ?

— Ça, c'est la première fois que je le fais, je le jure ! se justifia l'homme avec une voix d'enfant. Mais, hier, j'ai découvert ma brosse à dents dans le frigo.

— Vous est-il déjà arrivé de vous retrouver dans un lieu sans savoir comment vous y êtes arrivé ?

— Un soir, il y a peu, je fumais ma pipe dehors et soudain je me suis retrouvé dans les bois, en plein jour. D'après vous, j'ai quelque chose qui ne va pas ? Je souffre d'une maladie qui va me faire tout oublier, même comment je m'appelle ? demanda l'homme, paniqué.

— Je ne crois pas, le rassura Pietro Gerber.

En fait, il n'y avait rien de rassurant. Gerber n'avait qu'un moyen pour vérifier s'il se trompait, mais il ne voulait pas effrayer encore plus le garde forestier.

— On va faire un petit test, d'accord ?

Il feignait d'évaluer ses capacités cognitives, mais le projet était tout autre.

— Vous aimez les devinettes ?

L'homme acquiesça.

— Il y a 26 chaussettes blanches, 18 chaussettes noires et 16 rouges éparpillées dans un tiroir, dans une pièce obscure : combien de chaussettes dois-tu sortir du tiroir pour avoir au moins une probabilité d'en porter deux de la même couleur ?

L'homme se raidit. Son regard se voila. Il fallait une certaine expertise pour reconnaître ce signal, qui fut suivi d'une brève détente des épaules et des bras.

Gerber comprit qu'il avait plongé dans un état de transe, décidé par l'affabulateur.

La devinette avait ouvert une brèche dans son esprit : comme la backdoor de certains systèmes informatiques. En hypnose, il existe une définition pour ce genre d'événements, même si la terminologie est assez conventionnelle.

La porte du subconscient.

Une sorte de passage secret : parfois, le thérapeute en crée un pour accéder rapidement à l'inconscient du patient, sans avoir à le soumettre au rituel d'endormissement. Il suffit d'une séquence de mots précise et souvent insolite, ou bien d'un geste, comme frapper dans ses mains un certain nombre de fois à un rythme particulier, et la porte s'ouvre. C'est une procédure d'urgence que seul l'hypnotiseur connaît, pour des raisons évidentes de sécurité. Priver quelqu'un du contrôle de soi pose des problèmes éthiques, aussi on ne l'utilise que dans des cas graves, quand un sujet borderline risque de se faire du mal ou d'en faire aux autres.

L'affabulateur avait hypnotisé l'éleveuse de chevaux, il l'avait programmée pour qu'elle se rende au rendez-vous avec l'enfant dans le bois. Et il avait fait de même avec ce garde forestier, en créant une porte dans son esprit pour laisser passer Gerber, s'il trouvait le code pour l'ouvrir. Ce qui était le cas, visiblement. L'état confusionnel était un des effets secondaires du traitement, mais aussi l'indicateur grâce auquel un autre hypnotiseur remarquerait cette anomalie.

Maintenant, il ne restait plus qu'à regarder ce qui allait sortir de cette brèche.

L'endormeur d'enfants attendit. Le garde fit un premier pas, puis un deuxième, en direction du poêle en fonte. Gerber le suivit en gardant ses distances, pour ne pas interférer. L'homme ouvrit la porte du poêle et glissa sa main à l'intérieur pour attraper un petit tison. Il ne semblait ressentir aucune douleur. Puis il se dirigea vers un mur, où étaient accrochés des posters encadrés de plantes et d'animaux. D'un geste rapide, il les fit tomber par terre. Juste après, il utilisa le charbon pour tracer des lignes, un dessin.

Gerber essaya d'en comprendre la signification. Le garde forestier paraissait guidé par une pulsion irrépressible. Au bout de quelques minutes, il s'écarta pour contempler son œuvre. En réalité, il était hébété. Le psychologue refusait toujours d'intervenir. Quelques secondes plus tard, l'homme lâcha ce qui restait du tison.

Il se tourna et fixa Gerber, puis avança vers lui.

Malgré sa peur, l'hypnotiseur ne bougea pas. Le garde s'arrêta à quelques centimètres, leva sa main noire de charbon et le toucha trois fois, rapidement.

Épaule gauche. Front. Épaule droite.

Au moment où il accomplit son geste, ses jambes cédèrent net et il s'effondra. Gerber le rattrapa juste à temps. Il l'allongea sur le sol en lui tenant la tête, puis l'examina.

Le voile sur ses yeux se leva.

— Mon Dieu ! s'exclama le garde forestier, que la douleur subite à la main avait sorti de la transe. Mais que…

— Tout va bien, lui dit Pietro en l'aidant à s'asseoir.

— J'ai la tête qui tourne.

— Respirez profondément, ça va passer.

L'homme regarda sa main brûlée, l'air effaré.

— J'étais là, mais je n'étais pas là… Je ne sais pas comment l'expliquer… Je me sentais…

— Prisonnier, intervint le psychologue pour lui signifier qu'il comprenait parfaitement ce qu'il essayait de lui dire.

— C'est ça : quelqu'un d'autre guidait mon corps, j'étais spectateur. C'était horrible.

Gerber regarda la brûlure : heureusement, elle était superficielle.

— Il est venu ici…, affirma soudain l'homme, qui commençait à se rappeler. Il est venu ici, répéta-t-il la gorge nouée.

— Vous vous rappelez son aspect ?

L'homme à une seule oreille réfléchit, mais secoua la tête.

— Je le vois s'activer dans cette pièce, mais c'est comme une ombre noire dans mes souvenirs… C'est vraiment moi qui ai fait ça ? demanda-t-il en regardant le mur, incrédule.

Gerber leva les yeux vers le dessin. Lui aussi avait encore du mal à y croire. Ce qui était représenté sur ce mur était un cauchemar. Une maison sans portes, avec une seule fenêtre. Derrière cette fenêtre, deux silhouettes humaines sans visages. Une grande, l'autre plus petite.

Un ogre et un enfant.

24

Le père de Gerber avait été le premier véritable endormeur d'enfants. Seuls ses petits patients étaient autorisés à l'appeler Monsieur Baloo ou Monsieur B. C'était pour eux qu'il avait transformé son cabinet en *Livre de la jungle*. Il les hypnotisait en leur faisant écouter « Il en faut peu pour être heureux » sur un vieux vinyle rayé au milieu du deuxième refrain : le bruit du diamant de l'électrophone qui sautait de façon répétée sur le même sillon, associé à l'obscurité, guidait les patients vers un état de transe, sans qu'ils s'en aperçoivent. Un habile stratagème.

Il avait transmis ses connaissances à son fils.

Toutefois, pour comprendre ce qui avait poussé Pietro à choisir le même métier que son père, il fallait d'abord saisir qu'il y avait deux Monsieur B. distincts. Le premier était celui dont tout le monde à Florence se souvenait comme d'un homme dégingandé, un peu maladroit, mais sympathique. Qui portait un Burberry usé l'hiver et d'horribles sandales marron l'été. Qui appelait les gens par leur prénom et les saluait d'un grand geste du bras. Qui avait dans sa poche des ballons de baudruche colorés et des bonbons Rossana qu'il offrait à tout le monde. Qui était toujours étourdi et décoiffé. Le veuf souriant ayant élevé, seul, un petit enfant qui n'avait sans doute aucun souvenir de sa mère. Tout le monde, y compris ses patients, l'adorait, et Pietro ne s'en était jamais étonné : ils avaient des raisons de l'aimer.

Ils ne connaissaient pas l'autre Monsieur B., parce que celui-ci était réservé à son fils. L'homme qui, à la maison, s'enfermait dans des silences inexplicables et interminables. Incapable d'exprimer son amour. Jamais un baiser, jamais une caresse. À cause de qui Pietro s'était toujours senti plus orphelin que fils. Ce même Monsieur B. qui, jusqu'à sa mort, s'était laissé user par un triste secret, et qui ne s'en était libéré qu'avec son dernier souffle de vie, gâchant ainsi l'existence de son fils. Pietro ne le lui avait pas pardonné, même s'il lui était reconnaissant de lui avoir transmis son talent. Parce que c'était bien de cela, qu'il s'agissait.

Un don.

Pietro Gerber s'était inscrit à la faculté de psychologie sans grande conviction, pour éviter que son père ne critique son choix, comme toujours. Pietro voulait surtout gagner du temps pour réfléchir à ses envies et à ses projets. Ne croyant pas à l'hérédité du talent, il avait étudié sans entrain.

Pourtant, à la fin de sa troisième année, un événement avait tout changé.

Jusque-là, il n'avait jamais entendu parler de l'hypnose. Pour lui, Monsieur B. était juste un psychologue pour enfants qui collaborait parfois avec le parquet des mineurs et qui recevait ses patients dans un monde fantastique en papier mâché. Sa spécialité était la fiction. En effet, seul un mystificateur pouvait convaincre de sa capacité à guérir des âmes fragiles d'enfants, alors qu'il ne comprenait même pas son unique rejeton. Son affection pour son fils était feinte, à l'instar de ses méthodes : Pietro Gerber n'avait aucun respect pour lui. Bien qu'étudiant la même matière, il ne s'était jamais intéressé à la profession de son père, aussi n'avait-il jamais soupçonné ce qu'il faisait vraiment.

Il le découvrit une nuit d'été.

Une main le secoua dans son sommeil.

— J'ai besoin de ton aide, annonça Monsieur B.

Le fait qu'il ait besoin d'aide était surprenant en soi, et de l'aide de son fils encore plus. Toutefois, le ton grave de son père n'admettait ni questions ni commentaire. Alors, sans demander d'explication, Pietro avait sauté du lit et s'était habillé.

Ils étaient montés dans la voiture et sortis de Florence. Monsieur B. se taisait. Soudain, à la grande surprise de Pietro, il dit :

— J'ai été convoqué par la juge Baldi.

S'il s'agissait d'une mission officielle, alors à quoi servait la présence du jeune homme ? Il n'avait aucune expérience sur le terrain, en outre il n'avait passé que la moitié des examens, il avait du retard dans son cursus.

Pourtant, son père avait souhaité qu'il l'accompagne.

Vers 1 heure, ils arrivèrent dans une vieille bâtisse perdue dans la campagne de la Garfagnana, entourée de statues néoclassiques. Elle était gardée par les forces de l'ordre. Le ruban bleu accroché au portail indiquait qu'un petit garçon venait d'y naître. Les jeunes parents, des gens très cultivés et dotés d'un patrimoine important, faisaient partie de l'aristocratie de Lucques. Ils étaient au désespoir parce que, l'après-midi, leur fils avait disparu de son berceau pendant son sommeil. Les heures passant, ils avaient fini par soupçonner que le ravisseur était sa grande sœur de 6 ans. Cela expliquait pourquoi la juge avait fait appel à Monsieur B.

Pietro n'oublierait jamais la scène à laquelle il assista cette nuit-là.

Son père s'assit à côté de la fillette et la mit en transe à l'aide d'un mange-disque diffusant la chanson d'un vieux film de Walt Disney. Quand elle eut plongé en elle-même, il lui donna une feuille et des pastels à l'huile. Puis, avec des phrases douces et apaisantes, il la convainquit de lui montrer où se trouvait son petit frère. Alors la petite dessina la maison, le jardin et un puits, qui était en fait une citerne de récupération des eaux de pluie, inutilisée depuis longtemps et dissimulée par la végétation.

Ce fut la première fois que Pietro assista à une séance d'« écriture automatique », où l'inconscient prend le dessus sur la conscience. Il croyait que c'était seulement en vogue chez les voyantes ou chez les imposteurs soi-disant en contact avec l'au-delà. Il ignorait même que Freud s'était intéressé à cette extraordinaire méthode.

Pour lui, jeune étudiant en psychologie, le plus surprenant fut cependant que Monsieur B., après avoir obtenu l'information qu'il cherchait, ne demanda pas à la fillette pourquoi elle l'avait fait, ni si elle avait conscience de la gravité de son acte. À la place, avec une humanité infinie et un soin affectueux, il referma la porte qu'il avait provisoirement ouverte dans son esprit en lui disant : « Maintenant, n'aie pas peur. »

Sur le chemin du retour, Pietro repensa à cette phrase. Elle ne ressemblait pas à un conseil, mais à un ordre, donné à l'âme d'une enfant qui avait fait quelque chose dépassant ses capacités de compréhension.

— Pourquoi lui as-tu dit précisément ces mots ? trouva-t-il le courage de demander à son père.

Il eut l'impression que Monsieur B. s'y attendait.

— En grandissant, elle se rendra compte de la gravité de son geste et elle devra vivre avec pour le restant de ses jours. Je lui ai seulement apporté un peu d'aide pour affronter l'inévitable.

C'était une réponse attendue et plutôt évasive : Pietro eut la sensation que Monsieur B. aurait pu faire bien plus pour elle et que, si la juge et les autres n'avaient pas été dans la pièce, il aurait agi autrement. Comme si son père possédait les outils pour effacer les faits de la mémoire de la fillette, la libérer de son futur sentiment de culpabilité et réinitialiser son destin. Vraisemblablement, Monsieur B. considérait que cela aurait été la juste chose à faire. Ses capacités d'hypnotiseur allaient bien au-delà de ce qu'il avait mis en pratique cette nuit-là. Et, en demandant à son fils de l'accompagner, il avait voulu lui faire une démonstration pratique, tout en lui laissant entendre que, si Pietro le voulait, il pourrait lui transmettre son savoir.

Des années plus tard, un jour qu'il entrait dans le vieil immeuble du centre historique de Florence où se trouvait son cabinet, il passa devant la porte fermée de celui de Monsieur B. et repensa à ce voyage nocturne avec son père. Il n'aurait jamais pu, à ce moment-là, imaginer les potentialités du don qu'il allait recevoir. Aujourd'hui encore, il était surpris de découvrir quelqu'un doté du même talent, l'affabulateur.

Ce qui s'était déroulé avec le garde forestier, cette prodigieuse expérience d'écriture automatique, dépassait la compétence de Gerber et même son imagination. La vérité, bien que cela lui coûte de l'admettre, était qu'il aurait eu besoin de Monsieur B. pour comprendre ce qui se passait dans sa vie, en ce moment : ses conseils l'auraient sans doute éclairé.

Si l'autre hypnotiseur était en train de lui lancer un défi, Pietro Gerber était en train de le perdre.

C'est alors qu'il se rendit compte qu'il était épuisé. En plus, se rendre dans les bois vêtu de son Burberry avait été une légèreté impardonnable : l'humidité le transperçait jusqu'aux os. Il aurait dû passer chez lui pour se changer et prendre une douche brûlante, mais il était en retard. Il se contenta de se passer les mains sous l'eau chaude du robinet des toilettes. En se regardant dans la glace, il comprit qu'il avait encore sur le front la marque laissée par la main du garde forestier quand ce dernier était en transe.

Épaule gauche. Front. Épaule droite.

Il nota la séquence dans son carnet.

Après s'être lavé le visage, il se prépara un thé et avala deux aspirines, mais il frissonnait et sentait la fièvre monter. Il ne pouvait pas se permettre d'être malade, il avait besoin de toutes ses facultés mentales.

Il sortit son téléphone et découvrit un message de Silvia, ainsi qu'un appel en absence. Il n'était pas content de leur dernière conversation, même si, en fait, ils s'étaient disputés uniquement à cause d'Anita Baldi. Certes, c'était pour son bien à lui, mais la juge n'aurait jamais dû demander à son ex-femme d'intercéder pour le faire changer d'avis sur l'expertise.

« *Tu ne t'es pas embarqué dans une nouvelle affaire Hall, n'est-ce pas ?* »

Gerber fut sur le point d'appeler Silvia pour s'expliquer, mais il se ravisa. Il rangea son téléphone dans sa poche et, une tasse de thé fumant dans la main, il retourna dans son cabinet et alluma la cheminée.

La vision de l'homme à une seule oreille saisissant un tison ardent dans le poêle l'avait troublé. C'était comme si son esprit et son corps s'étaient soudain dissociés, et que le second était devenu un simple appendice. Quelque chose qu'on pouvait sacrifier.

« *Notre esprit est bien plus puissant que notre conscience.* »

Le garde forestier n'en revenait pas de ce qui lui était arrivé, lui non plus. D'ailleurs, personne ne croyait qu'il était aussi simple de tomber dans l'hypnose, se dit Gerber en posant sur la table basse à côté de son fauteuil une feuille où était reproduit le dessin tracé sur le mur du petit poste des forestiers.

La maison sans porte. La fenêtre. L'ogre et l'enfant. Les gens sont convaincus qu'ils se maîtrisent et contrôlent leurs actions. Beaucoup considèrent l'hypnose comme une charlatanerie. D'habitude, ces derniers sont aussi les esprits les plus perméables. Un bon hypnotiseur laisse au patient l'illusion qu'il continue à gouverner ce qui se passe autour de lui. En même temps, il prend le contrôle de ce qui se produit à l'intérieur de lui.

Cette règle ne valait pas pour tous les enfants.

En feuilletant les notes qu'il avait accrochées partout dans la pièce après la dernière séance avec Nikolin, le psychologue se souvint d'une recommandation de Monsieur B.

Son père lui répétait que, contrairement à ce qu'on croit en général, l'esprit d'un enfant ou d'un adolescent n'est pas facile à comprendre. Le thérapeute le comparait à un labyrinthe : il est facile d'y entrer mais difficile d'en sortir. Et le pire, c'est qu'on peut s'y perdre. Si l'hypnotiseur s'égare dans la tête d'un petit patient, il n'y a aucune issue : l'enfant grandit avec un intrus dans son inconscient, ce qui a beaucoup de conséquences sur le développement de son âme.

Et c'est le plus grand échec, pour ceux qui exercent le métier de Pietro Gerber.

Il avait l'habitude de nettoyer les esprits des scories des traumatismes et de recoudre les blessures invisibles causées par les violences psychologiques, qui risquaient de s'infecter au fil du temps, comme avec un clou rouillé. Mais il ne lui était jamais arrivé de devoir libérer quelqu'un d'une présence étrangère, d'un parasite.

Toutefois, en se servant de Nico, l'affabulateur voulait aussi lui montrer ce qu'il avait vécu lui-même enfant, quand il était prisonnier d'un ogre qui le forçait à l'appeler tonton. Et Gerber était curieux de connaître le reste de l'histoire.

« *Si j'étais toi, je ne descendrais pas à la cave.* »

L'ampoule rouge de son bureau s'alluma et s'éteignit trois fois. Son jeune hôte était arrivé. Le psychologue fit entrer les gardiens et l'agente peu engageante. Nikolin portait toujours la combinaison blanche de l'institut, mais cette fois on lui avait déjà retiré les menottes. Il se déplaçait toujours comme s'il était téléguidé, ou comme s'il suivait sur le sol une ligne qu'il était le seul à voir.

— Vous l'avez mis à l'isolement, comme je vous l'ai demandé ?

Gerber parlait du nez, signe que le rhume arrivait.

— Oui, confirma l'agente à contrecœur.

— Vous avez filmé son comportement ? Vous avez trouvé quelque chose d'intéressant ?

— Rien : il accomplit les tâches quotidiennes, le reste du temps il est assis et regarde par la fenêtre.

Gerber prit acte, et pour toute réponse il éternua.

La femme fit un pas en arrière.

— Vous vous sentez bien, docteur ? demanda-t-elle, plus dérangée qu'intéressée.

— Très bien, merci.

Peu après, le petit groupe partit : cette fois encore, ils attendraient en bas de l'immeuble. Une fois seul avec l'enfant, Pietro Gerber posa les mains sur ses épaules et le guida jusqu'au fauteuil à bascule.

— Nous avons beaucoup de travail, ce matin, lui annonça-t-il en fermant les rideaux, tentant de paraître jovial pour cacher son inquiétude. Beaucoup de gens pensent que les hypnotiseurs utilisent surtout des stimulations visuelles pour mettre les personnes en transe, dit-il. Un pendule rouge, ou une spirale qui tourne à l'infini…, énuméra-t-il en donnant un petit coup dans le fauteuil, si bien que Nico se berça lui-même. Certains utilisent des inputs sonores, comme moi avec le métronome ou mon père avec un vieux disque. En revanche, les meilleurs hypnotiseurs utilisent le toucher…

Il posa trois fois les mains sur l'enfant, imitant le garde forestier à la main noire de charbon.

Épaule gauche. Front. Épaule droite.

La respiration de Nikolin s'accéléra : une autre porte s'était ouverte dans son esprit. C'était le code.

Gerber s'assit dans son fauteuil. Une question lui brûlait les lèvres depuis la veille :

— Qu'y avait-il, dans cette cave ?

25

Il n'y a rien dans la cave. Rien.

Je me le répète en boucle pour essayer de me convaincre. En vain. Allongé sur mon lit, je n'arrive pas à dormir : l'angoisse me paralyse. Je fixe la porte fermée. De l'autre côté du couloir, il y a la chambre de papa et maman. Dans leur lit dort un intrus, je n'arrive toujours pas à y croire. De même que je ne crois pas un mot de ce qu'il m'a raconté. Mes parents ne sont pas partis, ils n'ont pas emmené notre chien, ils ne m'ont pas laissé ici avec cet homme que je n'ai jamais vu. Ils ne sont pas en vacances sans moi.

— Ils sont à la cave.

Ce n'est pas moi qui ai dit ces mots, mais une présence dans ma tête. Elle a emprunté ma voix et maintenant elle me parle, elle affirme des choses que je n'ai pas le courage de prononcer. Et quand j'essaie de la contredire, elle insiste. Je ne sais plus si je dois avoir peur du tonton ou de moi-même, je suis en train de devenir fou.

À l'aube, je sombre enfin dans un sommeil agité, je fais plusieurs fois le même cauchemar sans parvenir à en sortir. Comme quand on a de la fièvre et qu'on voudrait se réveiller. Dans mon rêve, je suis avec Bella. Je lui lance son jouet préféré, un Pinocchio en caoutchouc qui appartenait à papa quand il était petit, qui fait du bruit quand on appuie dessus. Bella va le chercher. Moi, j'envoie le Pinocchio au loin et mon chien me le rapporte. À l'infini. Je suis fatigué, mais pas Bella. Alors je suis obligé de continuer. Ensuite, je m'aperçois que Bella n'est pas la Bella habituelle, quand elle court elle saigne du ventre. Quelqu'un lui a ouvert le ventre avec un couteau comme celui avec lequel l'homme épluchait sa pomme à la cuisine, la première fois que je l'ai vu. Ma chienne est en train de mourir, même si elle n'a pas l'air de souffrir. Forcément : elle est déjà morte. J'essaie de m'en convaincre. Elle est morte mais elle ne s'en est pas rendu compte.

Et bientôt, elle finira à la cave.

Je veux sortir de ce rêve, je veux arrêter de lancer ce maudit Pinocchio en caoutchouc. Peut-être que si je l'envoyais un peu plus loin, elle ne voudrait plus aller le chercher. J'essaie, mais j'ai beau lancer de plus en plus loin, elle n'arrête pas. Parce que Bella ne se sépare jamais de son jouet préféré. Elle le cache toujours dans des endroits où nous ne le trouverons jamais.

Jamais.

Quand je me réveille enfin, avant d'ouvrir les yeux, il y a une seconde de vide et de calme durant laquelle je ne me souviens de rien. Mais ensuite la vérité m'assaille et l'angoisse me saisit à la gorge. Je regarde mes vêtements : les mêmes que quand je suis rentré de l'école la veille, je n'ai pas eu la force de me mettre en pyjama. À quoi bon ?

De toute façon, l'inconnu me tuera dans mon sommeil. Résultat, je suis trempé de sueur et je pue.

Pourtant, je constate avec stupeur que je suis encore vivant. Je me lève, j'ouvre doucement la porte de ma chambre, je regarde à l'extérieur et je tends l'oreille. Il fait jour mais la maison est silencieuse. Un instant, je caresse l'espoir que l'ogre soit parti. Ce serait fantastique. Mais je l'entends ronfler. Alors mon ventre se noue, une main invisible me tord les boyaux et je dois courir aux toilettes, si je ne veux pas me faire dessus.

Puis je descends. Je pourrais profiter de son sommeil pour m'enfuir. J'y ai pensé, hier, mais aujourd'hui je n'ai plus le courage. Pourtant, quand je l'ai évoqué devant lui, ça n'a pas eu l'air de le déranger. Il a dit qu'il était sûr que je ne le ferais pas.

« *Tu es un garçon bien trop malin.* »

Pourquoi l'ai-je écouté ? C'est fou ! Je devrais essayer, au moins. Mais non : je me désiste, je trouve des excuses, j'invente mille prétextes pour rester, j'en arrive même à lui donner raison. Alors, ne sachant que faire, je m'assois dans le salon et j'attends. Une, deux, trois heures. Mon regard passe de la cuisine, où se trouve la porte de la cave, à l'escalier que je viens de descendre.

Vers 14 heures, j'entends la porte de la chambre de mes parents s'ouvrir et ses pas dans l'escalier. L'homme apparaît, il s'étire et bâille sans mettre la main devant sa bouche. Il est décoiffé, et ne porte qu'un slip et des chaussettes.

— Bonjour, me salue-t-il comme si tout était naturel. Tu as bien dormi ?

— Oui, je mens.

Contrairement à moi, il n'est pas étonné que je sois encore là. Je me rends compte que ce n'est pas lui qui me fait peur, mais la situation, tellement absurde que je ne sais plus ce qui est juste, ni ce que je devrais faire. Tout me terrorise et me trouble, je n'arrive pas à prendre de décision. Je me sens comme un lézard capturé dans un bocal en verre, qui a peur d'en sortir parce qu'il ne sait pas ce qui l'attend dehors, alors il reste à l'intérieur, au risque d'être grillé par le soleil.

— J'ai une faim de loup, annonce l'ogre.

Il me regarde, je lui rends son regard en me demandant ce qu'il attend de moi. Puis je comprends, et ça me semble absurde.

— Je dois préparer le petit déjeuner ?

— Je voudrais deux œufs au plat et un café, approuve-t-il en se caressant le ventre. En attendant, je vais aux toilettes.

Il rit à gorge déployée.

Je n'ai jamais cuisiné de ma vie. Je ne sais pas par où commencer. Mais si je le lui dis, j'ai peur qu'il se débarrasse de moi, parce que je serai inutile. Alors je me lance : j'ai souvent observé maman à la maison, ou papa au camping. Des œufs au plat, ça ne doit pas être si compliqué à préparer. J'entre dans la cuisine, je passe devant la porte fermée de la cave, mais j'évite de la regarder. Je prends l'huile d'olive dans le garde-manger, je mets une poêle sur le gaz. J'ouvre le frigo, il y a six œufs : j'ai de la marge. Quand je referme la porte, mon regard se pose sur le sol, et mon cœur fait un bond dans ma poitrine.

Derrière le frigo, j'aperçois le Pinocchio de Bella.

J'aurais préféré ne pas découvrir la dernière cachette du jouet préféré de ma chienne. Parce que cela signifie que la présence dans ma tête a raison. Et si quelqu'un a vraiment réussi à séparer Bella de ce maudit jouet, alors il n'y a qu'une seule explication pour tout le reste, aussi.

Je ramasse le pantin en caoutchouc et je le pose sur la table. Puis je prépare la cafetière. Quand l'huile grésille, je casse les œufs, la main tremblante, et le jaune se délite au contact de la poêle. Est-ce que ça va lui plaire quand même ? Peu importe. Au moment où j'étale le blanc, en attendant que se forme la petite croûte dorée, l'homme revient des toilettes et s'assoit à table, où j'ai mis le couvert.

— Tu n'as pas faim ? me demande-t-il en ne voyant qu'une seule assiette.

— Non.

Le trou dans mon ventre est comme celui de Bella dans mon rêve : il ne saigne pas, mais j'ai mal quand même. Et si on appuie dessus, je pousserai un gémissement déchirant, comme le Pinocchio en caoutchouc. Je voudrais pleurer, je voudrais hurler, je voudrais le frapper avec la poêle brûlante.

— Il faut te mettre quelque chose sous la dent, feint-il de s'inquiéter.

Mais je ne crois plus un seul mot prononcé par ce salaud qui a tué mon chien.

— Je n'ai pas faim, je répète fermement.

Maintenant, je suis tellement en colère que je n'ai plus peur de l'affronter.

— Que se passe-t-il, mon garçon ? Qu'est-ce qui te prend ?

— Rien, je réponds, conscient que mon expression dit tout le contraire.

Je lui sers ses œufs. Il les fixe en silence avant d'affirmer :

— C'est faux. Quelque chose ne va pas.

— Tout va bien, lancé-je en essayant de jouer les durs, et en lui servant son café dans une tasse.

Mais ma voix, qui part dans les aigus, me trahit.

L'homme prend sa fourchette, puis change d'avis : il la repose sur la table et lève les yeux.

— Ne te moque pas de moi, s'il te plaît.

Cet homme ne dit pas de gros mots. Il n'a pas dit : « Ne te fous pas de ma gueule, petit con. » Il a dit « s'il te plaît » ! Cela me rend fou : il n'a même pas besoin d'être vulgaire pour être menaçant. Son ton suffit.

Il est méchant, mais d'une cruauté gentille, que seuls les ogres sont en mesure d'exprimer en mots. Ils ne crient pas, ne se mettent pas en colère. Leur ton suffit. Le message est très clair. Il entre dans mes oreilles et arrive tout droit là où il faut. Dans cet endroit secret entre le cœur et l'estomac, où les mots précipitent et deviennent de la peur noire bouillante.

— Tu as fait du mal à ma chienne.

Ce n'est pas une question, mais une accusation. Cette fois, ma voix n'a pas tremblé.

— Je ne ferais jamais de mal à ta chienne, affirme-t-il.

Je te l'ai expliqué : tes parents l'ont emmenée, quand ils sont partis avec le camping-car.

— Je ne te crois pas.

Je sais que je risque gros, mais tant pis. De toute façon, tôt ou tard, ce sera mon tour. Et si je dois finir à la cave, autant m'épargner cette inutile agonie d'épouvante.

— Comment peux-tu être aussi certain que je ne suis pas sincère ? me concède l'intrus, repoussant encore un peu l'inévitable.

— C'est un Pinocchio en caoutchouc qui me l'a dit.

Je désigne l'objet posé sur la table. Il l'observe, comme s'il ne l'avait pas vu avant.

— Tu as raison, répond-il.

Je ne m'y attendais pas. Ces trois mots ont le pouvoir de me vider de toutes mes forces. Je n'échapperai pas à cet aveu, parce qu'on n'échappe pas à un ogre qui avoue être un ogre. Il peut même se permettre d'être sincère, parce qu'il n'a rien à perdre. C'est moi qui vais arrêter de vivre, maintenant. Qu'il ait mis un terme à la farce m'a semblé courageux, mais cela reste son dernier mot. Comme le chat s'amuse avec la souris qu'il a acculée dans un coin : il lui laisse l'illusion qu'elle peut s'échapper, jusqu'à ce qu'il en ait assez.

Son but ne change pas : simplement, il a cessé de jouer avec moi.

— Ton chien n'est pas avec tes parents, confirme-t-il. Et je te demande de m'excuser : j'aurais dû te dire la vérité.

Encore un petit jeu ? Je la connais déjà, la vérité, salauddeconnarddelâche.

L'homme me regarde, il a presque l'air de regretter.

— Tes parents m'ont demandé de m'occuper de lui, aussi. Mais juste après leur départ, il s'est enfui.

— Elle. Elle s'appelle Bella.

Comme si prononcer son nom pouvait lui faire comprendre que je ne crois pas à ce nouveau mensonge, et qu'il est inutile de continuer. J'ai 12 ans mais je ne suis pas idiot.

— Bella s'est mise à courir, elle est partie dans le bois et je n'ai pas réussi à la rattraper.

Mais il comprend qu'il est inutile de se justifier.

Pourquoi me ment-il ? Je ne vois qu'une seule explication : il a besoin de moi. Oui, il a besoin de moi pour quelque chose. Cette pensée m'atterre, parce que j'ignore de quoi il s'agit. Il jubile peut-être de mon impuissance. Quand il en aura assez, il me fera payer mon impudence. Et comme je ne réponds pas à son dernier mensonge, il prend son assiette encore pleine, sa tasse de café et sa fourchette puis, les épaules voûtées et l'air vexé, il va manger au salon. Il s'installe dans le canapé et allume la télé.

Qu'y a-t-il à la cave, salauddeconnarddelâche ?

C'est le moment de lui poser la question. Je sais que je n'aurai plus jamais autant de courage. Pourtant, je me tais. La réponse me fait plus peur que lui.

Alors je m'assois à la table de la cuisine et j'observe le salon, de loin. La nuque de l'homme, immobile devant l'écran. Je me demande à quoi il pense quand il regarde un téléfilm ou la publicité pour une nouvelle lessive, ou quand il zappe d'une chaîne à une autre. Que cherche-t-il réellement ? Que fait-il ici ?

Que veut-il de moi ? Les heures passent, il reste là. Il se lève uniquement pour aller aux toilettes ou chercher quelque chose à manger. Puis il revient à la même place. Il m'ignore. Cet homme ne fume pas, ne boit pas d'alcool, ne se drogue pas. Il n'a aucun des vices habituels des méchants.

Il est juste paresseux.

C'est pour cela qu'il me fait très peur. Il est trop fuyant pour que j'arrive à le cerner. Je suis incapable de prévoir ses mouvements, de les anticiper. Donc de me défendre. Et je suis certain que, quand sa colère explosera, il me fera très mal.

En fin d'après-midi, quand la lumière commence à brunir, je remarque que sa tête penche d'un côté. Il est en train de s'endormir sur le canapé. Bientôt, il ronfle. C'est alors que j'ai une idée : il y a un moyen d'en savoir plus sur l'intrus.

Son sac de marin.

Je suis certain qu'il est dans la chambre de mes parents. Je me lève en faisant bien attention à ne pas le réveiller, et je monte. J'ouvre la porte et, en voyant le lit de papa et maman défait et tout le désordre, je me sens infiniment triste. Leur intimité a été profanée par cet inconnu. Le pyjama de papa jeté par terre. Ses pantoufles, toujours bien alignées sur le tapis, sont pêle-mêle. Le tube de crème pour les mains de maman, ouvert sur la table de nuit, n'a plus de bouchon. La crème va sécher. Je me rappelle le geste délicat avec lequel elle s'en étale sur les paumes et le dessus des mains, chaque soir, avant de les masser avec soin. Je me souviens aussi de l'odeur de sa caresse quand elle vient me souhaiter bonne nuit. Je sais que ça n'arrivera plus, que tout cela appartient au passé. Comme si un cataclysme avait balayé le monde d'avant.

Je ne sais pas ce qu'est devenu ce monde, mais je sais qu'il ne reviendra pas. Pourtant, ce n'est pas le moment des regrets. L'ogre pourrait se réveiller.

Le sac de marin est posé dans un coin. Je m'agenouille devant, après avoir lancé un dernier regard à la porte, au cas où. Je défais la cordelette et j'écarte le tissu. Il contient essentiellement des vêtements. Je les sors, à la recherche d'un éventuel portefeuille, de papiers, de quoi que ce soit qui puisse m'éclairer. Des chaussettes, des slips, un tee-shirt blanc, un maillot de corps bleu, des jeans difformes, un tee-shirt sale, un bermuda, une vieille casquette. Le gros couteau avec lequel il a épluché la pomme. Je l'observe : je pourrais le prendre et m'en servir contre lui. Mais en aurais-je la force ? Non. Je suis découragé : pas de portefeuille, pas de papiers, rien qui puisse me révéler son identité. Sur un point, il n'a pas menti : il n'y a pas de téléphone portable, dans ses affaires. Soudain j'aperçois quelque chose. Une photo. Un Polaroid.

J'observe la femme, jeune, qui pose devant le comptoir d'un bar. On ne voit que son buste et sa tête. Elle est rousse, mais ses cheveux longs jusqu'aux épaules ont l'air négligés, comme si elle les coupait elle-même. Elle porte un débardeur blanc. Elle a les ongles longs et du vernis brillant, craquelé : elle lève une chope de bière, comme pour trinquer avec la personne qui prend la photo. Ce n'est pas un beau sourire, elle a quelque chose de vulgaire, et les dents abîmées.

Qui est cette femme ? Qu'a-t-elle à voir avec l'ogre ? C'est alors que j'entends un bruit, qui me met en alerte : il vient de dehors. De loin. Très loin. Et il se rapproche. Je remets tout dans le sac, en vrac. J'ignore s'il s'apercevra que j'ai fouillé, mais je n'ai pas le temps de m'en soucier. Ensuite, je me lève et je quitte la pièce. Je descends et cours vers la porte d'entrée, je l'ouvre. L'obscurité envahit déjà la campagne. J'avance sur l'herbe en essayant de percevoir le bruit. Je prie pour que ça n'ait pas été une hallucination. Puis, dans le silence des grillons du soir, je l'entends de nouveau : il vient du bois et résonne dans notre petite vallée.

L'aboiement d'un chien.

Juste après, je reconnais Bella qui dévale la pente et vient à ma rencontre, toute joyeuse. Oui, c'est bien ma chienne. Je cours vers elle, elle me saute dessus et nous roulons ensemble dans l'herbe fraîche et parfumée. Je n'ai jamais été aussi heureux. Bella me lèche le visage, elle aussi est contente. Elle est couverte de terre et de boue mais tant pis, je la laverai.

— Où étais-tu passée ? je lui demande, les larmes aux yeux.

Elle aboie.

Puis une ombre s'élève derrière nous. Mon sourire s'éteint. Bella me quitte pour aller renifler la main de l'ogre, qui est sorti de la maison.

— Qu'est-ce que je t'avais dit ? demande-t-il, l'air absent.

Il a des yeux de fou. Je n'en ai jamais vu, mais je sais que c'est ça. Je voudrais qu'il me déteste, mais il me fixe de ses yeux hébétés. Il n'est pas capable de ressentir quoi que ce soit. Et moi, ce que j'éprouve, ce n'est pas de la peur, mais du froid. Il me donne froid. Je m'en aperçois seulement maintenant.

L'homme caresse le museau de Bella puis fait mine de rentrer.

— Je suis content que tu aies retrouvé ton chien. Vraiment content.

Son pas lent, sa démarche ondoyante. Ses gestes calmes. Tôt ou tard, tu révéleras qui tu es vraiment.

Tôt ou tard.

Les deux possibilités sont aussi terribles l'une que l'autre. Parce que, au bout du compte, je saurai que j'avais raison.

26

Nikolin se tut, mais cette fois l'hypnotiseur était préparé à l'interruption. L'enfant se tourna vers lui, le regard nonchalant et l'expression placide, comme toujours. Il était retourné dans la chambre perdue.

— Bravo, le félicita Pietro en se penchant vers le fauteuil à bascule pour poser une main sur son genou.

Pourtant, au fond de lui, Gerber ressentait une amertume profonde. Les mots du petit protagoniste de l'histoire qui s'était déroulée vingt-deux ans plus tôt résonnaient encore dans la pièce.

Un psychopathe gentil.

L'hypnotiseur n'aurait pas pu imaginer monstre plus effrayant. À la différence des animaux, le genre humain n'a besoin ni de l'expérience ni de l'instinct : chaque individu est capable de calculer le risque d'une situation inconnue et, par conséquent, de prendre les mesures adaptées. Toutefois, il est impossible d'identifier un danger quand il se cache derrière le masque de l'ambiguïté. Gerber ajouta une note dans son carnet :

Rousse mystérieuse.

Qui était la femme du Polaroid ? L'idée qu'il faille trouver le code suivant pour le découvrir ne l'inquiétait plus : en réalité, il n'avait pas envie d'écouter la suite. Pourtant, il savait que déroger aux consignes de l'affabulateur signifiait abandonner Nico à son destin, le laisser prisonnier pour toujours de son propre esprit.

« *Tu écouteras ce que j'ai à dire... jusqu'au bout.* »

Il servit un verre d'eau au jeune garçon et l'observa boire goulûment, en se demandant où il était à ce moment-là, dans quelle partie de lui-même il s'était réfugié, sous le coup de la peur. Il rouvrit les rideaux, avertit d'un texto l'agente antipathique et les gardiens de l'institut, puis il accompagna Nico dans la salle d'attente, où il découvrit une visiteuse inattendue.

— J'ai besoin de te parler, annonça Anita Baldi, l'air contrite, enveloppée dans son manteau violet, un sac noir dans la main droite et un sachet en kraft dans l'autre.

— Bien sûr, entrez, l'invita Gerber.

Il remarqua le petit sourire suffisant de l'agente qu'il avait mouchée, et qui supposait maintenant qu'il allait se faire réprimander.

— Que me vaut l'honneur ? lança-t-il pour dédramatiser, en entrant dans son cabinet.

— Tu pensais vraiment m'avoir éjectée de l'affaire ? lui reprocha sa vieille amie en posant ses affaires par terre. Je suis venue pour savoir comment la thérapie avance.

— Vous n'auriez pas dû vous déranger : vous pouviez m'appeler, ou me convoquer à votre bureau, j'aurais accouru pour vous expliquer qu'il n'y a pour le moment aucun développement intéressant, mentit-il en essayant d'éviter son regard.

La femme se leva et fit un pas vers lui.

— Que t'arrive-t-il, Pietro ? Es-tu vraiment prêt à risquer ta carrière ?

Il aurait voulu lui dire qu'il n'avait pas le choix. Que, s'il avait pu, il se serait volontiers retiré. Mais il se tut, et il sortit de la poche de son pantalon un mouchoir en papier usagé, dans lequel il se moucha bruyamment.

— Regarde-toi : tu es dans un état pitoyable, commenta la juge en le détaillant de la tête aux pieds, et en s'arrêtant sur ses Clarks boueuses après sa virée nocturne dans la forêt. Depuis combien de temps n'as-tu pas dormi ou pris un vrai repas ?

Son allure était pire que ce qu'il imaginait. Il sentait le creux des cernes sur son visage, le poids de ses vêtements sales, et il avait conscience de ne pas sentir bon. Toutefois, l'expression de la juge laissait supposer que ce qu'elle voyait était encore plus terrible. Il jeta son mouchoir dans la cheminée allumée.

— Je suis un peu enrhumé, admit-il pour justifier ses frissons et son front brûlant.

— Alors tu ne veux vraiment rien me raconter ? revint-elle à la charge.

— Est-ce que cela vous suffirait, si je vous disais que je ne crois pas que Nikolin puisse avoir fait de mal à sa mère ?

Anita Baldi secoua la tête.

— Cela ne me suffirait pas, à moins que tu ne m'expliques comment tu en es arrivé à cette conclusion.

Je ne peux pas, aurait-il voulu lui répondre. Il savait qu'en lui faisant du chantage pour poursuivre les séances avec l'enfant, il l'avait profondément déçue. Mais il était également convaincu que, au bout du compte, il serait en mesure de lui fournir une explication. Cet optimisme était idiot : à ce stade, il ignorait encore le but de l'affabulateur. Si c'était de le rendre fou, il était visiblement en train de réussir.

— Je veux te montrer ce qu'on a retrouvé dans la voiture où Nikolin vivait avec sa mère, dit la juge en se penchant pour ramasser le sachet qu'elle avait apporté.

Il s'agissait de dessins.

— On ne penserait pas qu'ils ont été réalisés par un garçon de 12 ans, mais plutôt par un enfant beaucoup plus jeune, tu ne trouves pas ?

Ensuite, la juge sortit un téléphone portable factice, qu'elle alluma : une petite musique joyeuse s'enclencha.

— Ça, c'est le jouet préféré de Nico.

Le psychologue comprit où elle voulait en venir.

— Son âge mental ne correspond pas à son âge réel, et alors ?

— Tu viens de me dire que tu doutes de sa culpabilité, même si tu ne veux pas m'expliquer pourquoi. Mais même si tu confirmes ton expertise initiale, l'enfant aura des circonstances atténuantes, à cause de son déficit intellectuel.

Elle était venue pour le persuader d'abandonner. En effet, ses arguments étaient convaincants et Gerber lui aurait donné raison, s'il n'avait pas été contraint de continuer.

— Cet enfant est innocent et je le prouverai, il ne

serait pas juste d'accepter un compromis, ajouta-t-il en lui rendant le jouet. Mon fils Marco a le même, dit-il pour lui faire comprendre que, de son point de vue, la discussion était close.

— Est-ce que tout cela a un rapport avec les éléments qui ont ruiné ton mariage ? demanda-t-elle, abandonnant temporairement sa mission officielle.

Elle se référait à l'affaire Hanna Hall, une histoire d'enfants et de fantômes.

Gerber écarquilla les yeux.

— Bien sûr que non, répondit-il avec indignation. Qu'est-ce que c'est que cette obsession ? C'est vous qui avez mis ça dans la tête de Silvia, ou le contraire ?

— Je n'ai pas besoin de m'entretenir avec elle, affirma Anita Baldi.

C'était faux : Silvia lui avait raconté que la juge l'avait appelée pour qu'elle essaie de le faire changer d'avis sur l'expertise. Mais il se retint, pour ne pas alimenter la polémique.

— Je n'aurais pas dû te convoquer, l'autre nuit, dit la femme en attrapant son sac. Je te croyais encore apte à faire ton travail, mais je me trompais.

Puis elle se leva et se dirigea vers le couloir. Vers la porte fermée du cabinet de Monsieur B.

Gerber pensa que, par ce geste silencieux et théâtral, elle lui suggérait de se comparer à son père. La juge regrettait probablement son ami, authentique endormeur d'enfants. Comment lui donner tort ? Pourtant, sa tentative de le mettre mal à l'aise fut interrompue par la sonnerie d'un téléphone. Sans prendre la peine de s'excuser, le psychologue fouilla dans sa poche, sortit l'appareil et répondit.

— Docteur Gerber, je suis désolée de vous déranger.

C'était la mère de Lavinia, elle avait l'air inquiète.

— Que se passe-t-il ?

— L'école m'a appelée, ce matin, elle n'y est pas allée.

Ce n'était pas la première fois. Depuis les événements à la suite desquels Gerber la suivait, Lavinia avait un comportement imprévisible. Sa mère, qui ne vivait plus avec son mari depuis des années, lui avait souvent demandé de l'aide pour la retrouver. Ses fugues duraient généralement quelques heures, au maximum une demi-journée. *Pas aujourd'hui*, la supplia intérieurement le psychologue. Il était défait et, en plus, il devait chercher le nouveau code.

— Vous verrez, ça va se passer comme les autres fois, essaya-t-il de rassurer la femme à l'autre bout du fil.

La juge Baldi le fixait avec impatience. Il lui fit signe d'attendre, mais elle ignora sa demande.

— Dans l'hypothèse où je t'interdis de revoir Nikolin, aurais-tu toujours l'intention de démentir ton expertise ?

— Excusez-moi un instant, indiqua Pietro Gerber à la mère de Lavinia, avant de couvrir le micro de son portable de sa main pour répondre durement à la juge : C'est vous qui l'avez dit, non ? Si on trouve le cadavre de la mère, vous pourrez accuser l'enfant d'homicide, que je démente ou non mon expertise. Mais au risque de faire mauvaise figure devant le parquet, la presse et l'opinion publique, la vraie suite de l'affaire dépend de moi.

La juge n'avait plus aucune raison de rester. Pourtant, elle ajouta :

— Il y a une heure, les chiens de l'équipe scientifique ont flairé une piste, en partant d'un vieux vêtement de Mira.

Pietro Gerber se sentit soudain dos au mur. D'un côté, la mère d'une adolescente fugueuse au téléphone, qui comptait sur son aide et qui, en même temps, lui rappelait qu'il avait abandonné ses patients pour s'occuper de l'affaire Nikolin. De l'autre, la mise en garde de la magistrate. *Voilà pourquoi elle est venue*, songea-t-il. Enfin, il comprenait.

Le temps dont il disposait était compté.

27

À l'âge de 23 ans, Pietro n'avait pas commencé son mémoire de master 1. Après sa visite nocturne à la villa néoclassique de la Garfagnana, durant laquelle Monsieur B. lui avait fait découvrir la thérapie par l'hypnose, il s'était mis au travail et il avait rattrapé son retard dans ses études.

Il n'excluait plus de suivre les pas de son père et de devenir psychologue pour enfants.

Seulement, depuis qu'il l'avait vu à l'œuvre, ils n'avaient pas reparlé de ce qui s'était passé cette nuit-là. Pietro savait qu'il devait attendre le bon moment. Un jour, il se sentit prêt. Il se présenta alors au cabinet situé à deux pas de la piazza della Signoria. Il n'y était pas entré depuis son enfance, par pur esprit de rébellion, ou pour marquer sa différence avec Monsieur B., qui ne s'estomperait jamais. Mais, ce jour-là, Pietro avait mis son orgueil de côté et comptait sur son père pour ne pas lui faire remarquer cette contradiction. En l'accueillant dans sa forêt en papier mâché, celui-ci s'était contenté d'écouter sa requête.

— Tu pourrais m'apprendre ? avait simplement demandé Pietro, faisant allusion à la technique de l'hypnose.

Son père, qui avait passé la cinquantaine, s'était approché de lui, essayant de percevoir quelque chose dans son regard. Peut-être la lueur de curiosité pure indispensable pour adhérer à certaines techniques mystérieuses.

— Je dois d'abord te présenter à la Confrérie des hypnotiseurs florentins : ce sont eux qui décideront ou non de t'admettre.

En entendant ce nom ronflant, Pietro pensa à une sorte de congrégation magique ou maçonnique. Ils se réunissaient tous les jeudis soir, dans un lieu secret. Son père l'invita à ne poser aucune question avant qu'ils ne soient arrivés à destination.

Il le conduisit piazza Goldoni, où se trouvait la pharmacie Münstermann, qui existait depuis 1897 et était renommée pour certaines préparations mais, surtout, pour ses élixirs de beauté à la recette inchangée depuis des décennies. Monsieur B. y achetait un savon spécial à la violette pour sa femme, et il avait continué d'y aller une fois veuf, peut-être pour préserver le souvenir de cette tradition.

Pietro n'imaginait pas que ce lieu avait aussi une autre fonction.

Ils entrèrent un peu après la fermeture, en se glissant sous le rideau métallique, qui fut immédiatement descendu par un homme en blouse blanche.

— Les autres sont déjà arrivés, les accueillit-il à voix basse.

Le mobilier ancien sentait les essences qui avaient

imprégné le bois pendant plus d'un siècle. Pietro et son père traversèrent l'arrière-boutique, pleine de fioles aux couleurs brillantes et d'odeurs en tout genre, jusqu'à une porte derrière laquelle une échelle conduisait à l'étage. Ils se glissèrent dans cette espèce de boyau vertical. En haut, on entendait des voix masculines et des rires. Pietro ne saisissait pas ce que disaient ces hommes, ni combien ils étaient. Ils débouchèrent sur une mezzanine.

Pietro s'attendait à un petit temple ésotérique, aussi il fut déçu de découvrir une petite table à laquelle deux hommes entre deux âges jouaient aux cartes.

— Alors, il a marché ? demanda l'un d'eux à Monsieur B.

De toute évidence, c'était de Pietro qu'il parlait.

— Je te présente la Confrérie des hypnotiseurs florentins, annonça son père avec un geste théâtral.

Ils éclatèrent tous de rire. Sauf Pietro, qui rentra la tête dans les épaules, embarrassé et furieux de cette blague.

— Viens boire un verre de vin, dit l'autre homme en lui tendant un verre d'un excellent sassicaia.

Dans les minutes qui suivirent, Pietro Gerber se détendit et apprit que ce rassemblement était une gentille concession du propriétaire de la pharmacie. Les trois hommes se connaissaient depuis l'université. Ils se voyaient une fois par semaine pour jouer, partager une bonne bouteille de rouge et honorer une vieille promesse d'amitié.

— En réalité, aujourd'hui, il y a un absent, l'informa son père. Nous t'avons invité pour que tu le remplaces.

Ces rencontres avaient deux caractéristiques.

La première était que les joueurs étaient tous des hypnotiseurs. Monsieur F. était professeur de psychologie clinique et hypnose thérapeutique, Monsieur R., spécialiste en hypnose régressive. L'absent de la soirée était Monsieur Z., un expert en « parasomnie » qui pratiquait l'hypnose du sommeil, mais Pietro aurait bientôt l'occasion de faire sa connaissance, et même sa connaissance approfondie. La seconde particularité de ces réunions était que, au lieu de jouer au poker ou au bridge, ils préféraient un jeu qui remontait au XVIIe siècle.

Ils jouaient à l'*oblivio* avec un jeu de tarots florentin.

Pietro ne le connaissait pas, mais on lui offrit tout de même la chaise de Monsieur Z., afin qu'il puisse apprendre en observant les autres. Au fur et à mesure que la partie avançait, il devinait certaines règles mais, surtout, il voyait son père comme il l'avait rarement vu : non seulement jovial et expansif, mais aussi grossier et irrévérencieux. Dans ce petit cercle, on reprenait des habitudes et des rituels masculins consolidés pendant des années de virées, aventures et cuites colossales.

— Alors, Pietro, tu commences à comprendre un peu les règles ? lui demanda Monsieur F. à un moment.

— Il faut nécessairement être quatre : donneur, adversaire, partenaire et joueur qui coupe. Chacun a un rôle précis. En plus des cartes de bâtons, deniers, coupes et épées, il y a les triomphes ou arcanes majeurs qui contiennent des symboles, par exemple les signes du zodiaque, ou bien des allégories, comme « la roue de la fortune » ou « la maison du diable ». Il faut combiner les cartes, faire des brelans. Et le fou bouleverse le jeu.

— Rien d'autre ?

Pietro chercha une carte dans le paquet et la lui montra.

— Je n'ai pas encore compris à quoi sert celle-ci…

Elle représentait un drôle de bonhomme sans yeux. À la place, son grand front lisse se poursuivait jusqu'au nez. Il levait la tête vers un firmament d'étoiles et de planètes.

— C'est bien que tu aies remarqué ce personnage, le félicita Monsieur R. Dans quelques années, nous te révélerons à quoi il sert.

— Quelques années ? demanda Pietro d'un ton effronté, en jetant la carte sur la table. Je suis certain que, dans une bibliothèque poussiéreuse de Florence, il existe les règles de ce jeu, où se trouve la réponse.

Il pensait avoir fait une plaisanterie de bon goût, en accord avec le ton de la soirée. Mais les autres échangèrent des regards silencieux.

Monsieur F. reprit la parole :

— Je suis convaincu que c'est le cas, mais si ce jeu très populaire a été interdit à Florence et dans toute la Toscane, il y a une raison…

— On raconte, poursuivit Monsieur R., que l'*oblivio* impliquait tellement les joueurs qu'ils en perdaient le sens de la réalité. Ils oubliaient de boire et de manger, ils jouaient pendant des jours et des nuits, jusqu'à l'épuisement.

— Comment est-ce possible ? demanda Pietro.

Il avait étudié l'addiction au jeu, mais il se demandait

comment un simple jeu de cartes pouvait se révéler létal.

— Je ne sais pas si tu as bien compris, expliqua Monsieur B. : ce jeu contient les rudiments de l'art de l'hypnose.

Pietro restait sceptique.

Monsieur F. saisit la carte représentant le petit homme aveugle sous la voûte céleste.

— Regarde de nouveau cette image.

Pietro se pencha et lut la légende en latin.

— *Malleus animi.* Le « marteau de l'esprit ».

— Observe bien son visage…, l'encouragea Monsieur R.

L'homme avait la bouche grande ouverte.

— Il a l'air étonné de la beauté de ce ciel, répondit Pietro. Mais comment peut-il, s'il est aveugle ?

— C'est la carte la plus puissante de l'*oblivio*, lui révéla Monsieur F. Il représente celui qui voit avec son esprit : quand cette carte sort, quelqu'un déclare « *Habemus malleum animi* » et le jeu reprend à zéro.

Habemus malleum animi, se répéta Pietro.

— C'est comme si le jeu n'avait jamais existé, ajouta Monsieur B., qui s'était aperçu que son fils ne le comprenait pas. Le *malleus animi* est le seul à connaître la vérité, et aussi le seul à pouvoir briser l'illusion, en mettant fin à la partie. Si la carte ne sort pas, les joueurs sont perdus.

— Comme s'ils étaient emprisonnés dans un faux monde, affirma Pietro.

— Et si c'était déjà le cas ? se demanda Monsieur F.

— Nous avons besoin de nos cinq sens pour lire ce

qui nous entoure. Toutefois, ils peuvent être bernés, intervint Monsieur R. avant de citer : « Le seul Dieu que je connais, c'est moi. Les autres et tout ce qui m'entoure peuvent être de simples projections de mon inconscient. » Tu peux faire le même raisonnement, comme n'importe qui.

— Et ce que nous appelons « réalité », au contraire, pourrait n'être qu'un jeu… Comme l'*oblivio*, argumenta Pietro avec pertinence.

Les autres se turent.

— La seule façon de le savoir, c'est de… mourir, conclut-il, étonné par son propre raisonnement. Avec la mort, je devrais retrouver la mémoire, parce que Dieu ne peut pas mourir, n'est-ce pas ?

Les trois autres se regardèrent : cette fois, ils paraissaient satisfaits.

— En fait, ton père t'a amené ici pour que l'on t'hypnotise avec notre jeu de cartes, dit Monsieur F. Tu crois être au-dessus de la pharmacie, en vérité tu es dans l'exacte reproduction de cette pièce, que tu as créée toi-même, dans ton esprit.

— Mais pour savoir si c'est le cas, je devrai remettre le jeu à zéro, affirma Pietro en prenant dans sa main la carte de l'aveugle. *Habemus malleum animi.*

Il était prêt à la lancer.

— Il n'est pas toujours nécessaire de mourir, intervint Monsieur B. en lui bloquant le bras. Parfois, il suffit de violer une des règles qui gouvernent notre monde.

— Par exemple, tu peux essayer de voler, dit Monsieur F., sérieux.

— Tu vois cette fenêtre ? lui indiqua Monsieur R. Ouvre-la et saute. Si ce qui t'entoure n'est pas réel, tu te réveilleras. Si ça l'est, au pire, tu te casseras une jambe.

Pietro les observa, essayant de percer leurs pensées ou attendant que l'un d'eux se trahisse. Pour briser la glace, il lâcha la carte de l'aveugle et leva son verre.

— Au diable le *malleus animi*, pas besoin de me jeter par la fenêtre ! Demain soir, j'ai rendez-vous avec une touriste néerlandaise que j'ai draguée ce matin à la Galerie de l'Académie : selon qu'elle vient ou non, j'aurai ma réponse.

Les trois anciens éclatèrent de rire.

Des années après cette leçon, Pietro Gerber ne comprenait toujours pas entièrement les mécanismes qui régulaient le mystère du *malleus animi.*

Le pouvoir de l'esprit qui se berne lui-même.

Pendant la dernière séance avec Lavinia, il avait eu recours à une technique non conventionnelle : il l'avait convaincue qu'ils se trouvaient à la mer, dans la villa de sa grand-mère, à Forte dei Marmi, alors qu'ils n'avaient pas quitté son cabinet. Son but était de la pousser à ouvrir une porte fermée depuis trop longtemps dans la maison et, surtout, dans son esprit. Le patient était généralement conscient d'être en état de transe : lui retirer la perception de la réalité était à la fois inapproprié et dangereux, dans la mesure où il pouvait perdre tout repère, nourrir le doute d'être encore sous hypnose et, pourquoi pas, se jeter d'une fenêtre pour essayer de se réveiller.

Gerber avait triché avec la jeune fille, et il se sentait coupable.

Où était-elle allée, après avoir décidé de sécher les cours ? Il espérait qu'elle n'avait pas croisé d'individu malintentionné prêt à profiter de sa fragilité. La dernière fois que Lavinia avait disparu, on l'avait retrouvée complètement ivre, dans un petit bois de banlieue, avec des jeunes gens de son âge rencontrés par hasard.

Le psychologue était donc très inquiet. À la fin d'une longue journée de recherches, il roulait dans l'espoir de trouver Lavinia dans une ruelle près de la gare, où se réunissaient les jeunes marginaux qui voulaient passer sous les radars de la police.

Son portable sonna. C'était Silvia.

Il se prépara à lui dire qu'il regrettait la tournure qu'avait prise leur conversation téléphonique de la veille.

— Écoute, je suis désolée pour hier, commença sa femme de façon inattendue, lui coupant l'herbe sous le pied. On ne devrait jamais laisser la colère prendre le contrôle, je l'explique toujours aux couples qui viennent me consulter : la colère n'est pas toujours négative, mais elle doit avoir un but, et c'est nous qui le lui fournissons.

Silvia avait raison, malgré le côté leçon de morale de ses propos. Pietro s'étonna d'être si serein.

— Moi aussi, je suis désolé, dit-il. Mais, au moins, je n'aurai pas à rendre une partie de mes honoraires, ajouta-t-il pour dédramatiser.

Il parvint à la faire rire. Depuis quand ne l'avait-il pas entendue rire ? Il avait oublié.

— On devrait peut-être employer des mots différents entre nous.

— Et bannir certains sujets, ajouta-t-il en comprenant qu'ils communiquaient uniquement par reproches. Pour le bien de Marco.

— Pour son bien. Comment vas-tu ? lui demanda-t-elle de but en blanc.

Encore un événement qui ne s'était pas produit depuis longtemps : Silvia ne s'intéressait plus à son état de santé.

— Je vais bien, mentit-il.

— On m'a raconté que tu n'avais pas bonne mine.

— Encore la juge ?

Il leva les yeux au ciel.

— Des connaissances qui t'ont vu dans les rues de Florence, corrigea Silvia. Il paraît que tu as l'air d'avoir vieilli.

— Merci, répondit-il sur un ton faussement offensé.

En d'autres temps, il aurait rétorqué que ça ne la regardait plus. Mais là, il apprécia sa sollicitude.

— Je me suis jeté corps et âme dans le travail.

— Encore l'histoire de ce jeune garçon ?

— Là, je cherche une jeune fille de 14 ans qui n'est pas allée en cours ce matin.

— Je comprends.

Suivit un long silence gêné.

Gerber regretta qu'ils n'aient pas d'autres sujets à aborder, et elle aussi, probablement.

— Peut-être que le prochain coup de fil sera plus simple, déclara-t-elle enfin.

— Il était important de clarifier les choses.

— Prends soin de toi, lança-t-elle avant de raccrocher.

Il ne pouvait pas nier que ces derniers mots lui avaient fait plaisir. Était-ce un nouveau départ ? Il l'ignorait. Il posa son téléphone sur le siège passager et remarqua une silhouette fine qui marchait une centaine de mètres devant lui.

Il la reconnut à son sac de cours, trop grand pour une brindille comme elle.

— Je te dépose quelque part ? lui demanda-t-il avec un sourire, en ralentissant à sa hauteur. Allons boire un chocolat chaud au Rivoire.

Aucun de ses patients ne résistait à l'appel de l'historique boisson de la piazza della Signoria.

— Alors, qu'est-ce que tu en dis ? Avec de la crème chantilly et des petits gâteaux à la noix de coco.

Lavinia, renfrognée, marchait sans se retourner.

— Vous avez annulé notre séance, cet après-midi.

— J'ai été obligé. Je suis désolé.

Pour certains patients, le moindre changement dans la routine pouvait être déstabilisant.

— Pourquoi est-ce que ma mère m'envoie chez vous, docteur Gerber ?

— Parce que tu ne manges pas assez de chocolat.

C'était à moitié vrai : l'anorexie de Lavinia n'était qu'une conséquence. La cause était autre.

— Ce n'est pas seulement à cause de la nourriture, pas vrai ?

Le psychologue ne savait que répondre.

— Monte dans la voiture, on pourra en parler.

— Non. Répondez-moi maintenant.

— Tu connais le pacte…, lui rappela-t-il.

— Recommencer de zéro, répéta-t-elle avec diligence.

— Donc, si tu veux savoir pourquoi ma mère t'envoie chez moi, tu devras le découvrir par toi-même.

Enfin, Lavinia s'arrêta et se pencha vers lui.

— Derrière cette porte, il y a quelque chose qui me fait peur, n'est-ce pas, docteur Gerber ?

L'hypnotiseur ressentit de la compassion pour cette jeune fille sans défense, parce que c'était vrai : pour guérir, elle allait devoir affronter une vérité effroyable.

— Quoi qu'il y ait de l'autre côté, je serai avec toi, lui promit-il.

Lavinia réfléchit un instant, puis acquiesça.

— D'accord. Alors, montrez-le-moi…

28

La dernière note concernait la mystérieuse rousse du Polaroid. Gerber referma le carnet noir de Nikolin et le rangea pour s'occuper de Lavinia.

Il activa le métronome électronique posé sur la petite table à côté de son fauteuil et une percussion, basse et métallique, se diffusa dans la pièce. La jeune fille était déjà en train de se balancer dans le fauteuil où, quelques heures auparavant, était assis Nico. À la différence du petit Albanais, elle avait les yeux fermés.

Gerber guetta sur son corps les signes de détente, tout en préparant son carnet pour noter ce qui allait se passer. Grâce à Lavinia, il délaissait l'affaire de l'affabulateur, mais contrevenait ainsi à leur accord. Il ignorait les conséquences de ce choix, mais pour le moment Lavinia était sa priorité. Une fois certain qu'elle était plongée dans la quiétude, il débuta la séance.

— Où sommes-nous ? lui demanda-t-il.

— Dans la maison de mamie, à Forte.

Elle y était retournée d'elle-même : un excellent début.

— Tu aimes cet endroit ?

— Oui. Aujourd'hui, il y a du soleil, il fait très chaud mais on est bien… J'ai envie de me baigner.

— Bientôt, promit-il. Il est encore tôt, tu dois me montrer le reste de la maison, tu te souviens ?

— Ça, c'était la chambre de maman quand elle avait mon âge. Maintenant, c'est la mienne. Là, il y a celle de mamie.

— Et puis, il y a la chambre fermée, lui rappela Gerber, qui comprit alors que Lavinia n'était pas prête : elle s'agitait, semblait inquiète, donc il changea de sujet. Parle-moi encore de cette maison, tu veux bien ?

— Alors… Quand papa et maman étaient encore ensemble, on y venait les week-ends et tout l'été… En réalité, l'été, surtout moi, maman et mamie : papa nous rejoignait les vendredis et rentrait à Florence le dimanche après-midi, pour travailler… Mon papa est avocat, c'est un homme important, vous savez ?

— Oui, je sais.

Le père de Lavinia était un expert en droit civil très connu en ville. La jeune fille en était fière.

— Il n'y a personne d'autre avec vous ? reprit Pietro Gerber.

Lavinia ne répondit pas à la question.

— Il fait vraiment chaud : j'ai envie d'une glace, je peux ?

— Bien sûr, quel parfum ?

— Vanille et chocolat.

— Voilà pour toi : vanille et chocolat.

L'hypnotiseur vit la jeune fille lever le bras, porter un cône invisible à ses lèvres et le savourer avec satisfaction.

— Elle est bonne ?
— Délicieuse, merci.
— Où en étions-nous ?
— Je disais que papa nous rejoignait le week-end. Le samedi soir, nous prenions l'apéritif à *L'Almarosa*, et le dimanche nous allions manger dans un restaurant de poisson. Ensuite, nous retournions nous baigner et, vers 16 heures, il repartait en voiture.
— Cette période te manque ?
— Je crois que oui.
— Tu n'en es pas sûre ?
— Tant de choses ont changé…
— Pourquoi tes parents se sont-ils séparés ? Ils te l'ont expliqué ?
— Non, mais… je crois que c'est un peu ma faute.
La sérénité avec laquelle elle prononça ces mots ne surprit pas le psychologue.
— Comment ça ? Tu veux bien m'expliquer ?
— Il ne me l'a jamais dit, mais papa n'arrivait plus à rester dans la même pièce que moi.
Cette considération était très révélatrice.
— Tu sais pourquoi ?
— À cause de mon physique, je crois.
— Parce que tu refusais de manger et que tu étais devenue trop maigre ?
Lavinia réfléchit un instant.
— Non, pas à cause de ça.
— Alors pourquoi ?
Autre silence, bref.
— Je devrais peut-être vraiment ouvrir cette porte, docteur Gerber…

L'hypnotiseur posa son carnet sur ses genoux, puis il croisa les mains. Le moment qu'ils avaient préparé ensemble, avec patience et persévérance, était enfin arrivé.

— D'accord. Je te tiens la main, et souviens-toi que je suis toujours là, à tes côtés.

Lavinia acquiesça et inspira. Son thorax se soulevait et se baissait plus vite, son rythme cardiaque et sa respiration accéléraient.

— J'entre, annonça-t-elle. Vous aviez raison : la porte n'est pas fermée à clé.

Il attendit quelques secondes avant de demander :

— Que vois-tu ?

— Il fait noir, dit-elle d'un ton agacé. C'est bizarre, parce que dehors il fait jour.

— Quelqu'un a dû fermer les volets.

— Il y a autre chose… Ça sent mauvais.

Gerber ne voulait pas que cet événement soit désagréable.

— Oublie l'odeur et laisse tes yeux s'habituer à l'obscurité, puis décris-moi ce que tu vois.

— Il y a quelqu'un dans la pièce.

— Où ça ?

— Dans le lit. Il dort.

— Serais-tu d'accord pour t'approcher du lit ?

— Ce n'est pas possible…, répond-elle d'un filet de voix.

— Comment ça, ce n'est pas possible ?

— Il y a une fille dans ce lit, mais…

— Mais ?

— Cette fille, c'est moi, affirma-t-elle, bouleversée. C'est vraiment moi !

— Tout va bien, la rassura l'hypnotiseur. Il y a une explication, fais-moi confiance.

— Que se passe-t-il, docteur Gerber ? Je ne comprends pas… Pourquoi la fille ne se réveille pas ?

Le psychologue se tut : elle devait comprendre par elle-même. Parce que Lavinia connaissait la vérité, même si elle l'avait refoulée.

— Elle n'est pas endormie : elle ne respire pas. C'est moi et je ne respire pas. Aidez-moi, s'il vous plaît…

Nous y sommes, pensa Gerber.

— Que lui est-il arrivé, à ton avis ?

— Je crois qu'elle est morte… C'est moi et je suis morte !… cria-t-elle d'une voix stridente, à cause de la panique. Ça veut dire que je suis morte ?

C'était le moment d'intervenir.

— Lavinia, qui est cette jeune fille ? Regarde-la bien…

Lavinia était tétanisée.

— Emma…, souffla-t-elle.

— Et qui est Emma ?

— Ma sœur jumelle, admit-elle enfin. Emma est morte il y a deux ans. Elle a pris des comprimés dans le tiroir de mamie, elle les a avalés, elle est allée se coucher et elle ne s'est pas réveillée.

Le psychologue ressentit une grande peine pour sa jeune patiente, parce que c'était elle qui avait découvert sa sœur, le lendemain matin, dans cette pièce.

— Nous avons toujours été très proches, elle et moi.

Il y avait quelque chose entre nous, nous l'appelions le « fil invisible »… Un hiver, nous étions parties à la montagne avec nos parents. Là-bas, Emma a eu de la fièvre, alors maman est restée au chalet avec elle, et moi je suis allée skier avec papa. En descendant une piste, je suis tombée et je me suis cassé la cheville. Papa n'a rien dit à maman et Emma, pour ne pas les inquiéter. Mais, pendant le trajet vers l'hôpital, maman a appelé papa pour le prévenir qu'Emma avait soudain très mal à la cheville… Ma sœur savait que je m'étais blessée. Et ça, ce n'est qu'une des nombreuses fois où l'une a senti ce qu'éprouvait l'autre… Pourquoi elle a fait ça, docteur Gerber ? Elle avait l'air heureuse. Pourquoi est-ce qu'Emma s'est tuée ?

C'était le drame de Lavinia et la cause de son anorexie. Ne pas avoir pu sentir ce qui allait arriver à sa sœur jumelle. Cette fois, le fil invisible n'avait pas fonctionné.

— Malheureusement, seule Emma détient cette réponse, admit-il en espérant la réconforter un peu.

Puis Lavinia comprit autre chose.

— Papa n'arrive pas à être dans la même pièce que moi parce qu'il continue à voir Emma, pas vrai ? C'est pour ça qu'il a quitté maman.

— Tu voudrais qu'il revienne vivre avec vous ?

— Non. Il va trop mal, je le vois bien… Et moi je ne veux pas que mon petit papa soit aussi mal.

Lavinia avait les larmes aux yeux, mais Gerber savait que ce seraient des pleurs libérateurs. Elle n'était pas guérie : cette séance devait être considérée comme une nouvelle étape pour leur thérapie. La route était encore longue. Mais pour ce jour-là, cela suffisait.

— Bien, maintenant, tu peux sortir de la pièce et refermer la porte.

— Il faudra que j'y retourne, pas vrai ?

— Je crains que oui. Mais on verra ça la prochaine fois… Maintenant, on va compter à l'envers, comme d'habitude, et puis, si tu veux, je t'emmènerai manger une vraie glace. Tu es prête ?

— Attends, l'arrêta la jeune fille. Emma est en train de parler.

Bizarre, pensa Gerber. Lavinia n'avait probablement pas envie de se séparer de nouveau de sa sœur, c'était compréhensible. Pourtant, il fallait qu'elle s'en détache.

— Je suis désolé, Lavinia : Emma ne peut pas communiquer avec toi, elle est morte, et les morts ne parlent pas.

— Ce n'est pas à moi qu'elle parle, mais à vous.

L'hypnotiseur fut comme pétrifié.

— Ce n'est pas possible, répondit-il calmement. Emma ne me connaît pas.

— Si : Emma sait qui vous êtes. Et elle a un message pour vous.

Gerber sentit soudain ses forces l'abandonner.

— Elle vous dit que vous devez aller dans notre maison à la mer, poursuivit Lavinia. Là-bas, une femme aux cheveux roux vous attend.

29

Il avait demandé à Lavinia si par hasard elle avait rencontré quelqu'un ces derniers temps, un inconnu qui l'aurait approchée sous un prétexte quelconque. Bien sûr, la jeune fille ne se souvenait de rien de tel. Pietro Gerber ne comprenait pas comment l'affabulateur avait pu se glisser dans son esprit, mais désormais il se sentait assiégé, contraint à emprunter un chemin tracé d'avance, en quête de récompenses trompeuses et à la recherche de porte de sortie inexistante.

Il était comme un rat dans un labyrinthe. Qui se dirigeait maintenant vers une villa de Forte dei Marmi. Il arriva tard dans l'après-midi, la nuit hivernale avait déjà pris possession de la station balnéaire. Des lampadaires solitaires veillaient sur les rues vides. Arrivé à l'adresse de la villa, l'hypnotiseur descendit de sa voiture. Le seul bruit était le ressac, au loin. L'air était saumâtre, la pluie fine et oblique. Il faisait froid.

La villa à deux étages, de style Liberty, était entourée d'un jardin où se dressaient des palmiers et des buissons de laurier-rose réduits à l'état de squelettes verdâtres qui attendaient le printemps. On y accédait par un portail noir en fer battu qui représentait des nymphéas entrelacés. Gerber l'escalada au point le plus bas. En atterrissant de l'autre côté, il déchira son Burberry. Tant pis.

Il se dirigea vers la maison plongée dans l'obscurité.

Il la contourna jusqu'à une porte vitrée qui battait à cause du vent. Si quelqu'un l'avait précédé, il ne pouvait être entré que par là : elle avait été forcée.

Une fois à l'intérieur, il regarda autour de lui. Le mobilier élégant n'évoquait pas une maison à la mer. Il était assez lourd : tapis épais, appliques dorées, cheminée en marbre. Le sol brillant reflétait la lumière de la rue. Gerber emprunta un couloir plongé dans la pénombre. Il y avait plusieurs chambres au rez-de-chaussée. Il les passa en revue, en les rapprochant de la description fournie par Lavinia pendant les séances d'hypnose.

La chambre d'Emma était sur la droite.

Il ouvrit lentement la porte, sans savoir ce qu'il allait découvrir. Au centre, dans un lit une place dont la tête touchait le mur, se trouvait une jeune femme rousse.

Immortalisée sur un vieux Polaroid.

Pietro Gerber s'approcha. Il saisit le cliché posé sur le coussin et l'observa à la lueur de la lune qui filtrait par les volets. Elle posait devant le comptoir d'un bar, on ne voyait que son buste. Elle était fidèle à la description de Nikolin, quand il avait évoqué les souvenirs d'enfance de l'affabulateur qui avait trouvé cette photo dans le sac de l'ogre. Les cheveux jusqu'aux épaules, négligés. Un débardeur blanc. Les ongles vernis de vert brillant, craquelé. Elle levait une pinte de bière pour trinquer, on ne savait pas avec qui, en souriant à l'objectif. Son sourire était vulgaire et ses dents abîmées. Et le reste de son visage était méconnaissable, parce que la partie supérieure de la photo avait été dégradée par une forte chaleur.

Comme si on l'avait retirée des flammes.

L'hypnotiseur comprit qu'il s'agissait d'un nouveau code pour accéder à l'histoire emmagasinée dans l'esprit de Nico. Mais pourquoi son adversaire avait-il voulu lui montrer cette image ? Quel était le rôle de cette femme dans cette histoire ? Gerber aurait-il dû savoir qui elle était ? Ou le découvrir ? Alors, pourquoi effacer une partie du visage ? Était-ce de nouveau une mauvaise farce ? Il repensa à la ferme en ruine, aperçue la nuit où il était allé dans les bois. Quoi qu'il soit arrivé à cet endroit, au début de l'été, vingt-deux ans auparavant, désormais toutes les traces étaient détruites.

Par qui ? Et pourquoi ?

Les questions se bousculaient dans sa tête et la fatigue l'empêchait de réfléchir. La seule chose qu'il voulait, pour le moment, c'était quitter ce lieu peuplé d'ombres.

Il mit la photo dans sa poche et quitta la villa.

30

Il rentra chez lui vers 21 heures. Il posa le Polaroid sur une étagère de l'entrée, bien décidé à l'oublier, au moins pour la soirée. Il se déshabilla dans l'appartement silencieux et prit une longue douche chaude. En peignoir, il alla à la cuisine, avala deux aspirines, trouva dans un placard un paquet de biscuits entamé et dans le réfrigérateur une bouteille de lait qui, bien que périmée, avait encore une odeur acceptable.

Il emporta ce repas sur le canapé, où il s'installa à sa place habituelle. Il était épuisé.

Il alluma le magnétoscope et fit apparaître sur l'écran du téléviseur les spectres avec lesquels il se torturait chaque soir. Il regarda les images de sa vie précédente. De lui avec sa femme et son fils, quand ils étaient encore une famille. Une fois de plus, il nourrissait l'espoir insensé que son clone heureux du passé s'aperçoive de sa présence. Ainsi, il aurait au moins pu voir à quoi peut être réduit un homme privé d'affection, qui vit seul dans une maison infestée de souvenirs. Dans le film, il y avait des dizaines de détails dont lui, Silvia et Marco étaient les seuls à connaître le sens : chacun était le point de départ d'une histoire, comme autant de branches qui se ramifient à partir du tronc de la mémoire. Pendant le premier anniversaire de Marco, on apercevait le pansement à la main de Pietro, lié à la session bricolage de l'avant-veille, tentative malheureuse de construire un abri à oiseaux. Les paillettes dorées dans les cheveux de son fils un matin de Noël : ils n'avaient jamais compris comment elles étaient arrivées là, et il avait fallu des semaines et de nombreux shampoings pour l'en débarrasser. Les bottes Prada de Silvia, qu'il lui avait offertes un jour, sans raison particulière, après s'être aperçu qu'elle les avait repérées dans une vitrine du centre : le soir, pour le remercier, elle était venue au lit vêtue seulement de ce cadeau, et ils avaient fait l'amour passionnément.

Les bottes Prada lui faisaient encore un certain effet, et il s'aperçut qu'il avait une érection sous son peignoir. Il fut saisi du désir ardent d'entendre de nouveau la voix de Silvia. En vrai, pas sur la vidéo. Il saisit son smartphone et chercha son numéro, puis il fixa l'écran en attendant de trouver le courage d'appuyer sur le bouton vert pour appeler. Il avait vécu cette scène un nombre incalculable de fois, et il avait toujours fini par renoncer.

Mais pas ce soir.

En écoutant les sonneries se succéder, il espéra que Silvia ne vivrait pas son appel comme une intrusion. Il ne savait pas ce qu'il allait lui dire, mais il trouverait bien quelque chose. Il ne pouvait plus raccrocher.

— Pietro, tout va bien ?

— Bien sûr, s'empressa-t-il de la rassurer.

Mais il était content qu'elle s'inquiète pour lui. Il coupa le son de la télé pour qu'elle n'entende pas qu'il regardait la vidéo d'eux.

— Excuse-moi pour l'horaire, je voulais juste savoir comment vous alliez.

Il regretta immédiatement d'avoir employé le pluriel.

— Marco dort, dit-elle d'une voix douce. Si tu veux, dès qu'il se réveille demain matin, on t'appelle ensemble.

— Avec plaisir, merci.

Suivit un silence durant lequel la gêne monta entre eux comme une marée invisible.

— Tu es inquiet ? demanda Silvia.

— Un peu.

— Alors, qui est cet enfant pour qui tu es en train de risquer ta carrière ? Pourquoi tiens-tu tant à lui ?

Gerber comprit qu'Anita Baldi avait tu une information, quand elle avait appelé Silvia pour qu'elle intercède auprès de lui.

— Nikolin est accusé d'avoir tué sa mère et caché le corps.

— Il s'agit de la mère et du fils qui ont disparu en juin dans le bois du Mugello ?

— Exactement.

— Et tu es en train de te battre pour le disculper ?

— Non, je me bats pour faire éclater la vérité, précisa-t-il.

— Cet enfant a avoué, rappela Silvia.

— Cet enfant ne sait même pas faire ses lacets. Tu devrais le voir : il est à la merci des événements, il ne comprend pas ce qui lui arrive et, en plus, personne ne semble éprouver la moindre compassion pour lui, ni même lui accorder le bénéfice du doute.

Il fit une pause pour reprendre son souffle : comme toujours, il s'échauffait.

— C'est un enfant, son jouet préféré est un petit téléphone qui s'allume et fait du bruit. Marco a le même.

— C'est toi qui le lui as offert. Il l'adorait, mais on ne le trouve plus, je me demande où il est passé, dit Silvia avant de se raidir. Il y a autre chose, n'est-ce pas ?

Pietro Gerber laissa aller sa tête vers l'arrière et fixa le plafond : comment diable pouvait-elle à ce point lire en lui ? Avait-elle une sorte de superpouvoir ? Le divorce avait mis fin à beaucoup de choses, mais pas à cela.

— C'est encore un énième et absurde défi à la mémoire de ton père ? l'accusa-t-elle durement. Tu dois vraiment te confronter à lui ? Ce que je ne comprends pas, c'est si tu le fais parce que tu y crois vraiment ou parce que tu n'arrives toujours pas à surmonter ton ridicule sentiment d'infériorité. Il ne reviendra pas de l'au-delà pour te dire que tu es fort, ni pour te faire savoir qu'il est fier de toi.

Le ton montait, comme avant la trêve.

— Il n'a rien à voir là-dedans, répondit-il le plus calmement possible.

— Alors, de quoi s'agit-il ?

Gerber essaya d'être conciliant : il n'avait pas envie de se disputer.

— Tant que le risque ne concerne que moi, tout cela est acceptable… Mais il vaut mieux que tu restes en dehors de ça, fais-moi confiance.

— Te faire confiance ? De quel risque parles-tu ? Contre quoi essaies-tu de me mettre en garde ?

Silvia était en colère.

— J'essaie de te protéger, précisa-t-il.

— Je n'ai plus besoin que tu me protèges.

Elle prononça ces mots avec un calme qui le blessa. Il aurait préféré qu'elle hurle. C'était pire ainsi. Bien pire. Parce qu'il s'agissait seulement de la vérité, simple et indiscutable. Gerber était incapable de répondre. La discussion leur avait échappé.

Silvia, qui espérait peut-être que leurs âmes s'apaisent, changea de sujet :

— Aujourd'hui, les maîtresses ont emmené les enfants à l'aquarium de Livourne.

— Et ça a plu à Marco ? demanda Gerber sur un ton faussement enjoué.

— Depuis que je suis allée le chercher à l'école, il n'a pas arrêté d'en parler. Luca lui a promis un aquarium avec un poisson rouge.

C'était donc ainsi que s'appelait le nouveau compagnon de son ex-femme. Gerber se sentit soudain très en colère. Sachant bien qu'il était le principal responsable de la fin de leur mariage, il ne pouvait tolérer que ce vautour lui ait pris sa vie. Il y avait plein d'hommes comme lui, prêts à se glisser dans un nid qu'ils n'avaient pas construit. Ce salaud se comportait avec Marco comme s'il était son père.

autres peut être bien pour lui. Voilà pourquoi Monsieur B. avait été indulgent envers la petite sœur qui avait jeté son frère nouveau-né dans une citerne. Elle avait simplement écarté la source de jalousie qui l'inquiétait et la faisait souffrir.

Pour cette raison, Pietro Gerber, même avant de comprendre que Nikolin n'était pas l'assassin de sa mère, s'était interrogé sur la pertinence de le désigner immédiatement comme tel. Pour les autres, c'était la solution la plus confortable, mais lui, en refusant de se résigner, avait découvert qu'il existait une autre explication : un phénomène terrible et inconnu, un individu capable de manipuler les consciences, tapi dans l'ombre et prêt à coloniser n'importe quel esprit.

Si Gerber s'était contenté de la surface de la vérité, Nico aurait déjà été condamné pour un crime qu'il n'avait pas commis.

C'était cela, que Silvia ne voulait, ou ne pouvait pas comprendre. Il ne lui était pas possible de renoncer à se poser les questions que les autres éludaient. Le prix à payer à sa conscience aurait été trop élevé.

Ayant passé la nuit sur le canapé, il se réveilla tôt et arriva à son cabinet un peu avant Nikolin et son escorte. L'agente habituelle avait été remplacée par une autre, plus jeune et plus avenante.

— Qu'est-il arrivé à votre collègue ?

— Elle est chez elle, elle a un rhume.

Le psychologue fit mine d'être désolé, mais, étant donné qu'il lui avait éternué dessus la veille, il n'était pas surpris. Il expliqua donc à la nouvelle agente qu'il resterait seul avec l'enfant pendant la séance et qu'il les préviendrait une fois que ce serait terminé.

— On m'a informée de la procédure, mais merci quand même, répondit-elle avec un sourire.

Il était content d'avoir affaire à une personne polie. Elle se montrait également plus humaine avec Nikolin. Gerber espéra que l'autre ne reviendrait pas.

Une fois seul avec l'enfant, il le prit par la main et l'accompagna jusqu'au siège où, la veille, Lavinia s'était assise. Il se demanda si ce fauteuil à bascule conservait des traces des voyages qu'il accueillait. Des voyages dans le temps, passé ou présent. Mais, surtout, des voyages dans les abysses de l'esprit, qui exploraient des lieux inaccessibles, souvent inconnus, parfois magiques et fantastiques, parfois maudits. Pietro Gerber était le guide, sa mission était d'encadrer les voyageurs seuls.

Mais, jusque-là, il n'avait jamais rencontré d'intrus dans l'esprit d'un enfant.

— Tout va bien ? demanda-t-il.

Il était conscient que Nico ne répondrait pas, mais il voulait tout de même que le garçon sache qu'il se souciait de lui. Apparemment, sa psyché était au repos.

Et donc sa personnalité, sa conscience et son identité. Il ne restait que des comportements automatiques, des réminiscences d'habitudes.

Et peut-être, quelque part, son âme. Quand il formula cette pensée, Gerber n'imaginait pas encore que le reste du récit qu'il s'apprêtait à écouter concernait le destin de nombreuses personnes, y compris lui-même.

Et que le voyage qu'il allait entreprendre le conduirait aux portes de l'enfer.

Il ferma les rideaux et donna, comme toujours, une petite impulsion au fauteuil de Nikolin. Puis Gerber lui montra le Polaroid où l'on ne voyait pas le visage de la rousse, abîmé par les flammes.

— Tu voulais que je la trouve, je l'ai trouvée, affirma l'hypnotiseur. Maintenant, tu dois me dire qui est cette femme et pourquoi elle est si importante pour toi…

La stimulation visuelle suffit à enclencher la suite du récit.

— Vous croyez au diable, docteur ? répondit l'affabulateur avec la voix de Nico. Que vous y croyiez ou non, il n'existe que deux photos du démon. Celle-ci est l'une des deux… Son vrai nom n'a aucune importance. Mais, quand le diable prend les traits de cette femme, il faut l'appeler maman.

32

Maman dit toujours que le paradis et l'enfer sont des lieux magnifiques. La seule différence, c'est qu'en enfer on est complètement seul. Il n'y a personne, même pas le diable, parce que le diable reste sur terre pour chasser des âmes. Alors à quoi ça sert d'être dans un endroit magnifique, si on ne peut le partager avec personne ?

C'est justement ça, la punition.

Le plus bel endroit de la création, pour moi, a toujours été la ferme dans les bois de la petite vallée. Mais maintenant je voudrais être n'importe où, sauf ici. C'est pour ça que je me dis qu'il n'est peut-être rien arrivé à papa et à maman, que c'est moi qui suis mort et que je suis en enfer. Seulement, je ne le sais pas : personne ne me l'a dit.

Je ne pense pas mériter un tel châtiment. Et de toute façon, le retour de Bella questionne cette reconstruction des faits. Parce que, si maman a raison, mon chien ne devrait pas être ici avec moi. Et l'ogre non plus.

Cela fait cinq jours que nous sommes ensemble. La cohabitation devient difficile, même si, en réalité, nous

nous voyons peu. Je passe mon temps dans le pré avec Bella, je ne le croise que quand je dois lui préparer à manger. Des plats simples, que je ne réussis pas toujours : des pâtes sur lesquelles je verse une boîte de sauce tomate, de la viande en gelée et des haricots, et du thon, beaucoup de thon en boîte. Mais l'ogre ne semble pas s'en soucier, il se contente de ce que je lui prépare, il avale tout sans jamais protester.

Ses journées se ressemblent toutes : il se lève tard et passe du canapé au lit, du lit au canapé. Avec des arrêts aux toilettes ou à la cuisine, pour se servir dans le frigo ou dans le garde-manger. J'ai calculé que les provisions peuvent durer encore une semaine. Ensuite, si personne ne va faire les courses, ça va devenir compliqué. En ce qui me concerne, j'ai déjà commencé à rationner mes portions, parce que j'ai peur de ce qui pourra se passer quand mon hôte découvrira que nous avons épuisé les stocks. J'ai l'impression qu'il est là uniquement pour se goinfrer et dormir.

Et salir.

Il laisse des déchets partout. Des papiers, des restes de nourriture. Il y a des taches de gras sur les coussins du canapé, le lit est toujours défait et plein de miettes. Il urine sans lever la lunette. Hier, il s'est coupé les ongles de pied au salon. Je passe mon temps à nettoyer derrière lui, parce que je pense toujours à maman, à quel point elle tenait à ce que notre maison soit en ordre. Et puis l'homme sent mauvais, parce qu'il ne se lave jamais. Quand il se gratte la tête ou la barbe, ça fait tomber de petites poussières blanches. Et bien sûr, il ne m'épargne ni rots ni pets.

C'est vraiment une version humaine parfaite de l'ogre.

De temps à autre, Bella va chercher ses caresses, elle fait la belle pour avoir un peu de nourriture. Pourtant, j'essaie de l'en empêcher. Je me demande pourquoi elle ne sent pas, comme moi, qu'on a affaire à un usurpateur. Parfois, j'ai l'impression qu'elle accepte la situation plus facilement que moi. Et que ce salaud est devenu son ami.

La nuit, Bella dort dans ma chambre. Mais depuis ce matin, elle m'inquiète : elle est allée plusieurs fois devant la porte de la cave et elle a gratté le bois avec sa patte, comme si elle avait senti quelque chose. J'essaie de l'éloigner mais, dès qu'elle peut, elle y retourne et elle recommence.

J'espère que l'ogre ne s'en apercevra pas, mais il s'en aperçoit.

— Tu devrais faire quelque chose pour cette pauvre bête, me dit-il.

J'étais en train de tirer Bella, je ne l'ai pas entendu arriver.

— Pourquoi, « pauvre bête » ?

— Tu ne vois pas qu'elle devient folle ?

— Je n'ai pas l'impression.

Il acquiesce, l'air très sérieux.

— Fais-moi confiance, je le sais : elle est en train de devenir folle.

— Alors qu'est-ce que je dois faire ? Il faut que je l'emmène chez le vétérinaire ?

— C'est inutile, désormais. La maladie a déjà gagné

du terrain. Le mieux à faire, dans ces cas-là, c'est de s'assurer qu'elle ne souffre pas.

Il tend la main et me montre quelque chose.

Une plaquette de petits comprimés bleus. Je les reconnais, ce sont les anxiolytiques de maman.

— Tu les fais fondre dans un peu d'eau et tu lui donnes à boire, m'explique-t-il. Elle s'endormira et elle ne s'apercevra de rien.

J'écarquille les yeux, incapable de dire un mot. Il pose une main sur mon épaule.

— Tu dois le faire pour elle, mon garçon. Si j'étais toi, ce soir, je l'emmènerais dans les bois et je mettrais fin à ses souffrances.

J'essaie d'articuler quelque chose, mais tout me semble absurde. Ma première pensée est que je suis incapable de faire une chose pareille.

— Je pourrais m'en charger, mais ça ne me semble pas juste : c'est ton chien. Si vraiment tu l'aimes, tu feras ce qu'il faut.

Il me remet les comprimés et, après m'avoir tapé dans le dos pour m'encourager, il retourne sur le canapé. J'observe Bella qui me fixe de ses yeux joyeux et innocents. Elle me lèche la main et penche le museau sur le côté.

Je dois prendre une décision. Tout de suite. Demain, il sera trop tard. Je dois trouver le courage de m'enfuir. J'attendrai ce soir. Quand il sera allé se coucher, je sortirai avec Bella. J'irai jusqu'à la route et j'arrêterai une voiture au hasard. Mais, en y réfléchissant, je me dis que la nuit il y a très peu de passage, l'ogre mettrait deux secondes à me rattraper. Je n'ose même pas imaginer sa réaction, ni ce qu'il me réserverait pour lui avoir désobéi. Non. J'irai plutôt dans les bois. Il y a des sentiers qui mènent aux villages voisins. Et l'obscurité protégera ma fuite.

C'est décidé.

Pendant que l'ogre est devant la télévision, je remplis deux bouteilles d'eau et je les glisse dans mon sac à dos. J'ai retiré les livres et les cahiers pour y mettre aussi des biscuits, une lampe torche, un blouson chaud et un sweat-shirt pour me protéger du froid, sans oublier le Pinocchio en caoutchouc de Bella. Je ne veux pas trop me charger. Il me faut une arme, aussi. J'opte pour un vieux marteau de papa, mais ensuite je pense que, de toute façon, je serais incapable de l'utiliser contre quelqu'un, alors je le laisse. Une fois que tout est prêt, je cache le sac sous le porche.

Et j'attends.

J'attends toute la journée, en faisant comme si de rien n'était. L'ogre n'a pas l'air de remarquer mon anxiété, mais quelque chose me dit qu'il la perçoit quand même. Parfois, j'ai peur qu'il lise dans mes pensées, qu'il voie à l'intérieur de moi. D'autres fois, je le perçois comme un pauvre idiot. Quoi qu'il en soit, j'essaie de ne penser à rien. S'il entre dans mon esprit, il ne trouvera que du vide. Tout blanc.

La journée finit par passer, le crépuscule arrive. Au dîner, l'ogre a avalé une quantité démesurée de pâtes : je lui ai servi une triple ration, dans laquelle j'ai émietté deux des comprimés qu'il m'a donnés. J'espère que ce copieux repas augmentera l'efficacité du médicament. Comme toujours, après s'être empiffré, il va se jeter sur le canapé. Je calcule que, vers 22 heures, il devrait monter dans la chambre de mes parents.

Ce sera le moment de partir.

Mais ce soir, il somnole devant la télé en piquant du nez. Je le maudis intérieurement. Qu'est-ce qui lui prend ? Pourquoi est-ce qu'il fait ça ? Et pourquoi est-ce que les anxiolytiques ne lui font aucun effet ? Je suis exaspéré. J'ai l'impression qu'il a vraiment senti quelque chose. Quand il s'écroule, je ne sais pas quoi faire. S'il était monté, tout serait plus simple. Et si les comprimés ne suffisaient pas ? Avec la télé allumée, il peut se réveiller à n'importe quel moment et s'apercevoir que je suis parti.

Mais je n'ai pas le choix.

Si je ne pars pas maintenant, je ne partirai jamais. Et, probablement, demain, il me ressortira cette histoire qu'il faut supprimer Bella.

Alors je monte dans ma chambre, j'enfile des vêtements chauds et mes chaussures les plus robustes : l'été arrive mais la nuit il fait froid, dans le bois. Je prends ma montre avec la boussole que papa m'a offerte pour m'orienter quand on va ramasser des champignons. Puis je glisse des coussins sous mon drap, en espérant qu'ils évoquent un corps endormi. Ce n'est pas très convaincant, mais je n'ai pas d'autre option. Je redescends au rez-de-chaussée, le plus silencieusement possible. Puis, sur la pointe des pieds, je vais à la cuisine. J'ai attaché Bella sous le porche. J'ouvre la porte arrière, qui produit un léger grincement : je ne l'avais jamais remarqué, mais là il me semble très fort. Je fais signe à Bella de se coucher. Elle sautille, tout excitée.

— Arrête, idiote, on va se faire prendre ! je lui murmure pour qu'elle soit sage, en refermant tout doucement la porte.

Pour toute réponse, elle aboie.

Je m'arrête net, la main encore sur la poignée, je scrute l'obscurité de la maison et distingue l'homme sur le canapé : sa tête est posée sur son épaule droite, il a l'air immobile. Je pousse un soupir de soulagement et ferme complètement la porte.

Je récupère le sac que j'avais caché et je le mets sur mes épaules. Puis je passe sa laisse à Bella et nous nous dirigeons vers les arbres. Ma chienne trottine à côté de moi et me regarde en essayant de comprendre. Je me retourne quelquefois vers la ferme pour contrôler que l'ogre ne sort pas soudainement pour me courir après, fou de rage. Une partie de moi s'y prépare.

Mais cela n'arrive pas.

Le trajet jusqu'à la lisière du bois paraît durer une éternité. Une fois à couvert, je jette un coup d'œil à la boussole de ma montre : je mémorise la direction et je m'enfonce dans la forêt. À partir de maintenant, les arbres et la nuit me serviront de bouclier. Le sol est inégal mais, même si je risque de trébucher sur une racine ou de finir dans un trou, je n'allume pas ma torche, ce serait imprudent : l'ogre pourrait me repérer. Quand Bella va trop vite, je suis obligé de tirer d'un coup sec sur sa laisse. Je la raccourcis en l'enroulant autour de mon poignet, pour qu'elle marche à côté de moi. Je tends l'oreille pour capter les bruits autour de nous, j'entends les sons de la nature.

Les voix spectrales de la forêt la nuit.

J'ai la sensation d'être suivi par une armée d'ombres invisibles. Je dois résister à la tentation d'allumer ma lampe. J'ai envie de pleurer, mais je ne peux pas me permettre d'avoir peur. Alors j'ignore les créatures qui me suivent à distance, et je me dis que le véritable monstre est en train de ronfler sur le canapé de mon salon.

Heureusement, Bella est avec moi.

Au bout de deux heures, nous montons sur une crête. Nous nous arrêtons pour reprendre notre souffle : je m'écroule par terre, épuisé. Puis je regarde derrière moi. On voit encore les lumières de la ferme. Nous avons beaucoup marché, pourtant elle semble encore si proche que j'ai l'impression que, si je tends le bras, je pourrais la toucher.

Bella est couverte de terre et elle boite légèrement : elle a dû se planter une épine dans la patte. J'allume la lampe, en cachant le faisceau de ma main, et j'essaie de la lui retirer, mais elle est profonde. Il faudrait une pince à épiler. Moi aussi, je suis dans un sale état : mon pantalon est déchiré à plusieurs endroits et, à travers les petits trous causés par les arbustes, on aperçoit des griffures d'un rouge brillant. Elles me brûlent un peu, mais ce sont surtout mes muscles qui me font mal, notamment au niveau des mollets.

Pourtant, je ne peux pas m'arrêter.

L'ogre s'est-il réveillé ? Et si les comprimés n'ont pas fonctionné et qu'il a découvert ma fugue ? Il a dû regarder dans ma chambre et remarquer les coussins sous le drap. Et maintenant il est sur ma trace, il gagne du terrain.

Je chasse ces pensées et contrôle de nouveau la boussole et l'heure : la direction est bonne, mais il est 1 h 10. À cette heure, je pensais avoir déjà atteint une autre ferme ou un hameau. J'ai mal évalué les distances. Je dois continuer, en espérant être en sécurité quand l'aube poindra. J'ouvre une bouteille, je donne un peu d'eau à Bella et j'en bois quelques gouttes.

— Allons-y, lui dis-je.

Cette petite pause n'était pas une bonne idée. J'ai des crampes terribles aux jambes. Vingt minutes plus tard, nous sommes contraints de nous arrêter de nouveau. Ce maudit acide lactique, dont parle toujours mon prof de sport, empoisonne mes muscles, il les ramollit. Bella aussi a l'air éprouvée : elle halète, sa langue est pleine de brins d'herbe sèche et elle saigne d'une oreille. Je lui nettoie la bouche avec un chiffon mouillé et je mange un biscuit, en espérant que le sucre me donnera un peu d'énergie, mais j'ai la gorge tellement sèche que je n'arrive pas à avaler, même avec de l'eau.

C'est alors que j'entends quelqu'un prononcer mon nom. Une seule fois, mais tellement vite que je ne suis plus sûr que ce soit réel.

Je décide de rallumer ma lampe.

Je balaie timidement les arbres avec le faisceau. Pendant un instant, il éclaire quelque chose.

Entre deux troncs, je distingue une silhouette humaine, immobile. C'est l'ogre. Il regarde dans ma direction.

Je recule, prêt à hurler, mais il n'y a plus personne. C'était une hallucination, de même que la voix un peu plus tôt. Mon cœur est sur le point d'exploser et le peu de forces qui me restaient m'abandonnent, comme aspirées par la terre sous mes pieds. J'ai froid. Je sors mon blouson de mon sac et je le mets sur mes épaules. Bella vient se blottir contre moi, elle est fatiguée, la chaleur de son corps me fait du bien. Il ne faut pas que je m'endorme. Pour l'éviter, je laisse la lumière allumée. Mais ensuite les piles se déchargent et je glisse malgré moi dans un sommeil profond.

Quelqu'un me secoue avec la pointe de sa chaussure.

Je me réveille en sursaut et je me lève. Le soleil est déjà haut, il filtre entre les branches et m'éblouit. Surtout, il m'empêche de voir le visage de l'homme qui est devant moi.

— Que fais-tu ici, mon garçon ? me demande-t-il brusquement.

Au lieu de m'appeler par mon prénom, il utilise ces deux mots, « mon garçon ». Comme l'ogre.

Mais Bella aboie contre lui, alors je comprends que ce n'est pas lui, même sans voir son visage.

— Tu ne réponds pas ?

Il porte une sorte d'uniforme vert. C'est un garde des Eaux et Forêts.

— Merci, dis-je avant de fondre en larmes.

— Merci ? Pour quoi ? me demande-t-il, surpris.

Alors, entre les sanglots, je lui raconte tout. Je lui parle du voyage que je devais faire avec papa et maman dans le nord de l'Europe. De l'intrus que j'ai découvert chez moi, en rentrant de l'école. De mes parents disparus avec le camping-car. De l'inconnu qui habite chez nous et veut que je l'appelle tonton. De son idée absurde qu'on passe l'été ensemble. Je lui dis que tout ce que je sais de lui, c'est qu'il a un couteau et qu'il conserve le Polaroid d'une femme aux cheveux roux, prise dans un bar. Je lui parle de son incitation à me faire tuer mon chien parce qu'il pense qu'il est fou. Et de Bella qui gratte à la porte fermée de la cave, et du fait que l'homme m'a recommandé de ne pas y aller.

Le garde m'observe, il ne prononce pas un mot. Je me demande s'il a entendu mon histoire, vu qu'il lui manque une oreille.

— Alors tu t'es enfui, conclut-il, presque sur un ton de reproche.

— Qu'est-ce que je pouvais faire d'autre ?

Il réfléchit. Je dois avoir l'air mal en point parce que, au final, il a l'air de me croire.

— Tu arrives à marcher ?

— Oui.

— Viens avec moi, on va prévenir quelqu'un.

Je suis tellement soulagé que j'oublie mes douleurs aux jambes. Je le suis jusqu'à sa voiture, une Citroën verte avec le logo des Eaux et Forêts, garée le long d'un sentier. Nous montons et démarrons. Nous roulons jusqu'à une cabane au milieu d'une plaine arborée.

— Il y a de quoi petit-déjeuner, si tu veux, m'informe l'homme à une seule oreille. Du lait et des biscuits, ça te va ?

— On va appeler la police ?

Je m'attendais à ce qu'il m'amène au village le plus proche.

— Il n'y a pas le téléphone, juste la radio, m'informe-t-il. Attache ton chien dehors.

Je noue la laisse de Bella au tronc d'un arbre et il

m'ouvre la porte. Quand je franchis le seuil, j'ai le souffle coupé.

L'ogre nous attend, assis sur une chaise.

— Je l'ai trouvé à deux kilomètres d'ici, lui dit le garde forestier.

— Grâce au ciel ! s'exclame ce salaud en se levant pour venir à ma rencontre.

Il s'agenouille et pose les mains sur mes épaules. Il m'examine attentivement, en faisant mine de s'inquiéter de ma santé.

— Comment vas-tu ? Je me suis inquiété.

— Heureusement, ton oncle m'a prévenu, dit le garde forestier. Sinon, tu aurais continué à errer dans les bois, et Dieu sait ce qui aurait pu t'arriver.

— Ce n'est pas mon oncle, je proteste.

J'essaie de réfléchir. Pourquoi le garde le croit-il, lui, au lieu de me croire, moi ? Puis je comprends.

— Vous aviez raison, affirme l'homme à une seule oreille en s'adressant à l'ogre. Votre neveu m'a répété exactement l'histoire que vous m'aviez racontée. Un ramassis de mensonges, poursuit-il à mon intention. Je suis étonné que ton nez n'ait pas encore poussé.

Que racontes-tu, espèce d'idiot ? Tu devrais être de mon côté ! Que se passe-t-il, le monde est-il devenu fou ?

— Vous devez prévenir la police, dis-je, la voix brisée par le désespoir. C'est votre devoir.

Mais le garde ne l'entend pas de cette oreille.

— Mon devoir serait de te garder ici pour te donner une bonne leçon, jeune homme. Mais, pour cette fois, ça ira. Tu t'en sors bien.

— Je suis d'accord : punissez-moi. Je veux rester ici avec vous.

J'exulte, je le supplie.

— Ramenez-le à la maison, intime-t-il à l'ogre.

Celui-ci entoure ma taille de son bras puissant et me soulève de terre. J'essaie de m'opposer, je donne des coups de pied, je m'agrippe aux murs et aux montants de la porte. Je hurle.

— Non !

En vain : l'ogre est bien plus fort que moi. Il attrape la laisse de Bella et me porte jusqu'à la Volvo de papa, qu'il a eu la bonne idée de garer sur la route asphaltée, loin du local des Eaux et Forêts, pour que je ne la voie pas en arrivant. Il me charge dans la voiture, fait monter le chien à l'arrière et s'installe au volant.

Je ne prononce plus un mot. J'aurais dû lui donner tous ces maudits comprimés. Peut-être qu'il serait mort, à l'heure qu'il est. J'imagine qu'il va exploser de colère, mais il me parle avec son habituel ton calme.

— Ce matin, une lettre de ton papa est arrivée, m'annonce-t-il en me tendant une enveloppe fermée, toute froissée.

Je la saisis et remarque que, dessus, ne figurent ni l'adresse ni l'expéditeur. Il n'y a même pas de timbre. Il croit vraiment que je vais gober ce bobard ? Mais je décide de faire semblant. Je l'ouvre et en sors une feuille arrachée à un de mes cahiers. Il y a un message, tracé en majuscules, d'une écriture incertaine et infantile, seulement trois lignes.

MAMAN ET MOI NE REVIENDRONS PLUS JAMAIS. TU DOIS RESTER POUR TOUJOURS AVEC CE MONSIEUR. SOIS SAGE.
PAPA

Je me remets à pleurer, tout doucement. Je ne veux pas lui donner la satisfaction de me voir dans cet état, mais je n'arrive pas à m'arrêter.

— Alors, il raconte quoi ? me demande-t-il en feignant la naïveté.

Je lui tends la lettre et il fait semblant de la lire pour la première fois.

— Tu es un petit garçon très chanceux, tu sais ? dit-il en me la rendant.

J'ai du mal à voir de quelle chance il parle. Mais je ne réponds pas.

— Il y a longtemps, j'ai rencontré une femme bien. Je crois que j'ai sacrément le béguin, ça oui.

Il rit, dévoilant ses dents pourries.

Il doit parler de la rousse du Polaroid.

— Nous ne nous sommes pas encore rencontrés, mais nous avons beaucoup de choses en commun. Nous voulons tous les deux fonder une famille, précise-t-il avant de s'assombrir. Le fait est que, malheureusement, elle ne peut pas avoir d'enfants. Elle a un problème là, en bas, avec ses ovules et tout le reste.

Je commence à comprendre ce qu'il a en tête.

— Je ne suis pas un peu trop grand ? Vous devriez chercher un enfant plus petit, non ?

Ce que j'ai dit est terrible, je le sais, mais pour le moment ça me semble être la seule solution.

L'ogre me regarde.

— Tu feras parfaitement l'affaire, m'assure-t-il, pensant sans doute me réconforter.

Sans savoir pourquoi, je sèche mes larmes et je pose une question :

— Comment vous faites pour vous connaître, si vous ne vous êtes jamais rencontrés ?

Je veux être méchant, je veux mettre en évidence les contradictions de son récit.

Il sourit de nouveau.

— Nous nous sommes écrit. Parfois, ça peut suffire, non ?

— Ça s'est passé comme ça, avec la rousse du Polaroid ?

Il me fixe : il vient de comprendre que j'ai fouillé dans ses affaires. Mais je l'ai dit exprès parce que je voulais qu'il sache.

— Oui, c'est comme ça que ça s'est passé. Dans sa dernière lettre, elle m'a envoyé cette photo, et on s'est donné rendez-vous à la ferme.

Alors leur projet fou est vrai.

— Et il faudra que je l'appelle tata ? je demande, pour essayer de savoir au moins le prénom de la femme.

L'ogre marque une pause, il se demande s'il peut me faire confiance.

— Tu pourras l'appeler maman.

33

Déconcerté. Le mot qui résumait le mieux l'état d'âme de Gerber à la fin du récit de Nikolin était « déconcerté ». La figure du garde forestier revenait sur le devant de la scène. Après leur rencontre, le psychologue s'était demandé pourquoi l'affabulateur avait choisi cet homme triste et solitaire pour lui remettre un message. Maintenant, il savait. Il nota dans son carnet :

Vengeance.

La séance avec Nico avait duré presque quatre heures. Généralement, c'était bien plus court. L'enfant semblait éprouvé. Pietro Gerber se pencha vers lui et s'aperçut qu'il était tout raide, comme les autres fois, et en plus sa lèvre inférieure tremblait et des gouttes de sueur coulaient sur ses joues. *Que lui as-tu fait ?* demanda rageusement Pietro à l'affabulateur. Combien de temps le supplice de cet enfant allait-il durer ?

— Je veux que tu fermes les yeux un moment. Maintenant, respire comme moi, d'accord ?

Pietro inspira et expira de façon régulière, et l'enfant

le suivit dans cet exercice simple de détente, avant de poursuivre seul. Le psychologue prit le temps de l'observer.

Il existait sans doute une façon de le libérer : un mot secret, un bruit, un geste, un objet, une odeur. Mais Pietro Gerber imaginait que ce serait la récompense finale, une fois qu'il aurait écouté toute l'histoire. Du moins, il l'espérait. Son adversaire n'avait aucun scrupule, s'il avait choisi un innocent pour atteindre son but. Quel qu'il soit.

Personne n'est prêt à croire les histoires des enfants. Monsieur B. avait raison : pour le garde forestier, le récit du ravisseur, adulte, était plus crédible que la version de la jeune victime. Peut-être parce que l'ogre avait su anticiper ce que raconterait le garçon, et avait présenté ses propos comme les mensonges d'un enfant désobéissant, parti de chez lui pour échapper au « tonton » à qui l'avaient confié ses parents. Gerber supposa qu'il serait inutile d'aller demander à l'homme à une oreille s'il se souvenait du jour où il avait rendu un petit garçon séquestré à son bourreau. Parce que c'était comme ça que les choses s'étaient passées, il en était certain. Et cet homme l'avait probablement oublié.

Nikolin était plus calme, donc prêt pour rentrer à l'institut. Le thérapeute prévint ses accompagnateurs par téléphone, lui servit un verre d'eau et ouvrit les rideaux. Le ciel était gris sur Florence.

En arrivant, la gentille agente aida l'enfant à se lever du fauteuil à bascule. Le ventre de Nico gargouilla.

— L'heure du déjeuner est passée, commenta la

femme avec un sourire, mais on te trouvera quelque chose à manger.

Gerber était content que quelqu'un s'occupe enfin de l'enfant.

— Avec la vidéosurveillance, vous avez remarqué des changements dans son humeur ? s'informa-t-il, s'attendant à la réponse négative habituelle.

— La vidéosurveillance ? demanda l'agente.

Le psychologue comprit alors que sa collègue l'avait mené en bateau.

— Nico est toujours séparé des autres jeunes, n'est-ce pas ?

— Au début, mais plus maintenant. Je suis désolée, docteur, mais nous n'avons reçu aucune directive à ce sujet.

Gerber sentit la colère monter. Comment cette harpie avait-elle pu lui mentir aussi effrontément ? De toute évidence, elle en avait fait une question personnelle : elle était probablement convaincue de lui être désagréable, alors qu'elle ne nuisait qu'à Nico.

— Comment ça ? s'exclama-t-il, exaspéré. J'avais recommandé qu'on le place en observation. Dans des cas comme celui-ci, la moindre variation de son état peut être un indice fondamental.

— Un indice de quoi ? demanda l'agente.

Gerber saisit Nikolin par un bras et le secoua doucement.

— Que vous y croyiez ou non, dans ce scaphandre imperturbable de chair, il y a l'âme vibrante d'un enfant qui implore d'être libérée.

Bien sûr, Nico ne réagit pas au geste de l'hypnotiseur. Il se comporta comme une poupée de chiffon et, quand Gerber le lâcha, il redevint immobile.

Pourtant, l'agente observa les yeux de l'enfant, cherchant peut-être une étincelle qui lui révélât que le psychologue avait raison.

— Il y aurait bien quelque chose…, dit-elle de façon inattendue. Ce n'est peut-être pas important, mais… les enfants qui partagent sa chambre racontent que, parfois, il parle dans son sommeil.

Sa voix était hésitante, comme si elle avait peur de le contrarier.

« *Il parle dans son sommeil.* » Ces cinq mots se fixèrent dans la tête de Pietro Gerber comme une révélation inespérée. Il ne savait pas si la femme se rendait compte de ce qu'elle disait : jusque-là, Nikolin n'avait jamais *parlé*, il avait toujours pris la voix de l'affabulateur.

— Est-ce que ses camarades ont rapporté ses propos ? demanda-t-il timidement.

La femme secoua la tête.

— Il prononce des phrases dans une langue incompréhensible.

Gerber pensa immédiatement à l'albanais, sa langue maternelle. Alors, cela voulait dire que ce n'était pas l'affabulateur qui parlait dans son sommeil, mais bien le véritable Nikolin.

Pietro Gerber regarda l'enfant : pour la première fois, il avait la preuve qu'il ne s'était pas trompé et que quelque chose résistait encore en lui, se battait pour émerger du silence marécageux dans lequel il était embourbé. L'hypnotiseur s'était longuement interrogé sur le moyen d'entrer en contact avec l'esprit de Nico dans la chambre perdue.

Il avait la réponse qu'il cherchait. Les rêves. Maintenant, Pietro Gerber savait quoi faire.

34

Zaccaria Acher était un homme doux, peut-être même le plus doux des hommes. Il ne perdait jamais son calme, ses manières et son langage étaient extrêmement mesurés et il était gentil avec tout le monde.

Il venait d'avoir 70 ans et habitait au troisième étage d'un immeuble de la via Ricasoli, non loin de l'Academia, dans un appartement qu'il avait rénové avec goût. Il aimait choisir des antiquités dans des boutiques ou sur des marchés avec son mari Philip, un Écossais de vingt ans son cadet qu'il avait rencontré alors qu'il avait perdu tout espoir de trouver l'âme sœur.

En apparence, ce couple était assez ordinaire. Philip travaillait à la maison et s'occupait des courses et de la cuisine. Zaccaria, lui, se consacrait à ses recherches et à la réparation de vieilles montres, passe-temps qui convenait parfaitement à sa nature placide. Ils menaient une vie tranquille, sans excès et, à l'exception de vacances sur l'île d'Elbe et de concerts de musique classique le dimanche après-midi, très peu mondaine. Ils ne participaient à aucune fête, ils ne fréquentaient ni les bars ni les restaurants. Ils se targuaient de se coucher à 21 heures.

Et c'était à ce moment-là que se produisait la seule extravagance de leur existence.

Avant de se mettre au lit, Zaccaria enfilait par-dessus son pyjama une camisole de force qui lui descendait jusqu'aux chevilles. Après lui avoir placé un oreiller sous la tête pour qu'il soit bien installé, son mari refermait une à une les sangles en cuir qui le maintenaient immobile sur le dos. Puis ils se souhaitaient bonne nuit, Philip éteignait la lampe de chevet et Zaccaria restait attaché jusqu'à son réveil, à 6 heures le lendemain. La raison de cette précaution était à la fois simple et surprenante.

Zaccaria Acher était un lycanthrope.

Le terme, dont un certain nombre de romans et de films d'horreur abusaient, avait en fait une acception scientifique très précise.

Pietro Gerber avait découvert ce fait peu de temps après avoir appris qu'Acher était le tristement célèbre Monsieur Z. qu'il avait remplacé lors d'une partie d'*oblivio*, jouée dans la mezzanine d'une pharmacie un jeudi soir d'hiver. Il avait à peine 20 ans.

Le quatrième membre de la Confrérie des hypnotiseurs était considéré comme le plus grand expert italien, et même européen, en « parasomnies ».

Les parasomnies sont des troubles du sommeil assez fréquents. Il peut s'agir de simples vocalises, de phrases ou de discours souvent insensés, voire de véritable somnambulisme. De nombreux somnambules se contentent de déambuler chez eux sans but, mais certains se lèvent au cœur de la nuit pour exécuter des actions du quotidien, comme nettoyer les toilettes ou faire la lessive. D'autres, poussés par une faim irrépressible, vident le réfrigérateur sans savoir ce qu'ils avalent. Il peut aussi s'agir de phénomènes comme les terreurs nocturnes : ceux qui en souffrent ne parviennent pas à se réveiller d'un cauchemar. Ou encore de paralysie nocturne, quand on se réveille et qu'on ne peut ni bouger un muscle ni parler.

Parfois, le somnambulisme s'accompagne d'hallucinations. Ce sont les manifestations les plus dramatiques de la parasomnie. Regroupées sous le nom de troubles du comportement du sommeil paradoxal, elles désignent le fait de rêver de situations de danger inexistant auxquelles le sujet, se sentant gravement menacé, réagit violemment. Le conjoint en subit les conséquences : griffures, coups de poing et de pied. Ces réactions sont brèves, généralement quelques secondes. Mais, parfois, cela suffit à causer de graves dégâts.

Monsieur Z. avait découvert que quelque chose n'allait pas à l'âge de 9 ans : une nuit, sans s'en rendre compte, il avait essayé d'étrangler sa petite sœur, qui dormait dans la même chambre que lui. Ses parents, désemparés par ce comportement, que les médecins attribuaient à une forme de schizophrénie, l'avaient fait interner à San Salvi, l'hôpital psychiatrique de Florence. Par chance, il y avait rencontré une jeune psychiatre qui, malgré le mépris de ses collègues parce qu'elle était une femme, avait proposé un diagnostic assez audacieux pour l'époque.

Lycanthropie.

Ce qui voulait dire que le sujet, à cause de son somnambulisme, n'était pas en mesure de distinguer le rêve de la réalité. Ses troubles ne se manifestaient pas nécessairement les nuits de pleine lune, même s'ils étaient plus fréquents à cette période du mois. Les croyances populaires sur le sujet s'étaient transformées en superstition. Toutefois, le phénomène était assez simple.

Ceux qui en souffraient continuaient à rêver une fois réveillés.

Monsieur Z. considérait que, sans cette intuition, il aurait pu passer sa vie à l'asile. Ainsi, en sortant de San Salvi, il s'était pleinement consacré à l'étude des parasomnies, notamment pour aider par l'hypnose ceux qui, comme lui, risquaient de passer pour fous ou, pire, de faire du mal à un proche dont ils partageaient la chambre.

Gerber sonna chez Zaccaria Acher vers 17 heures. Il fut accueilli par le bon vieux Philip, qui portait un tablier à carreaux rouges et blancs et levait les bras, comme s'il allait bénir quelqu'un, mais il se tenait de la sorte car ses mains étaient pleines de farine.

— Pietro, ça fait longtemps ! l'accueillit-il avec son sourire cordial, ignorant son allure négligée. Excuse-moi si je ne t'embrasse pas, je suis en train de préparer une fougasse et je ne voudrais pas salir ton trench.

Son accent écossais était toujours aussi marqué.

— Je suis venu voir Monsieur Z.

Philip sourit.

— Tu es le seul à l'appeler comme ça, tu sais ?

C'était une façon de se moquer gentiment des amis

de son père qui, lui-même, se faisait appeler Monsieur Baloo ou Monsieur B. par ses jeunes patients. Gerber continuait d'appeler son père ainsi depuis sa mort, mais avec mépris.

— Il est dans son atelier, bien sûr, lui dit Philip en faisant un signe du menton.

Gerber traversa le luxueux appartement où des femmes angéliques et distantes, œuvres d'artistes préraphaélites, trônaient sur les murs. Il était excité à l'idée de se trouver là. Jusqu'alors, l'affabulateur avait toujours eu une étape d'avance sur lui, qu'il avait dû suivre sans la moindre possibilité d'anticiper. Mais là, pour la première fois, il avait un petit avantage.

Arrivé devant la porte fermée, il frappa.

— Entrez, répondit l'homme le plus doux de la terre.

Pietro le trouva assis dans un fauteuil en velours rouge placé à côté d'une baie vitrée fleurie, penché sur une petite table où se trouvaient plusieurs montres démontées. C'était un drôle de bonhomme, il ressemblait à un vieil elfe sage. Ses cheveux, parsemés sur les côtés du crâne, étaient coiffés en arrière, laissant apercevoir ses oreilles disproportionnées. Il leva la tête et le fixa à travers son monocle d'horloger.

— Pietro Gerber, dit-il en posant un tournevis miniature.

Blotti contre ses pantoufles, un vieux basset somnolait.

Les étagères croulaient sous les montres. La seule qui fonctionnait était un vieux modèle d'horloge, décorée de moulures dorées, dont le tic-tac résonnait dans le silence.

— Je suppose que tu es venu t'excuser, l'apostropha Monsieur Z. en glissant dans sa bouche une pipe Savinelli en bambou.

Dans la pièce flottait une fumée qui sentait le tabac Balkan.

— De quoi ?

Gerber feignit l'étonnement.

— D'avoir déserté les jeudis à la pharmacie Münstermann : depuis que ton père est mort, nous ne sommes plus que trois et, comme tu le sais, nous ne pouvons donc plus jouer à l'*oblivio*.

— En réalité, je suis venu pour une question bien plus importante…

Zaccaria le foudroya du regard.

— Qu'y a-t-il de plus important que d'assurer la survie clandestine d'un jeu de cartes interdit depuis des siècles ?

— *Habemus malleum animi*, déclara Gerber.

35

Après avoir cité la carte de l'aveugle qui mettait fin au jeu de l'*oblivio*, Pietro Gerber prit une chaise et s'installa devant Monsieur Z.

— J'ai besoin de ton aide, annonça-t-il.

Son vieil ami pencha la tête d'un côté, puis de l'autre, comme pour étudier ce fils prodigue avant de lui pardonner.

— Si tu es venu me voir, c'est que ça doit être grave, trancha-t-il.

Le psychologue savait qu'il était à la croisée des chemins : il pouvait décider maintenant d'aller jusqu'au bout et de partager les informations qu'il détenait avec quelqu'un d'autre, ce qui signifiait ne pas respecter la première condition posée par l'affabulateur.

« *Tu ne parleras de moi à personne.* »

Gerber en ignorait les conséquences, toutefois il lui semblait improbable que son adversaire ait prévu ce coup. Et puis, quelle alternative avait-il ? Alors, pour la première fois, il raconta l'histoire de Nikolin, l'enfant enfermé dans la chambre perdue. Il n'omit aucun détail. Il avait même apporté son carnet de notes et, au moment opportun, il le passa à Zaccaria Acher, qui le consulta fébrilement.

Un silence lourd s'abattit dans la pièce, entre le tic-tac de l'horloge. L'attente remplace des mots.

— C'est incroyable, dit enfin Monsieur Z. en levant les yeux.

— Tu n'en parleras à personne, n'est-ce pas ?

— Même si je le faisais, qui me croirait ? En dehors de notre cercle très restreint, je ne vois pas qui accorderait le moindre crédit à cette théorie.

— Tu as raison, répondit l'hypnotiseur, qui se rendit compte pour la première fois de l'absurdité de la situation dans laquelle il était impliqué. Cette histoire est en train de me consumer.

Comme Philip, Zaccaria n'avait fait aucun commentaire sur son allure.

— Tu n'es pas en danger, pas vrai ? s'inquiéta son ami.

— Je ne sais pas. La seule chose qui m'importe, c'est que Silvia et Marco soient en sécurité.

— Tu crois que le fait d'avoir renoncé à eux suffira à les protéger ?

— Oui, affirma Pietro, bien qu'il n'en fût plus si convaincu. Quant à moi, que pourrait-on me prendre d'autre ? Tout ce que je pouvais perdre, je l'ai déjà perdu.

— Mais Silvia et Marco pourraient encore te perdre, toi, lui fit remarquer son vieil ami.

C'est déjà le cas, aurait-il voulu dire. Sa dernière conversation téléphonique avec son ex-femme en était la preuve.

Monsieur Z. se contenta de son silence.

— Maintenant, tu peux me raconter le reste…

Ils arrivaient au cœur du problème. Parce qu'il y avait une chose que le psychologue n'avait pas encore dévoilée : la raison de sa visite.

— Nico parle dans son sommeil. Il le fait dans sa langue maternelle : l'albanais.

— Il est donc probable que l'état de transe permanente suscité par l'affabulateur s'arrête quand l'enfant s'endort, réfléchit Zaccaria.

— Il y a une faille, confirma Gerber.

Zaccaria déplaça la petite table où étaient posées les montres, dégagea ses pieds de sous le basset et se leva. Il déambula dans la pièce en réfléchissant. Régulièrement, il rechargeait sa pipe.

— Quand nous parlons dans notre sommeil, c'est comme si une brèche s'ouvrait dans notre inconscient et laissait sortir des choses que nous ne dirions jamais si nous étions pleinement conscients, expliqua-t-il. Une fois, j'ai eu un patient volage qui, chaque nuit, avouait ses liaisons à son épouse.

Silvia aussi parlait dans son sommeil, se souvint Gerber.

C'était l'un des petits secrets que lui seul connaissait. Le fiancé, Luca, appréciait-il les imperfections de son ex-femme ?

— Tu pourrais peut-être essayer d'accéder à l'esprit de l'enfant pendant qu'il rêve, suggéra Monsieur Z., l'arrachant à ces pensées douloureuses.

C'était exactement ce que Gerber espérait.

— Donc, tu penses qu'il est possible d'établir un contact ?

— Il n'est pas dit que cela fonctionne. Une stimulation extérieure, par exemple une question, pourrait le ramener à la condition créée par l'affabulateur quand Nikolin est réveillé.

— Alors que puis-je faire ?

Zaccaria observa la pendule dorée et posa la main dessus.

— Le temps. La réponse est : le temps. Tu vois cette horloge ? Je ne l'ai pas payée cher, parce qu'elle ne donne jamais l'heure exacte… De temps en temps elle s'arrête, mais ensuite elle se remet à fonctionner.

Gerber lui lança un regard interrogateur.

Zaccaria lui indiqua le cadran de l'horloge.

— Là, elle est arrêtée depuis quelques minutes.

Quand il prononça ces mots, le tic-tac disparut des oreilles du psychologue.

Monsieur Z. sourit.

— Tu ne l'avais pas remarqué, n'est-ce pas ?

— Mon esprit a répliqué le son de façon automatique, comme s'il y avait un écho de mémoire.

Toutefois, il ne comprenait toujours pas le pourquoi de cet exemple.

— T'est-il déjà arrivé de rêver qu'un vase tombe, puis de te réveiller en sursaut parce qu'un vase vient de tomber quelque part chez toi ?

— Oui, admit Pietro. Une fois, j'ai rêvé que Marco pleurait dans son lit, et ensuite il s'est vraiment mis à pleurer.

— Bien sûr, tu n'es pas devenu voyant. En réalité, un

mécanisme contraire s'est produit : les pleurs de Marco se sont produits en premier, mais ton esprit endormi a anticipé le souvenir d'une fraction de seconde pour te permettre de réagir rapidement. Dans les rêves, il n'y a pas d'avant et d'après. Dans les rêves, le temps n'existe pas.

— Le temps est une protection de l'esprit éveillé, comme le tic-tac de ton horloge, conclut Gerber, qui commençait à comprendre. Dans les rêves, en revanche, on peut voyager dans le temps.

— Avec la bonne stimulation, tu pourrais ramener Nikolin en arrière pendant qu'il dort, pour le réveiller de la transe hypnotique créée par l'affabulateur, confirma Zaccaria Acher. Mais il te faut un élément relié au passé de l'enfant : par exemple une comptine que lui chantait sa mère quand il était tout petit. Quelque chose dans le genre.

L'enthousiasme de Gerber retomba : il ne savait rien du passé de Nikolin.

Son ami remarqua sa déception.

— Personne n'a dit que ce serait simple. Mais c'est le seul moyen.

L'hypnotiseur réfléchit. Il y avait peut-être une solution, mais c'était un pari.

36

Pietro Gerber n'oublierait jamais la petite fille dans le miroir.

Il l'appelait ainsi parce que l'évocation de son prénom, Ambra, était trop douloureuse. Pourtant, il tenait à préserver le souvenir de ce qui s'était passé, un soir de novembre, de nombreuses années auparavant.

Après l'université, Pietro avait commencé son apprentissage chez Monsieur B. Chaque jour, il se rendait au cabinet de son père et, dans la forêt en papier mâché, il assistait au rituel grâce auquel son père plongeait ses petits patients dans les abysses de leur psyché, avant d'explorer avec eux le monde inconnu qu'ils cachaient, comme dans un roman de Jules Verne. Cette image avait toujours plu à Pietro : elle lui rappelait son enfance et la villa sur la côte de l'Argentario, quand il s'enfermait dans la bibliothèque de sa mère qu'il n'avait pas assez connue, espérant trouver quelque chose d'elle parmi les livres qu'elle lisait dans son enfance.

Le Dr Pietro Gerber n'avait pas le droit d'interférer avec les séances d'hypnose de son père : ni questions ni observations. Ni interactions avec les enfants, naturellement. Sa mission était de contrôler le bon fonctionnement des micros cachés, de lancer « Il en faut peu pour être heureux » et, en même temps, de démarrer l'enregistrement de la séance sur bande magnétique. Ensuite, il devait se cacher derrière un baobab et rester le plus discret possible. Pendant sa première année de stage, il en était resté à cet aspect « technique » et, surtout, il avait été responsable de la conservation et de la manutention du disque qui démarrait l'illusion du voyage mental.

Toutefois, ce fameux soir de novembre, tout changea soudainement.

En milieu d'après-midi, Monsieur B. reçut un appel d'une amie, anesthésiste à l'hôpital Careggi. Pietro savait que son père travaillait bénévolement pour certains services de pédiatrie, mais il ignorait ce qu'il y faisait exactement. Il supposait qu'il atténuait par l'hypnose la douleur des petits patients, liée aux thérapies qu'ils subissaient. Une sorte d'alternative à l'usage des opiacés.

Jamais il n'aurait pu imaginer que Monsieur B. les aidât à entreprendre le plus difficile des voyages. Celui qui les conduisait au-delà de leur vie.

Il le découvrirait après avoir fait la connaissance d'Ambra. Quelques heures auparavant, cette fillette de 8 ans avait une vie potentiellement heureuse devant elle. Tout s'était passé très vite : sa mère était venue la chercher à scooter à son cours de danse classique. Le trajet jusque chez elles, qu'elles parcouraient presque quotidiennement, comptait moins de deux kilomètres.

Ce jour-là, elles avaient été surprises par un violent orage qui avait inondé les rues de Florence en quelques minutes. Prudente, la mère d'Ambra avait arrêté le véhicule et elles s'étaient abritées sous un auvent, en attendant une accalmie. Mais, à ce moment-là, un chauffeur de bus avait perdu le contrôle de son véhicule à cause de la pluie et il avait foncé sur les deux malheureuses. La mère d'Ambra était morte sur le coup. La fillette s'en était sortie par miracle : à l'arrivée de l'ambulance, elle avait juste le cubitus droit fracturé. Mais, pendant le trajet vers l'hôpital, elle avait ressenti de fortes douleurs à l'abdomen.

Le résultat de l'échographie avait été sans appel.

Hémorragie interne irréversible.

Quand Monsieur B. et Pietro étaient arrivés à Careggi, il lui restait très peu de temps à vivre. Ambra ne cessait de demander son père. L'homme était en déplacement professionnel, mais, déjà prévenu, il avait sauté dans le premier avion pour Florence. Il avait appris la mort de sa femme, toutefois on l'avait rassuré au sujet de sa fille : elle avait juste le bras cassé. Il ne pouvait pas imaginer qu'il arriverait probablement trop tard pour l'embrasser une dernière fois.

— On ne peut même pas lui faire entendre sa voix au téléphone, puisqu'il n'est pas joignable durant le voyage, leur avait expliqué l'anesthésiste.

Cette dernière avait pensé à Monsieur B. pour qu'il permette cette rencontre.

Pietro ignorait combien son père pourrait rendre possible quelque chose qui ne l'était pas. Quand il l'interrogea, celui-ci répondit :

— Télépathie. On va les faire communiquer par la pensée. Je t'explique : le papa avec lequel je vais la mettre en contact n'est pas celui qui se trouve actuellement dans l'avion, mais celui qui vit depuis toujours dans ses souvenirs. C'est toi qui vas hypnotiser l'enfant et incarner son père.

— Moi ? demanda Pietro, qui ne se sentait pas à la hauteur.

— Tu suivras mes instructions, insista Monsieur B.

— Cela ne me semble pas le bon moment pour faire des expérimentations, répondit-il. Si vraiment c'est possible, alors c'est une occasion unique pour cette enfant, et je ne veux pas la lui faire manquer.

Monsieur B. lui posa une main sur l'épaule et le fixa.

— Si tu étais le seul à pouvoir le faire, est-ce que tu te déroberais ?

— C'est toute la question : je ne suis pas le seul. Toi aussi, tu peux.

— Mais moi, je ne le ferai pas, répondit clairement Monsieur B. Donc, si tu échoues, tu pourras toujours m'en faire porter la responsabilité.

Pietro se tut, conscient que toute protestation serait inutile.

— Alors, tu as choisi ton objet guide ?

L'objet guide est celui à travers lequel l'hypnotiseur établit un contact exclusif avec son patient. Le disque de Monsieur B., un pendule, une spirale, une petite lampe torche : il y a l'embarras du choix. Comme lui avait expliqué son père, certains collègues préféraient se servir du toucher ou de la voix. Toutefois, utiliser un « objet empirique » ou un « fétiche de transition » était plus pratique.

Pietro ne fut pas pris au dépourvu : en fait, il y réfléchissait depuis un moment.

— J'utiliserai un métronome, dit-il.

Avec le temps, plusieurs modèles allaient se relayer sur la table basse de son cabinet : des modèles mécaniques classiques à celui des années soixante-dix qu'il employait actuellement, en passant par des métronomes digitaux. Il les choisissait avec soin, selon leur battement. Ce jour-là, il opta pour un modèle à aiguille, rangé dans une boîte métallique. Depuis quelque temps, il l'avait toujours sur lui.

— Très bien, approuva Monsieur B. Nous aurons aussi besoin d'un miroir.

Les infirmiers en décrochèrent un du mur des toilettes de l'hôpital et l'apportèrent dans la chambre d'Ambra. On le plaça juste devant son lit.

— Maintenant, tu vas te mettre derrière elle, expliqua Monsieur B. à son fils. De façon qu'elle voie à la fois son reflet et le tien. Quand elle entrera en transe, ton image sera remplacée par celle de son père.

La fillette garderait les yeux ouverts.

On réduisit la dose de morphine de son intraveineuse, afin qu'elle puisse récupérer le niveau de conscience nécessaire pour l'opération. Tendu et agité, Pietro entama sa première expérience d'hypnose infantile. Étonnamment, au fur et à mesure qu'Ambra s'abandonnait, lui aussi se détendait. Au début, Monsieur B. lui murmurait des instructions à l'oreille. Puis il arrêta.

Toujours derrière l'enfant, Pietro lui prit la main

et la tint fort. Puis, utilisant les souvenirs accumulés par Ambra pendant ses huit années de vie, il évoqua la figure paternelle, en espérant qu'elle se matérialise dans le miroir.

Quand la petite fille sourit, il comprit que son papa était apparu et qu'elle le voyait.

Pietro lui parla comme s'il était lui-même son père, il prononça des phrases douces, bien que génériques, parce qu'il ne savait rien de l'homme qu'il représentait, ni de sa relation avec sa fille. Le plus surprenant, c'était qu'Ambra n'y voyait que du feu.

Elle entendait vraiment la voix de son père.

Il l'encouragea à être forte et il lui promit que, bientôt, la douleur disparaîtrait pour toujours. Pietro ne croyait pas à l'au-delà, il ne pouvait pas lui assurer que quelqu'un ou quelque chose l'attendrait, peut-être sa maman. Mais il comprit vite qu'Ambra ne cherchait pas ce genre de réconfort. Elle voulait revoir son père pour une raison précise.

Elle avait un message pour lui.

— Guendalina est au fond de l'armoire verte. Et quand elle pleure, moi aussi, je suis malheureuse.

Pietro mémorisa ces paroles, avec l'intention de les répéter à celui à qui elles étaient destinées, convaincu que le père d'Ambra en comprendrait le sens.

Puis la respiration de la fillette se fit de plus en plus faible. Ses traits étaient paisibles : elle ne ressentait plus aucune douleur. Le moment était venu de se séparer pour toujours.

Il lui dit de fermer les yeux et la laissa partir. Dans le miroir, il la regarda s'éloigner, comme si elle dérivait sur une mer d'argent. Quand elle cessa de lui serrer la main, il comprit qu'elle n'était plus avec eux.

Pendant longtemps, il avait entendu Monsieur B. parler de « l'esprit qui est bien plus fort que la conscience » ou du « pouvoir de l'esprit qui se berne lui-même », sans comprendre tout à fait. Ce jour-là, il avait eu la démonstration pratique de leur réalité. Et il savait aussi qu'il détenait un instrument très efficace, avec lequel il pourrait améliorer concrètement la vie des gens.

Le dernier acte de la transmission de Monsieur B. avait eu lieu auprès d'une fillette mourante. Le passage de flambeau était achevé.

Ainsi, quand Pietro Gerber rencontra le père d'Ambra qui, comme prévu, était arrivé trop tard au chevet de sa fille, il était déjà devenu un endormeur d'enfants. Même si le sommeil dans lequel il avait guidé sa première patiente était celui dont elle ne se réveillerait pas.

Il rapporta à l'homme les derniers mots de sa fille. Le pauvre, déjà anéanti par la douleur, n'avait aucune idée de qui était Guendalina. En plus, il n'y avait jamais eu d'armoire verte chez eux. À ce moment-là, il devait décider s'il optait ou non pour le don d'organes, afin que la mort de sa fille ne soit pas entièrement vaine, aussi Pietro n'insista pas. Il considéra que ces phrases avaient été prononcées dans l'état de délire qui précède généralement la fin.

Pourtant, des années plus tard, quand Monsieur B. était mort et que Pietro en était devenu le digne successeur, le père d'Ambra se présenta à son cabinet. Au début, Gerber ne le reconnut pas mais, quand il comprit qui il était, tout lui revint à l'esprit.

— Je sais qui est Guendalina, dit l'homme, triomphant. Il m'a fallu du temps pour le découvrir, mais j'ai réussi. Attention, docteur, je risque de vous choquer.

Le psychologue aurait pu lui répondre que cette précision était inutile : dans son travail, il avait déjà été confronté à de nombreuses manifestations du caractère ahurissant de la réalité. Mais il le laissa parler. C'est ainsi qu'il découvrit que Guendalina était une poupée. Et ce n'était pas elle qui pleurait, mais la fillette à qui elle appartenait, qui vivait à Bergame et ne se remettait pas de l'avoir perdue.

— J'ai téléphoné à cette famille et j'ai dit aux parents de chercher au fond de l'armoire verte, raconta l'homme. Je ne savais même pas qu'ils en avaient une chez eux : la poupée s'y trouvait, cachée sous une pile de vieilles couvertures.

Ambra et la fillette de Bergame ne s'étaient jamais rencontrées. La seconde avait perdu sa poupée quand ses parents l'avaient ramenée de l'hôpital, après qu'on lui avait greffé un nouveau cœur, parce que le sien ne fonctionnait pas comme il aurait dû.

Le cœur d'Ambra.

« *Quand elle pleure, moi aussi, je suis malheureuse.* »

C'était ce qu'avait dit la fillette dans le miroir avant de mourir. Le présage d'une douleur future, une douleur qui appartenait à une autre. Et qu'elle-même ne pourrait jamais ressentir. Mais peut-être que son petit cœur, oui.

Son père pensait donc que, où qu'elle soit, Ambra

était encore reliée au monde qu'elle avait quitté pour toujours.

Bien qu'il ne puisse apporter d'explication rationnelle à cette coïncidence, Pietro Gerber n'avait jamais cru à l'existence d'un pont avec une réalité invisible. Toutefois, il n'avait pas voulu briser les illusions de cet homme, alors il l'avait laissé se consoler en pensant que la mort de sa fille de 8 ans avait un sens, au sein de l'inexplicable dessein universel.

Pourtant, depuis que Silvia était partie de chez eux avec Marco, chaque fois qu'il passait dans la chambre de son fils, il ressentait un étrange malaise. Comme si chaque objet portait encore en lui un triste bonheur.

Ce fut le cas ce soir-là, quand il rentra de chez Zaccaria Acher.

Les enfants nous parlent à travers leurs jouets, songea-t-il. *C'est à eux, pas à nous, qu'ils confient leurs secrets.* Et c'était comme si les jouets connaissaient des choses que les adultes ne pouvaient pas savoir.

Comme la poupée de Guendalina.

Après avoir allumé la lampe en forme de clown, Gerber fouilla dans les affaires de son fils, certain d'y trouver quelque chose qui l'aiderait à entrer dans les rêves de Nikolin pour établir le contact avec lui.

Dans une boîte de petites voitures et de bulldozers de toutes les couleurs et de toutes tailles – la passion de Marco –, il trouva le petit téléphone qui faisait du bruit et de la lumière. Le même que celui qu'Anita Baldi lui avait montré la veille, après l'avoir sorti d'un sachet en kraft contenant des dessins enfantins de Nico.

Gerber le prit et s'assit par terre, les jambes étendues sur la moquette, adossé au mur.

Il regarda le téléphone dans ses mains.

Il imagina l'enfant albanais enfermé dans la chambre perdue. Qui hurlait, désespéré, en tapant des poings contre les murs, dans l'espoir que quelqu'un lui vienne en aide. Mais personne ne pouvait l'entendre.

Alors que ces cris muets résonnaient dans son imagination, Gerber se rappela enfin ce qu'il avait occulté toute la journée : il n'avait pas cherché le code pour débloquer une nouvelle partie du récit de l'affabulateur. Maintenant, son but était autre. Il ne s'agissait plus seulement de trouver un moyen de communiquer avec Nikolin.

Son véritable espoir était de le réveiller, avec l'aide de son jouet préféré, en le ramenant à sa petite enfance. Comme le lui avait conseillé Zaccaria Acher.

Mais quelles seraient les conséquences sur l'affaire, dans le cas où Gerber se serait trompé ? C'était là que se trouvait le hasard. Encore quelques heures et il saurait s'il avait fait le bon choix.

37

Quand il vit Nikolin arriver au cabinet, vêtu de sa combinaison blanche, et se diriger vers le fauteuil à bascule, Pietro Gerber hésita encore : en dérogeant une nouvelle fois aux prescriptions de l'affabulateur, il mettait en jeu la sécurité de l'enfant.

Il aurait peut-être dû réfléchir avant d'agir. Mais il était trop tard, il ne pouvait plus reculer.

Une fois la nouvelle agente et les gardiens partis, il ferma la porte. Puis il alla servir un verre d'eau à Nico, sans attendre la fin de la séance comme d'habitude. Avant de le lui donner, il sortit une fiole de sa poche et y versa discrètement quelques gouttes de Valium, qui se fondirent dans le liquide transparent.

Comme les autres fois, Nico prit le verre et le vida. Alors le psychologue poussa le fauteuil à bascule et l'enfant alla s'y asseoir. Quand il ferma les yeux, Gerber comprit qu'il dormait.

Il pouvait démarrer son expérience.

Il sortit de sa poche le jouet de Marco, identique au téléphone factice qui avait été retrouvé dans la voiture où Nikolin vivait avec sa mère, et il appuya sur le bouton rouge sous l'écran. Celui-ci s'éclaira et une sonnerie joyeuse retentit, semblable à un carillon. Elle dura quelques secondes.

Cela ne produisit aucun effet sur l'enfant. Gerber appuya de nouveau sur le bouton et attendit. Toujours aucune réaction. Le psychologue se donna quelques instants pour temporiser : il n'avait ni règles ni protocole à suivre. Tout était fondé sur l'improvisation. Il ignorait si ce qu'il faisait était juste, mais il l'espérait.

Entre-temps, il feuilleta son carnet noir et s'arrêta à la dernière page. Après la tentative de fugue avortée, le récit de l'affabulateur, qui avait alors 12 ans, s'interrompait au moment où son oncle lui exposait son plan, construire une famille avec la rousse du Polaroid qui ne pouvait pas avoir d'enfants. L'ogre avait même annoncé l'arrivée imminente de sa « nouvelle mère ».

Qui était cette femme ? Gerber ne le saurait peut-être jamais.

Toutefois, un détail avait attiré son attention : l'oncle avait dit au jeune garçon que lui et la femme avaient fait connaissance par correspondance. L'histoire remontait à plus de vingt ans, mais à l'époque Internet et les téléphones portables existaient, donc le courrier postal était déjà un peu démodé. Cet anachronisme détonnait, même s'il ne constituait pas la seule incohérence de cette affaire, qui ressemblait de plus en plus à un conte dérangeant. Gerber nota tout de même ce détail.

Rencontrés par courrier.

Il leva les yeux et remarqua des mouvements oculaires sous les paupières de Nikolin, signe que l'enfant rêvait. C'était le bon moment.

Il referma son carnet et actionna le jouet. Cette fois, Nico sembla réagir à la stimulation : il leva la tête et la balança des deux côtés, comme si le bruit le dérangeait. Ou comme quelqu'un qui se noie et se débat pour trouver de l'air, pensa Gerber.

Nico bougea les lèvres. Incroyable. Mais avait-il vraiment parlé, ou n'était-ce qu'un gémissement ? Le psychologue se leva pour s'approcher de lui. Nikolin répéta quelque chose à voix basse. C'était un mot, difficile à comprendre.

— Mamae…, entendit-il enfin.

Une invocation désespérée, adressée à sa mère.

Gerber ressentit de la pitié, néanmoins ce mot lui paraissait étrange.

— Mamae… mamae… mamae…, appelait toujours l'enfant.

Son accent n'évoquait pas l'albanais.

Le psychologue laissa de côté ce constat pour profiter pleinement du contact qui était en train de s'instaurer. S'il voulait sortir Nikolin de la chambre perdue, il fallait procéder calmement : le convaincre de lui faire confiance, puis de le suivre dans l'obscurité qui l'entourait certainement, enfin le ramener à la surface, à la lumière.

— Tu m'entends, Nikolin ?

L'enfant se débattait toujours dans le fauteuil à bascule, comme s'il souffrait d'une fièvre mystérieuse ou d'un cauchemar dont il ne parvenait pas à se réveiller.

— Nico, répéta-t-il. Si tu m'entends, Nico, réponds-moi.

Il insista encore quelques minutes, en vain. L'enfant gémissait, mais ne dit plus rien. Gerber réfléchissait à une autre approche, en mesure de vaincre ses résistances et, probablement, ses craintes, quand son regard fut attiré par la petite ampoule rouge au plafond : elle s'était allumée un instant. Il leva la tête, pensant s'être trompé. Mais elle se ralluma.

Qui, dans la salle d'attente, appuyait sur le bouton réservé à ses patients ?

Pietro Gerber se leva et se dirigea vers l'ampoule. Il l'observa, indécis. Il se rappela la première visite de l'affabulateur, quand il avait trouvé l'aiguille plantée dans la pomme. Mais maintenant, l'ampoule lui reprochait sans doute de violer les conditions qui lui avaient été imposées.

Il m'a percé à jour, songea-t-il. *Et il est venu ici pour reprendre l'enfant.*

L'idée était délirante, mais il ne voyait aucune autre explication. C'est alors que quelqu'un frappa à la porte de son cabinet.

— Docteur, appela une voix de femme.

C'était l'agente de l'institut.

Le cœur de Gerber ralentit, mais ne se calma pas complètement. Que se passait-il ? La femme aurait dû attendre en bas, avec les gardiens. Pourquoi était-elle remontée plus tôt ?

— Nous sommes venus chercher Nikolin, déclara-t-elle sur un ton calme mais ferme. Laissez-nous entrer, s'il vous plaît.

Pris au dépourvu, il se tourna vers Nico, qui dormait toujours d'un sommeil agité, puis s'approcha de la porte.

— Nous n'avons pas terminé, dit-il à voix basse.

— La juge Baldi nous a appelés : elle a ordonné de vous interrompre immédiatement et d'emmener Nikolin.

Interloqué, le psychologue ne s'interrogea pas sur les raisons de ce changement de programme, mais évalua les options dont il disposait.

— Accordez-moi quelques minutes, demanda-t-il. Le temps de faire sortir l'enfant de la transe.

Il cacha le fait que, cette fois, il l'avait endormi au Valium, ce qui était contraire à toute déontologie.

De l'autre côté de la porte, il y eut un bref silence.

— D'accord, mais dépêchez-vous. Nous attendrons dans le couloir.

Il avait gagné un peu de temps. Pas beaucoup. Il lui fallait renoncer à son but initial et procéder par étapes. Il aurait tant voulu profiter de cette situation favorable, où Nikolin était partiellement sorti de la transe induite par l'affabulateur, pour essayer de le réveiller complètement.

— Je voudrais que tu suives ma voix, expliqua-t-il. Que tu t'y agrippes, comme si c'était une corde.

L'enfant ne répondit pas. Pietro Gerber fit une autre tentative, mais les mouvements du corps de l'enfant ralentirent : il avait cessé de se débattre et replongeait dans un sommeil plus calme.

La fenêtre de conscience était en train de se refermer.

— Nikolin, je te ramènerai à ta mère, lui promit-il,

conscient que c'était impossible, puisque la femme était probablement morte.

Mais le psychologue, désespéré, ne savait pas à quoi se raccrocher pour gagner sa confiance. Il persista dans son mensonge :

— Tu as entendu ? Tu pourras serrer Mira dans tes bras.

Quand il entendit ce mot, Nico sortit de l'état semi-catatonique dans lequel il était en train de plonger. Le psychologue crut qu'il avait gagné mais, de façon totalement inattendue, l'enfant eut une réaction très violente.

Il se mit à hurler, les yeux fermés.

Ses cris déchirèrent le silence du cabinet. Nikolin se frappa ensuite la tête avec ses poings, en pleine crise d'hystérie. Gerber essaya de lui attraper les bras, mais l'enfant résista.

Le bruit attira l'attention des gardiens, qui firent irruption dans la chambre sans frapper, suivis de l'agente, qui se dirigea vers le fauteuil à bascule pour essayer elle aussi de calmer Nico. Il se martelait toujours le visage.

— Ne le touchez pas, ordonna Gerber.

— Il faut faire quelque chose, répondit-elle durement.

Elle ouvrit la fermeture Éclair du petit sac banane qu'elle portait à la taille et en sortit un flacon de tranquillisant et une seringue. Elle prépara rapidement le médicament, saisit fermement l'avant-bras du garçon et le lui administra dans une veine.

En quelques secondes, tout fut terminé.

Nikolin se réveilla, comme si de rien n'était. Ses

yeux étaient de nouveau de verre, pareils aux fenêtres d'une maison vide.

Gerber examina ses iris à l'aide d'une petite lampe : il avait échoué. Alors, furieux, il lança à l'agente :

— Pourquoi nous avoir interrompus ? Que veut-elle à cet enfant, la juge Baldi ?

La femme, pourtant si gentille, lui lança un regard sévère.

— Sa mère a été retrouvée.

La nouvelle paralysa Pietro Gerber. Bien sûr ! Il aurait dû y penser tout de suite.

Pourtant, il ne s'attendait pas aux mots qui suivirent :

— Elle est vivante.

38

Les chiens l'avaient trouvée qui errait dans les bois du Mugello, à quelques kilomètres de l'endroit où l'éleveuse de chevaux avait découvert son fils. Mirbana Xhuljeta Laci, dite « Mira », portait des vêtements propres et, à part un début d'hypothermie parce qu'elle avait passé la nuit à la belle étoile, elle était en bonne santé. Les secours avaient tout de même signalé un état de confusion.

Elle savait qui elle était, toutefois sa mémoire s'arrêtait au jour où elle avait crevé un pneu de sa voiture, alors qu'elle roulait sur la route départementale 477 avec Nikolin.

Les enquêteurs avaient attribué l'amnésie à son état de choc, et ils étaient convaincus qu'elle dirait bientôt où elle avait vécu avec son fils, ces huit derniers mois. Gerber, lui, supposait que l'affabulateur avait effacé ses souvenirs à l'aide de l'hypnose.

En rentrant chez lui à pied dans la ville déserte, en ce début d'après-midi pluvieux, le psychologue réfléchissait : pourquoi le ravisseur l'avait-il laissée partir ?

Il excluait qu'elle se soit échappée, puisqu'elle n'en avait aucun souvenir.

Il pouvait y avoir mille explications. D'ailleurs, convaincus que Nikolin avait tué sa mère, les carabiniers avaient jusque-là recherché un cadavre.

Personne ne pourchassait un kidnappeur.

Seul Pietro Gerber connaissait son existence.

Pourtant, le geôlier avait dû sentir l'étau se resserrer autour de lui : et si les forces de l'ordre s'étaient approchées de sa prison ? Pour éviter d'être découvert, il avait préféré se débarrasser de son otage, conscient que de toute façon Mira ne pourrait fournir aucune information utile pour l'identifier. Il n'aurait pas obtenu le même résultat en la tuant et en laissant la police retrouver le corps : une fois le moment du décès établi, on aurait compris que Nikolin ne pouvait être l'auteur du crime, puisqu'il était déjà à l'institut. Alors les enquêteurs n'auraient plus cherché un ravisseur, mais un assassin. Il avait opté pour la solution la plus élémentaire, et surtout la plus maligne.

Ainsi, il restait invisible.

Pourtant, un mystère demeurait : pourquoi, *au départ*, l'affabulateur avait-il également enlevé Mira, s'il n'avait besoin que de Nikolin pour mener à bien son plan ? La gestion d'un second prisonnier comportait des risques, en plus des difficultés logistiques.

Cela n'avait pas de sens.

Quel était le véritable but du mystérieux hypnotiseur aux extraordinaires capacités de manipulation ? Encore une énigme. Pourquoi ourdir un pareil dessein ? Juste pour que Nikolin révèle à Gerber une histoire qui remontait à vingt-deux ans ? Et puis, pourquoi l'avoir choisi, lui, comme auditeur du récit ? Jusque-là, l'endormeur d'enfants ne s'était pas réellement posé ces questions : il était trop concentré sur l'idée de sauver Nico, parce qu'il savait qu'il était le seul à pouvoir le sortir de la chambre perdue.

L'heure était venue d'affronter certaines interrogations.

L'histoire enfouie dans l'esprit de Nikolin était restée en suspens. C'était cela, le problème. Peut-être que, plus tard, elle apporterait un éclairage sur les motivations criminelles de l'affabulateur.

Il ne va pas rester tapi dans l'ombre alors que tout s'écroule autour de lui, supposa le psychologue. S'il a un objectif, il fera tout pour le réaliser. Ou bien, avant de disparaître pour toujours, il essaiera de prendre sa revanche.

« *Tu ne me chercheras pas dehors.* »

Et s'il enfreignait cette règle, aussi ? Après tout, la seule chose qu'il savait de lui était que, qui que soit cet homme, il ne respectait pas les règles de base du code de l'hypnose, sur lesquelles Monsieur B. avait tant insisté avant de lui transmettre son don.

Ne pas manipuler le patient. Ne pas le conditionner. Ne pas lui créer de faux souvenirs. Ne pas altérer sa perception de la réalité. Ne pas le tromper. Ne pas le pousser à faire quoi que ce soit. Ne pas l'influencer. Ne pas le corrompre. Et, surtout, ne pas le séduire. La séduction consistait à le convaincre, à tort, qu'un comportement déterminé était juste. On pouvait s'en servir pour encourager quelqu'un à se faire du mal ou à en faire à autrui. Le psychologue s'arrêta à quelques mètres de chez lui. La pluie le fouettait, le frappait de toutes parts. Les gouttelettes semblaient ne pas vouloir le laisser en paix, elles s'abattaient sur lui et sur ses pensées avec une insistance sardonique.

Pietro Gerber se retourna.

Il y avait une ombre derrière lui.

— Qui es-tu ? demanda-t-il à voix haute, en essayant de ne pas trahir sa peur de connaître la réponse. Je sais que tu me suis, qu'aucun de mes gestes ne t'échappe. Que me veux-tu ?

Cette ombre n'était pas réelle. Elle était dans sa tête.

Si je renonce maintenant, il me poursuivra toute ma vie. Son adversaire continuait d'agir à sa guise. C'était intolérable, mais il ne pourrait pas l'arrêter seul. Alors il avança vers l'ombre imaginaire, comme s'il voulait l'affronter. Non, il ne rentrerait pas chez lui. Il ne se cacherait pas.

Il trouverait son adversaire et le forcerait à quitter sa tanière.

De toute façon, il avait déjà enfreint une des conditions établies par l'affabulateur, qui prévoyait qu'il écouterait son histoire « jusqu'au bout ». La deuxième et la troisième étaient, en quelque sorte, liées entre elles.

« *Tu ne parleras de moi à personne.* »

Pietro Gerber avait déjà pris la décision d'aller tout raconter à Anita Baldi, pour que l'affabulateur perde l'invisibilité qui l'avait protégé jusque-là.

Alors qu'il marchait d'un bon pas vers le tribunal pour enfants, son portable vibra dans la poche de son Burberry. C'était Silvia. Il ralentit, surpris de cet appel de son ex-femme, après leur dernière dispute.

— Je suis au courant, murmura-t-elle de but en blanc, sur un ton sincèrement désolé.

Elle appelait probablement pour s'excuser.

— Eh oui, je te l'avais dit : l'enfant est innocent, mais personne n'a voulu me croire.

La juge aurait dû le remercier, plutôt que d'interrompre brusquement ses entretiens avec Nico, comme si Gerber avait eu tort depuis le début.

— Ce n'est pas ça, répondit Silvia avec un fond d'inquiétude.

— Alors quoi ?

— Tu n'es pas au courant ?

— Quoi ? Que s'est-il passé ?

— Zaccaria Acher a agressé son mari, Philip, dans son sommeil.

Gerber se figea. Bouleversé par la nouvelle, il se balança sous l'orage.

— L'état de santé de Philip est préoccupant, ajouta Silvia. Et Zaccaria est sous surveillance à l'hôpital.

— Comment cela a-t-il pu arriver ? trouva-t-il le courage de demander, bien qu'il craignît d'être lui-même la cause de ce drame.

— Hier soir, une voisine a appelé la police parce qu'elle entendait des cris chez eux. Apparemment, avant cela, leur téléphone avait sonné.

Comme tous les somnambules, Zaccaria a le sommeil profond, se souvint Gerber. Il n'a pas entendu la sonnerie. Et puis, Philip était le seul à pouvoir répondre, parce qu'à ce moment-là Monsieur Z. portait sa camisole de force.

— Selon la police, après l'appel, Philip est retourné

dans la chambre avec un couteau et il a coupé les sangles de contention.

À la suite de ce geste inattendu, Zaccaria a été victime d'un de ses violents épisodes de troubles du comportement du sommeil paradoxal, pensa le psychologue. Il s'est défendu : cela corroborait son hypothèse.

L'affabulateur le punissait d'avoir enfreint les règles en racontant à Monsieur Z. l'histoire qu'il devait garder secrète. Philip avait payé à la place de Gerber. L'hypnotiseur lui avait donné l'ordre par téléphone.

— Je peux imaginer comment tu te sens, je sais que vous êtes très amis, dit Silvia.

— En effet.

Pietro n'avait même plus la force de respirer.

— Je ne voulais pas t'annoncer moi-même la nouvelle, mais je craignais que personne ne t'ait prévenu.

— Ça va. Ne t'en fais pas.

— Si tu as besoin de parler, je suis là.

Cette disponibilité soudaine surprit Gerber. Après leur dernière dispute, il ne pensait pas qu'il y eût encore l'espoir de maintenir une relation, quelle qu'elle soit. Et, surtout, cela ne ressemblait pas à Silvia de se montrer si conciliante. Avait-elle changé ? Ou bien, en tant qu'ex-mari, ne la connaissait-il plus vraiment ?

— Merci, fit-il simplement, s'apprêtant à raccrocher.

— Ce soir, je retrouve des amis au bar du *Four Seasons*, l'interrompit son ex-femme. Tu n'es peut-être pas d'humeur mais, si tu as envie de venir, ça me ferait plaisir.

Le luxueux hôtel installé dans le bâtiment de la Gherardesca : un rituel qui se répétait chaque année depuis que Silvia, le jour de son diplôme en psychologie, y avait bu une coupe de champagne, seule. Elle ne l'avait jamais raconté à personne, jusqu'à sa rencontre avec Pietro Gerber : à partir de là, elle avait partagé cette tradition avec lui. Et, après leur divorce, elle avait continué avec quelqu'un d'autre.

— Bon anniversaire, lui dit-il, désolé d'avoir oublié.

— Ce n'est pas grave, répondit-elle sans rancœur. Au revoir, Pietro.

Un bref instant, oubliant Zaccaria, il était retourné dans le passé. L'invitation de Silvia était absurde, mais il eut soudain envie d'une soirée insouciante. Dans le fond, ce qui était arrivé à Monsieur Z. constituait un avertissement, et l'appel de son ex-femme avait été providentiel : sans elle, il serait allé parler à Anita Baldi, violant de nouveau les consignes de l'affabulateur. En toute logique, il aurait dû faire demi-tour et reprendre le chemin de son appartement. Peut-être se préparer pour la sortie au *Four Seasons*, même s'il n'était pas certain que ce soit une bonne idée. Il en avait assez de subir cette situation. Et, surtout, il n'en pouvait plus de se sentir continuellement menacé.

Ça ne s'arrêtera pas, songea-t-il alors que la pluie tombait toujours et que le ciel s'assombrissait. *Je dois y mettre un terme moi-même.*

Mais il était fatigué de lutter seul contre un ennemi

sadique et anonyme. Alors il laissa derrière lui l'orchestre de l'hôtel, les rires, l'image alléchante d'une fête et de Silvia en robe de soirée. À la place, il avança vers le tribunal, sous l'averse.

39

— Un ravisseur ?

La réaction de la juge Baldi était un mélange de stupeur et de défiance.

— Parfaitement, confirma Pietro Gerber, qui voulait à tout prix la convaincre.

Ses vêtements trempés par la pluie gouttaient sur le sol. Il lui raconta tout, en commençant par les trois conditions qui lui avaient été imposées et à cause desquelles il s'était tu, jusque-là.

Ils se trouvaient dans le couloir du bâtiment ancien qui hébergeait le tribunal pour enfants. Le psychologue l'avait interceptée à la sortie d'une audience et la juge, qui était encore en colère contre lui, lui avait seulement accordé quelques minutes.

— Et quel serait le but de cet affabulateur ? demanda-t-elle, soupçonneuse.

— Je ne sais pas.

— Un plan diabolique auquel il manque un but tout aussi… diabolique, ironisa la juge.

— Je comprends que cela puisse sembler absurde, mais, si vous m'accordiez la possibilité de faire d'autres séances avec Nikolin, nous pourrions connaître la suite de cette histoire d'ogre et d'enfant.

— Si ce que tu affirmes est vrai, l'enfant a échappé à l'ogre, puisqu'il peut raconter son histoire aujourd'hui… Tu ne crois pas que je serais au courant, si un événement pareil avait eu lieu il y a vingt-deux ans ?

— En effet, c'est bizarre : je n'en ai trouvé aucune trace, ni dans la presse de l'époque ni sur Internet, admit Pietro. Mais je suis convaincu qu'il y a une explication. Si je trouve le nouveau code, nous en saurons plus.

— Un code ? répéta-t-elle en levant un sourcil.

— Je vous ai expliqué comment cela fonctionne, non ? insista Gerber, ignorant son attitude défaitiste. Le code peut être un objet, un bruit, une odeur ou même un mot. Comme l'aiguille et le fil que j'ai utilisés dans la salle de jeux avec Nikolin, la première fois : c'est à ce moment-là que l'enfant a commencé à parler. Vous vous souvenez ?

La juge se montrait toujours aussi sceptique.

— Donc c'est cela que tu as fait, jusqu'ici. Et c'est également pour cela que tu as fait pression sur moi en menaçant de retirer ton expertise ?

— Ce n'était pas une menace. Je n'avais pas le choix, précisa Gerber, commençant à perdre patience.

— Tu peux essayer de me convaincre en me montrant les vidéos des séances avec Nikolin, concéda sa vieille amie.

— Je ne les ai pas filmées, avoua-t-il, gêné. L'affabulateur a été très clair : l'histoire devait rester entre lui et moi.

— Apparemment, nous avons deux versions des faits, commenta calmement la juge. La tienne, avec ton ravisseur hypnotiseur et tout le reste. Et celle des carabiniers, qui soutiennent que la mère et le fils, après que leur pneu a crevé, en juin, ont abandonné leur véhicule pour vagabonder dans les bois du Mugello, en cherchant des abris de fortune, en volant vêtements et nourriture, et en fouillant dans les poubelles, comme ils le faisaient déjà avant. Leur existence était déjà précaire. Jusqu'à ce que quelqu'un les retrouve par hasard : d'abord l'enfant, puis la femme, une semaine plus tard. Si tu étais à ma place, à laquelle des deux reconstructions accorderais-tu le plus de crédit ?

Elle était ironique, bien sûr. Mais Gerber n'avait pas l'intention de se rendre.

— Pourquoi ne demandez-vous pas à l'éleveuse de chevaux de vous raconter cette sensation d'être « obligée » de se rendre dans la vallée de l'Enfer, où elle a rencontré Nico ? Pourquoi n'interrogez-vous pas le garde forestier au sujet du dessin qu'il a tracé sur un mur à l'aide d'un tison ardent, sans ressentir aucune douleur ? Et, tant que vous y êtes, demandez aussi à Zaccaria Acher pourquoi son mari l'a libéré en pleine nuit de sa camisole de force, alors qu'il savait pertinemment que cela déclencherait une réaction violente. L'affabulateur a même réussi à manipuler Lavinia, ajouta-t-il. C'est une jeune fille de 14 ans que je suis.

Quand elle entendit qu'une de ses jeunes patientes était impliquée, la juge s'inquiéta.

— Tu n'as pas compromis la sécurité de cette jeune fille, j'espère ?

— Bien sûr que non.

— Je te le souhaite, parce que sinon j'agirai en conséquence.

Puis la femme l'observa de la tête aux pieds, commentant d'une grimace son état pitoyable, comme la fois où elle s'était rendue à son cabinet.

— Regarde-toi, Pietro. Je ne te reconnais plus.

Cette fois, son jugement était sans pitié.

— Tu es trempé et pâle. Pourquoi ne rentres-tu pas chez toi ?

— Pourquoi refusez-vous de me croire ? demanda-t-il alors que montaient des larmes de colère, tant il se sentait impuissant. Vous avez arrêté de chercher l'affabulateur, très bien. Mais je suis le seul à pouvoir faire sortir Nikolin de la chambre perdue. Je vous en prie, laissez-moi poursuivre la thérapie. Sinon, vous condamnerez cet enfant à rester prisonnier de lui-même pour le restant de ses jours…

La juge Baldi le dévisagea quelques secondes.

— Viens avec moi, je veux te montrer quelque chose.

40

Pietro Gerber et Anita Baldi parcoururent le long couloir sous le regard muet des gens qui se tournaient sur leur passage. Le psychologue se sentait exposé et vulnérable. Les autres fois, dans ces lieux, il avait l'air digne, ou du moins présentable. Là, il n'était que l'ombre de lui-même, et il en avait honte.

La juge le conduisit dans son bureau sans un mot. Il se demanda ce qu'il pouvait y avoir de si important dans cette pièce où il était venu des dizaines de fois.

La magistrate referma la porte et se dirigea vers son bureau où, sans s'asseoir, elle manipula la souris de son ordinateur. La fresque qui représentait l'*Enfer* de Dante, derrière elle, semblait planer sur Gerber, debout de l'autre côté de la table. La scène était recouverte par le collage des dessins d'enfants offerts à la juge, néanmoins le psychologue détourna les yeux.

— Voilà, tu vas pouvoir le constater par toi-même, dit enfin son amie en tournant l'écran vers lui.

Gerber vit défiler les images filmées par une caméra cachée. On y voyait Nikolin avec une femme d'une cinquantaine d'années, négligée, les cheveux courts devenus gris trop tôt. *Sa mère*, pensa immédiatement Gerber. Mira avait l'air vraiment heureuse de revoir son fils : elle le serrait contre elle et l'embrassait en pleurant. Nico semblait content de tant d'affection. Et, surtout, il n'avait plus l'air perdu.

Nikolin parlait.

La mère et le fils communiquaient en albanais, leur langue. On imaginait aisément ce qu'ils se disaient : ils pensaient probablement s'être perdus pour toujours, mais ils étaient de nouveau ensemble. Leur mésaventure avait une fin heureuse.

— Il n'a pas l'air catatonique, remarqua la juge Baldi.

La dernière chose que Pietro Gerber se rappelait de lui était ses cris au terme de leur ultime séance, quand il lui avait promis qu'il reverrait bientôt Mira. Alors l'hypnotiseur comprit : la vue de sa mère avait brisé l'enchantement de l'affabulateur.

Nico était sorti de la chambre perdue. En effet, il clignait régulièrement des yeux.

Mira avait été la clé de sa libération.

Le psychologue ignorait s'il s'agissait d'un effet fortuit ou si cela avait été prévu par l'affabulateur, énième coup de théâtre d'un illusionniste hors pair. Toutefois, à ce moment précis, il comprit aussi qu'on n'avait plus besoin de lui.

— Que va-t-il se passer, maintenant ? demanda-t-il.

— Ils vont être confiés aux services sociaux et quelqu'un va enfin s'occuper de leur procurer un logement, un travail stable pour la femme et l'assurance d'une instruction adaptée et d'un avenir pour l'enfant.

Gerber eut de la peine pour l'autre garçon, celui qui

était resté avec l'ogre. C'était comme si, sans la suite de l'histoire, cet enfant de 12 ans était resté encastré dans un cauchemar qui datait de plus de vingt ans.

Sur l'écran, la mère de Nikolin prit le visage de son fils entre ses mains pour le regarder dans les yeux. Elle lui demanda quelque chose, et il répondit en acquiesçant : « *Po mami.* »

Il l'appelait toujours « *mami* ».

— Étrange, affirma Gerber. Je croyais que dans leur langue maman se disait « *mamae* ».

C'était d'ailleurs ce qu'avait dit Nico quand il avait essayé de le réveiller avec le téléphone factice de Marco.

Anita Baldi le regarda : jugeait-il vraiment ce détail important ? Non, bien sûr, mais, au point où ils en étaient, il était compréhensible qu'elle le trouve paranoïaque.

— Je suis désolé, lui confia-t-il sincèrement. Même si je ne peux rien prouver de ce que je vous ai raconté, je vous assure que je voulais réellement aider Nikolin.

— Je ne sais pas s'il avait besoin de ton aide et je ne pense pas qu'une thérapie par l'hypnose avec toi soit bénéfique pour lui dans ces conditions. Mais nous avons peut-être réussi à lui éviter le pire.

— Je m'excuserai auprès de Silvia, aussi.

Il était peut-être encore possible d'établir une relation cordiale. Il fallait qu'il transforme sa colère et sa nostalgie en quelque chose de positif. Mais, pour cela, il devait renoncer à elle. Et ce n'était pas facile.

— Prends soin de toi, lui dit la juge. Maintenant, si tu veux bien, j'ai beaucoup à faire.

Gerber baissa la tête et tourna les talons pour quitter la pièce, quand il aperçut quelque chose qui lui coupa le souffle.

— Depuis combien de temps est-il ici ? demanda-t-il en tendant le doigt.

— Quoi donc ?

— Ce dessin…, dit-il avec un goût de bile dans la bouche.

La femme se tourna en direction d'un collage sur la fresque.

— Lequel ? Duquel parles-tu ? s'agaça-t-elle.

— Le troisième en partant de la droite.

La juge mettait du temps à identifier la feuille, alors il fit le tour du bureau et alla la décrocher. Il l'observa, avant de la montrer à Anita Baldi.

— Regardez…

Il y avait une foule de bonshommes serrés les uns contre les autres, comme des acteurs à la fin d'une pièce, attendant d'être applaudis.

Mais la femme ne comprenait pas.

— Et alors ?

— D'où vient-il ? Cela fait longtemps qu'il est sur ce mur ? insista Pietro Gerber, sans se décider à lui expliquer.

— Qu'est-ce que tu veux que j'en sache ? Ça doit faire des années.

— Des années ? répéta Gerber, incrédule. Comment ça, des années ? C'est impossible…

— Je ne sais pas, probablement… Mais quelle importance ? Qu'est-ce que tu trames ?

— Vous vous rappelez qui en est l'auteur, au moins ?

— Un enfant, fut la réponse évidente et agacée de la juge.

Gerber tourna la feuille en quête d'une signature, quelque chose qui puisse l'aider à remonter à un nom, ou à une date. Il ne trouva que trois lettres, des initiales au bas de la page.

« A.D.V. »

— Si tu ne m'expliques pas tout de suite ce qui se passe, je te jure que je te fais jeter dehors par les carabiniers, prévint la juge.

— Comment pouvez-vous ne pas voir ? demanda Gerber, de plus en plus nerveux, en lui agitant la feuille devant le nez.

C'était tellement évident. Était-il vraiment le seul à s'en rendre compte ?

Bien que stylisés et représentés de façon enfantine, sur le dessin, on reconnaissait l'éleveuse de chevaux, le garde forestier, Lavinia, Zaccaria Acher et Philip, la juge Baldi elle-même, Gerber bien sûr, Nico et sa mère. Et un dernier personnage, qui jusque-là était hors de l'histoire.

— Sors d'ici, Pietro, ordonna la juge en indiquant la porte.

Son ton âpre et péremptoire ne lui laissa pas le choix.

— Je peux le garder ? quémanda-t-il comme un fou qui a terriblement besoin que quelqu'un lui donne raison.

— Sors d'ici, répéta-t-elle seulement.

Gerber se dirigea vers la porte la tête baissée, le dessin à la main. Dans le couloir, il tenta de calmer son agitation et de se maîtriser. Que signifiait cette blague ?

Il ne pouvait pas croire qu'il s'agît d'une prémonition dessinée des années auparavant. Quelqu'un était récemment entré dans ce bureau et l'avait accroché au mur pour qu'il le voie, comme une sorte de message.

Quelqu'un qui essayait vraiment de le rendre fou.

Toutefois, l'hypnotiseur comprit aussi que, pour ne pas sombrer, il n'avait qu'une solution. Il y avait peut-être une explication. Mais, pour la chercher, il devait retourner à son cabinet. Oublier sa rancœur. Et entrer dans la pièce fermée depuis si longtemps.

Parce que, sur la feuille, le dernier personnage représenté était Monsieur B.

41

Quand il ouvrit la porte, il fut assailli par le parfum douceâtre de la colle qui tenait la jungle en papier mâché. Les enfants adoraient cette odeur. Et lui aussi, petit. Mais il ne l'avait jamais dit à son père, parce que, jaloux de la relation particulière que ce dernier entretenait avec les enfants de son âge, il méprisait par principe tout ce qui concernait Monsieur B.

Mais cette fois, malgré sa colère et sa rancœur, Gerber fut saisi d'une nostalgie soudaine.

Il tendit le bras vers l'interrupteur et alluma le ciel étoilé sous lequel son père hypnotisait ses patients allongés sur la prairie de moquette, étendu après d'eux pour contempler ensemble les étoiles, bercés par les notes joyeuses d'« Il en faut peu pour être heureux ».

Les enfants rentraient toujours dans son jeu. Il n'y avait rien de poétique ni de romantique, dans cette fiction. C'était juste un truc mis au point par le magicien qui voulait pénétrer leur cerveau. Cette mise en scène dérangeait Pietro Gerber, qui avait donc choisi un simple fauteuil à bascule pour son cabinet.

Ignorant les souvenirs et les émotions contrastées qui l'agitaient, il se dirigea vers le baobab qui renfermait les archives de Monsieur B. Il saisit les pommeaux cachés dans l'écorce et tira : les portes d'une grande armoire s'ouvrirent.

Devant lui, les dossiers de son père étaient rangés sur des étagères.

Ils étaient classés par années. Le psychologue chercha ceux de 1999. Pour protéger l'identité de ses patients, seules leurs initiales figuraient sur les pochettes.

Le dessin sur le mur d'Anita Baldi était signé « A.D.V. ».

En plein dans le mille. Apparemment, l'auteur de cette œuvre inquiétante avait suivi une thérapie avec Monsieur B. quand il était enfant. Le dossier contenait quatre cassettes audio, sur lesquelles les séances étaient enregistrées.

Il alla chercher le vieux Walkman de Monsieur B. et l'emporta sur la pelouse synthétique. Il s'assit par terre, mit les écouteurs et introduisit la première cassette dans l'appareil. Quand il se sentit prêt, il appuya sur le bouton « Lecture ».

Écouter son père guider son petit patient dans les profondeurs de son âme lui fit un certain effet. Et, surtout, il entendait pour la première fois la véritable voix de l'affabulateur, même s'il n'avait que 12 ans à l'époque.

L'histoire de l'ogre et de l'enfant était gravée sur ces supports magnétiques.

Toutefois, sans la médiation de Nikolin, le récit paraissait à la fois plus réaliste et plus choquant. Grâce à ces cassettes, Gerber put le réécouter à travers les souvenirs du protagoniste : il ne différait pas beaucoup de ce qu'il avait déjà entendu.

Le cauchemar commençait le dernier jour d'école du jeune garçon. La présence chez lui de l'intrus qui voulait être appelé « tonton ». Ses parents prétendument partis en camping-car sans lui. Son chien disparu et réapparu. Sa tentative de fuite ratée à cause du garde forestier. Le petit mot absurde de son père qui lui annonçait que sa mère et lui ne reviendraient jamais et que, par conséquent, l'enfant était confié à cet étranger. Le Polaroid de la Rousse du bar. La rencontre par correspondance de la femme sans nom et de l'ogre. Leur intention de fonder une famille. L'impossibilité pour eux d'avoir des enfants. Leur plan fou de servir de parents à ce jeune garçon de 12 ans.

« *Tu pourras l'appeler maman.* »

Arrivé à la fin de la troisième cassette, Gerber observa la quatrième et dernière, en imaginant qu'elle contenait l'épilogue de l'histoire et, surtout, qu'elle expliquait comment l'enfant avait échappé à l'ogre et à sa complice.

Il hésita quelques secondes avant de la glisser dans l'appareil. Il savait qu'il se trouvait précisément là où l'affabulateur voulait qu'il soit. Après qu'on avait retrouvé la mère de l'enfant albanais et que Nikolin était sorti de la chambre perdue, on aurait pu croire que Gerber n'avait plus aucune possibilité de connaître toute la vérité, ni de comprendre les motivations du mystérieux hypnotiseur pour échafauder un pareil plan.

Toutefois, en lui faisant découvrir le dessin dans le bureau de la juge, son adversaire l'avait ramené par surprise dans le jeu.

Était-il prévu dès le départ que tout se déroulerait exactement ainsi ? se demanda le psychologue. Désormais, plus rien ne le surprenait.

Il écouta le début de la quatrième cassette.

« Comment ça va aujourd'hui, Mang ? »

Monsieur Baloo appelait ses jeunes patients par des noms extraits du *Livre de la jungle* : cela plaisait aux enfants et permettait de préserver l'anonymat dans les enregistrements. Gerber aussi utilisait des surnoms, dans les affaires particulièrement délicates. Mang était la chauve-souris.

« Bien, assura le petit garçon sur un ton poli.

— Tu t'es fait des amis, à l'institut ? »

C'était la première fois que Gerber entendait nommer cet endroit : sur les autres cassettes, il n'avait jamais été mentionné. Il imagina qu'il s'agissait du même lieu que celui où Nikolin avait été enfermé.

« Pas encore, répondit l'enfant avec dépit.

— Tu vas voir, tu vas t'habituer, bientôt tu seras bien avec les autres. »

Pourquoi avait-il été placé dans cet institut ? se demandait le psychologue. La coïncidence avec ce qui était arrivé à l'enfant albanais, vingt-deux ans plus tard, était plus que suspecte. Qu'avait fait le jeune garçon de 1999 pour mériter cette détention ?

« Si tu es prêt, on peut commencer… Qu'est-ce que tu en dis ?

— D'accord. »

Monsieur B. fit partir la chanson « Il en faut peu pour être heureux », et Gerber attendit le moment où le diamant du tourne-disque se coinçait. Quand cela arriva, il lui sembla entendre la respiration du garçon qui ralentissait. Il était en transe.

« Alors, Mang, la dernière fois, tu as terminé en disant que la femme de la photographie arrivait pour vous rejoindre, toi et l'inconnu…

— Oui, confirma l'enfant. C'est ce que m'a dit l'ogre. Et aussi que j'allais devoir l'appeler "maman".

— Et c'est ce qui s'est passé ? La femme du Polaroid est venue vivre avec vous à la ferme ? »

Le petit patient sembla s'agiter.

« Nous ne sommes pas pressés, le rassura Monsieur B. Prends tout le temps dont tu as besoin…

— La porte de la cave, dit seulement le garçon.

— Qu'y a-t-il, à la cave ? »

Ils en avaient déjà parlé dans les séances précédentes, comme Gerber avec Nico. Le moment était peut-être venu de résoudre cette énigme.

« À la cave…, répéta l'enfant. À la cave… »

Malgré ses efforts, il n'arrivait pas à poursuivre. Sa souffrance était palpable.

« Tu es descendu à la cave ? »

Silence.

« Si tu ne veux pas me le dire tout de suite, ça ne fait rien, le rassura Monsieur B. Nous y arriverons par étapes, d'accord ? »

Mais l'autre poursuivit :

« À la cave, il y a…

— D'accord, Mang, alors qu'y a-t-il, dans cette cave ?

— Le fioul. »

42

Papa a emmagasiné environ mille litres de fioul dans notre cave. Il l'a fait en prévision de l'hiver. Il a profité du moment où les prix étaient au plus bas, m'a-t-il expliqué quand le camion-citerne est venu décharger le combustible dans la fosse sous la ferme, qui servait autrefois pour le moût.

Je repense à ce jour où un long tube rouge s'est déroulé du camion pour s'enfoncer sous la terre en gargouillant. L'odeur brûlait les narines et faisait tourner la tête. Certaines fois, elle donne la nausée, d'autres, elle est presque agréable. Il faut juste s'habituer.

Je ne sais pas pourquoi mais j'ai cette scène en tête en rentrant à la maison avec l'ogre, dans la vieille Volvo de papa. Pendant tout le trajet, il ne fait aucune allusion à ma fugue, aucun reproche. À l'arrivée, je m'attends à une punition, mais il me dit :

— Tu dois être fatigué, tu n'as pas assez dormi.

Il a raison, mais je ne comprends pas pourquoi il s'inquiète pour moi.

— En effet, je vais aller m'allonger un peu, merci.

J'ignore pour quelle raison je m'efforce d'être respectueux avec cet homme. Je suis peut-être en train de m'habituer à lui, comme à l'odeur du fioul.

Je devrais me laver, mais je suis épuisé, alors je me jette sur mon lit tout habillé. De toute façon, il n'y a personne pour me le faire remarquer.

— Compris, maman ? je crie en enfonçant ma tête dans l'oreiller. Ton fils est dégoûtant et il ne se lavera pas ! Je pue mais tout le monde s'en fiche !

Tout le monde s'en fiche.

Cette simple vérité me bouleverse. Jusqu'ici, il y a toujours eu quelqu'un pour se soucier de moi. Alors je me mets à pleurer. Mes larmes chaudes trempent mon sweat-shirt. La morve coule de mon nez, je l'essuie du revers de la main, Bella s'approche et la lèche. Je n'ai même pas la force de la repousser. Dans le fond, cette chatouille est réconfortante.

J'oublie tout et je m'endors. Quand je me réveille, il fait encore jour. J'ai l'impression d'avoir dormi un mois. Combien de temps a passé ? Je suis dans la même position que quand je me suis endormi et j'ai mal partout : aux bras, aux jambes, au cou, au dos. Ça doit être à cause de la longue marche dans le bois. Je regarde l'heure : il est à peine 9 heures. En fait, je n'ai dormi que trois heures.

J'ai la gorge sèche. Je me lève pour aller boire. L'ogre s'est levé tôt, lui aussi. Il est assis à la table de la cuisine, vêtu de sa salopette en jean crasseuse. Désormais, nous faisons un concours de qui sentira le plus mauvais, mais au moins aujourd'hui je n'ai pas à supporter de le voir en slip, comme d'habitude. Ce qui est bizarre, c'est qu'il feuillette une vieille revue de maman qui parle de vêtements, de chaussures et de choses comme ça. Maman n'est pas du genre à suivre la mode, elle préfère les romans, mais de temps en temps elle aime bien se distraire. J'ai toujours pensé qu'elle avait besoin d'imaginer une autre vie que celle qu'elle menait avec papa et moi. Une vie qu'elle n'a jamais désirée, j'en suis certain. Mais elle aime bien s'évader par la pensée. Ce que je me demande, c'est pourquoi l'ogre s'intéresse à cette revue.

— Je me suis dit qu'on pourrait lui offrir un cadeau, qu'est-ce que tu en penses ?

Comme toujours, au départ, j'ai du mal à comprendre où il veut en venir.

— Une sorte de cadeau de bienvenue, pour lui montrer qu'on avait hâte de la rencontrer, poursuit-il en constatant mon air interrogateur. Ta nouvelle maman en serait très heureuse, conclut-il avec un sourire.

La rousse du Polaroid, bien sûr : quel idiot, de ne pas avoir compris !

— Quand est-ce qu'elle arrive ?

— Demain, m'annonce-t-il.

Mon Dieu, on n'est jamais tranquille ! Quand cette histoire à la noix finira-t-elle ? Je n'ai pas un instant de répit, c'est de pire en pire. Il ne manquait plus que ça. Une inconnue qui arrive, va savoir ce qu'elle va me demander.

— Je regardais cette revue pour trouver l'inspiration, m'explique l'ogre.

Tout, dans ces pages, est trop cher pour lui. Même si je suis sûr qu'il a pris l'argent de mes parents, je l'imagine mal aller à Florence et entrer dans une boutique pour acheter un sac ou une paire de chaussures coûteuses. Toutefois, je lui donne raison.

— C'est une bonne idée, tonton.

En réalité, je n'en ai rien à faire, je veux juste me payer sa tête.

— Vraiment ? s'illumine-t-il.

— Bien sûr, les femmes adorent les cadeaux, dis-je en tentant de garder mon air sérieux. Et tu as déjà choisi quelque chose qui pourrait lui plaire ?

Il se lève, les yeux brillants.

— Viens, je vais te montrer ce que j'ai trouvé.

Je suis perdu. Qu'est-ce que ça signifie ? Curieux, je le suis.

Il me guide jusqu'à la chambre de mes parents, à l'étage, qui est désormais sa chambre. Quand je franchis le seuil, j'écarquille les yeux.

L'armoire est grande ouverte et les vêtements de maman sont étalés partout.

Il attrape une robe à fleurs sur un cintre et me la montre.

— J'avais pensé à ça, qu'est-ce que tu en dis ?

Je voudrais lui répondre que cette robe est un cadeau de papa. Que maman la portait l'été avec les boucles d'oreilles turquoise de sa grand-mère, pour la fête du village. Que, ce jour-là, papa et moi l'attendions en bas de l'escalier pour la regarder descendre. Et, bien que la robe soit chaque fois la même, c'était toujours un spectacle merveilleux de la voir arriver ainsi vêtue.

Maman nous souriait et faisait une sorte de révérence en inclinant la tête. Elle nous disait qu'elle avait de la chance d'avoir deux cavaliers, et nous nous sentions heureux de l'escorter, elle qui était si belle. L'ogre ne peut pas savoir tout cela. Et je ne pense pas que cela l'intéresse. Donc, je me tais.

— Alors ? insiste-t-il.

Je n'en reviens pas que ce salaud veuille offrir la robe de ma mère à une femme qu'il n'a jamais vue.

— On est sûrs que c'est sa taille ? je demande, la gorge nouée, mû par l'espoir que, dans le doute, il laisse tomber.

— Ah, c'est vrai, dit-il comme s'il n'y avait pas pensé. Sur la photo, on ne voit pas bien.

— Pas très bien, je confirme.

L'ogre m'a raconté qu'ils ne s'étaient jamais rencontrés en vrai.

— Maman a les hanches larges, je poursuis. Et en général une femme se fâche quand on laisse entendre qu'elle est trop ronde, surtout quand c'est son petit ami.

— Ce n'est pas gentil, admet-il.

Il est sur le point d'abandonner. Parfois, j'ai l'impression d'avoir devant moi un géant avec un cerveau d'enfant. Mais, ensuite, il a une sorte de fulgurance. Il glisse une main dans la grande poche ventrale de sa salopette et il en sort un tas de lettres ouvertes et froissées. Six, en tout.

— Aide-moi à trouver si quelque part elle indique son poids, dit-il en m'en tendant trois.

Je reste bouche bée devant cette manifestation de confiance. Je ne m'attendais pas à lire des choses aussi intimes et, surtout, à avoir l'occasion de connaître son prénom : ça m'étonnerait que la rousse l'appelle

« tonton ». Mais, sur les enveloppes, il n'y a qu'un sigle avec un numéro.

B.P. 9001

Ce sont peut-être ses initiales ? Quoi qu'il en soit, je sors une lettre et découvre qu'elle l'appelle « Cher nounours ». Et qu'elle signe : « Minette ».

Une tendresse qui me donne envie de vomir. Le reste n'est qu'un amas de phrases doucereuses, pleines de fautes d'orthographe et d'erreurs de grammaire. Ma prof aurait déjà couvert ces feuilles de corrections au crayon bleu. La femme promet à l'ogre l'amour éternel, ce genre de trucs. Elle lui raconte qu'il lui manque et moi je me demande comment c'est possible, s'ils ne se sont jamais vus. Elle lui répète à l'infini qu'elle a hâte de l'embrasser et de vivre avec lui. Il n'y a aucune allusion au sexe, j'ai l'impression de lire des lignes écrites par une enfant de primaire : au collège, on est bien plus explicites. Mais ce qui me frappe le plus, c'est que la femme insiste pour avoir un enfant. Étant donné que « malheureusement » elle n'a jamais pu en concevoir un à elle, et qu'elle est convaincue qu'on n'autorisera jamais deux marginaux comme eux à adopter, elle suggère d'en « prendre » un directement, puisque « des enfants malheureux, il y en a beaucoup ». Peu importe que ce soit un nourrisson ou un plus grand, tant qu'elle a quelqu'un à aimer et de qui se faire aimer. Elle ne trouve pas cela bizarre. Au contraire, elle est convaincue que c'est une sorte de bonne action. « Parce que j'ai beaucoup d'amour à donner », affirme-t-elle. Elle ne pense pas une seconde que cela puisse être terrible d'arracher un enfant à ses véritables parents, et qu'il en sera malheureux. Elle est convaincue que, avec le temps, il s'habituera à la situation. « Parce que je serai une bonne mère », répète-t-elle, comme si cela l'obsédait. Toutefois, dans la dernière lettre, je lis quelque chose qui me glace le sang.

« J'ai vraiment hâte de rencontrer le fils que tu nous as trouvé. » C'est ce qu'elle a écrit. J'ai tellement de mal à y croire que je relis la phrase. L'ogre m'a parlé de leur plan fou, mais là j'ai la confirmation que je suis la cause de tout. Tout cela a dépendu de moi. Maman et papa n'avaient rien à voir là-dedans, et maintenant qui sait ce qui leur est arrivé ? Je me sens coupable, mais quelle a été mon erreur ? À part être un enfant, je n'ai rien fait de mal. Ils m'ont choisi. C'est pour cela que l'homme ne s'est pas débarrassé de moi, comme il l'a probablement fait de mes parents.

— Je suis désolé, il n'y a aucune description, dis-je à l'ogre en lui rendant les lettres.

Apparemment, lui non plus n'en a pas trouvé. Cela le rend bougon, comme un enfant qui déteste la frustration.

— Mais moi je pense que la robe à fleurs lui ira, parce que de toute façon plus rien n'a d'importance, désormais.

— Alors tu m'aides à lui trouver aussi de jolies chaussures ? demande-t-il, de nouveau tout excité.

Quelques minutes plus tard, nous avons un ensemble complet. Robe à fleurs, chaussures blanches à petits talons et sac noir brillant. Cela ne va pas ensemble, mais l'ogre n'a pas l'air de s'en apercevoir. Il a choisi le sac uniquement « parce qu'il brille ». Il a emporté le tout à la cuisine, il a accroché le cintre à la patère sur la porte de la cave et il a disposé les chaussures dessous. J'ai eu cette robe devant les yeux pour le restant de la matinée. Parfois, un courant d'air la faisait ondoyer.

On aurait dit un spectre.

Je pense à celle qui l'a portée et à celle qui la portera bientôt. Quelle impression cela me fera-t-il de la voir sur quelqu'un d'autre ? Je songe que derrière la porte où elle est accrochée, en bas de l'escalier, il y a peut-être les réponses à tous mes doutes.

Cette porte n'a jamais eu de serrure, ni de clé. Juste une poignée. Mais je suis trop lâche pour aller voir.

Je retourne dans ma chambre, je m'allonge sur mon lit, je regarde le plafond et je me demande : pourquoi ne sentons-nous aucune puanteur monter de la cave ? Si maman et papa s'y trouvaient vraiment, nous devrions sentir l'odeur de la mort. Pourtant, Bella passe son temps à gratter à la porte, comme si elle flairait quelque chose. Je l'éloigne avant que l'ogre s'en aperçoive et me propose une nouvlle fois de la tuer avec les somnifères de maman. Peut-être que je devrais lui en redonner, à lui. Toute la boîte. Je pourrais les mélanger à la nourriture et l'empoisonner. Mais je crains qu'il s'en aperçoive, cette fois. Non qu'il soit malin. Je croyais, au début, mais en fait il est idiot. « L'intelligence des idiots, c'est la méfiance », me disait toujours maman. Quand les idiots ne comprennent pas quelque chose, ils deviennent soupçonneux. C'est pour ça qu'on peut se payer leur tête seulement jusqu'à un certain point. Jusqu'à ce qu'il n'y ait plus moyen de les convaincre qu'on est de bonne foi. Et le pire, c'est qu'ils sont imprévisibles.

C'est pour cela qu'ils sont les plus dangereux des êtres humains.

— Tu ne dois plus t'approcher de la porte de la cave ! j'ordonne à Bella, qui est assise à côté de mon lit et me regarde, la tête penchée et l'air innocent.

Les chiens ont un odorat développé, c'est connu. Surtout les golden retrievers. Par quoi Bella est-elle attirée ? Je me répète que, là-dessous, il n'y a que le fioul. Peut-être que les corps flottent dans la citerne. Et que la puanteur est couverte par celle du combustible. Je devrais aller voir, soulever la trappe et regarder à l'intérieur. Mais papa me l'a interdit, parce que l'odeur pourrait me faire tourner la tête et perdre connaissance. Alors, je pourrais tomber à l'intérieur. C'est peut-être une bonne idée, après tout. Comme ça, j'en finirais avec cette peur qui me dévore l'estomac. Je ne veux plus vivre ça. Je t'en supplie, Dieu, fais que ça s'arrête. Mais au contraire, bientôt ce sera probablement encore pire.

La robe à fleurs se balance devant la porte. La rousse du Polaroid est en chemin.

À partir de demain, ils seront deux contre un. Cette perspective m'atterre. Si aujourd'hui j'ai de maigres chances d'échapper à cette situation, dans quelques heures elles auront diminué. J'avais déjà du mal à tenir tête à maman et papa quand ils se liguaient contre moi, alors un couple de tarés…

Je n'ai aucun espoir.

Je devrais vraiment descendre à la cave, ouvrir la trappe de la citerne du fioul, m'allonger sur le sol et attendre de m'endormir pour toujours. Ce salaud serait peut-être au désespoir, en découvrant mon cadavre.

Nounours devrait inventer quelque chose à raconter à sa *Minette*, après toutes les promesses qu'il lui a faites.

Soudain, je m'arrête net. Pourquoi n'y ai-je pas pensé plus tôt ? Le cadeau, ce n'est pas la robe, encore moins les chaussures et le petit sac. *Le cadeau, c'est moi.* C'est pour cela qu'il ne peut me faire aucun mal. Il ne *peut* pas.

Je ne suis pas un as de la stratégie, mais cela me donne une sorte d'avantage sur lui, non ?

Je récapitule : il ne peut pas me faire de mal, mais moi je peux lui en faire. Et si je me fais mal, il perdra l'amour de la femme qui arrive.

Plus j'y pense, plus je me dis que c'est la meilleure chose à faire.

J'attends dans ma chambre que le soir arrive. Vers 19 h 30, je descends et je lui prépare le dîner. Œufs au lard et sauce tomate. Maman m'a expliqué que le lard donne plus de goût aux aliments. Même une chaussure de papa aurait bon goût, avec du lard. Alors je mélange les ingrédients dans la poêle. En attendant, maman m'observe de la porte de la cave. Parce que, si je la regarde du coin de l'œil, la robe donne vraiment l'illusion d'être elle. Je suis sûr qu'elle approuve ce que je suis en train de faire.

Quand l'ogre franchit le seuil, l'assiette d'œufs est déjà sur la table. Une fois qu'il est devant moi, tout est différent. Un sourire passe sur son visage parfaitement rasé, dévoilant ses dents tordues et pourries.

— Alors, de quoi j'ai l'air ? me demande-t-il en se passant une main sur les joues.

Il s'est même lavé : Ses cheveux, encore mouillés,

sont peignés avec la raie sur le côté. Il s'est fait beau pour la rousse du Polaroid.

— J'ai pris un bon bain, confirme-t-il avant de regarder l'assiette. Ça a l'air délicieux !

Il s'assoit et avale les œufs et le lard. Il utilise sa fourchette comme une pelle. J'aimerais bien qu'il avale de travers. Mais je sais que ça n'arrivera pas, les types comme moi n'ont pas ce genre de chance. Une fois le repas terminé, il se laisse aller contre le dossier de sa chaise, il lève la tête, se caresse le ventre et fait un énorme rot.

— Vraiment délicieux, confirme-t-il.

Je me tais.

Puis l'ogre se traîne vers sa place habituelle sur le canapé. Pendant qu'il regarde la télé, je mets les assiettes dans l'évier et je les lave. Ensuite, je nettoie la gazinière et le plan de travail en marbre. J'essuie le tout. J'emmène Bella sous le porche et je lui donne à manger. Je la serre contre moi, je l'embrasse, puis je retourne à la cuisine. J'éteins la lumière et je m'assois à la table. J'attends. Sur fond de dessin animé, j'observe l'homme qui regarde l'écran et je me demande ce qui lui passe par la tête. Entre-temps, j'ai pris ma décision.

Je sais que bientôt il aura de nouveau faim. Il viendra à la cuisine et il fouillera dans le frigo.

Mais j'ai tout mon temps, avant que cela arrive. Quand je suis prêt, je me dirige vers la porte de la cave. Je plonge la tête dans la robe à fleurs de maman et j'inspire à pleins poumons, espérant y trouver son odeur. Je ne perçois qu'une infime trace d'elle. Je suis à la fois étonné et ému.

Puis je pose la main sur la poignée et, enfin, j'ouvre cette maudite porte.

Je sens comme un souffle qui monte du sous-sol. Une odeur d'humidité plus que de fioul. Il n'y a pas de lumière, mais je descends tout de même. Dans mon souvenir, il y a une vingtaine de marches. Cela ne sent pas la mort, comme je m'y attendais. J'aurais dû prendre la lampe torche de papa, mais j'ai préféré descendre dans le noir pour ne pas voir ce qui m'entoure. Je ne veux pas le savoir. En tâtant le sol avec mon pied, je trouve la trappe. Je me penche et je touche la vanne qui la ferme, comme une sorte de petit volant. Je l'attrape pour la tourner. Au début, il faut forcer, puis enfin elle se débloque. Tirer la trappe n'est pas simple. En prenant appui sur mes talons, j'arrive à la faire basculer de l'autre côté, sans qu'elle cogne contre le sol en pierre. Le moindre bruit pourrait attirer l'attention de l'ogre.

L'odeur du fioul sort de ce trou comme un esprit emprisonné depuis des siècles. Le gaz se diffuse immédiatement dans l'air, comme s'il cherchait la sortie. Bien. C'est précisément ce que j'attendais.

Au bout de quelques minutes, l'ogre apparaît en haut de l'escalier.

— Gamin, tu es en bas ? appelle-t-il avec une note de désespoir dans la voix.

Il a senti l'odeur du fioul depuis le canapé.

Personne ne lui répond.

— Je t'avais dit de ne pas aller à la cave, s'énerve-t-il. Gamin, tu m'entends ? demande-t-il en commençant à descendre. Sors de là ! crie-t-il dans le noir.

Tu ne me fais plus peur, je réponds en pensée, toujours immobile, les yeux fermés.

Il continue à descendre, il tousse, le combustible lui gratte la gorge et entre dans ses poumons.

— Qu'est-ce que tu fais, gamin ? pleurniche-t-il en me cherchant dans l'obscurité.

Mais il ne me trouve pas.

Si tu veux connaître la vérité, tu devras venir la constater de tes propres yeux.

— Ta nouvelle maman ne va pas être contente, dit-il, comme si cela m'importait. Tu es en train de lui faire du mal, tu sais ?

Non, c'est surtout à toi que j'en fais. Et je suis content.

Alors il prend son courage à deux mains et il descend jusqu'en bas. J'entends son pas changer : il marche sur le sol de la cave, direction la trappe.

J'ouvre les yeux. C'est le moment. Je sors de derrière le frigo, où je m'étais caché après être remonté à la cuisine. Le piège a fonctionné. Je me dirige vers la porte de la cave et je la referme en la claquant le plus fort possible. Il n'y a pas de serrure, ni de clé.

Mais l'obscurité suffira à le faire rester en bas. L'ogre se met à hurler.

Je me précipite à l'extérieur et je rejoins Bella ; Je serre mon chien contre moi en regardant l'intérieur de la maison. Il est inutile de m'enfuir, il m'a montré que cela ne servait à rien et j'ai bien compris la leçon. Si l'ogre arrive à sortir de là, pour moi c'est la fin. Mais il sait qu'il ne doit pas toucher à un seul de mes cheveux, pour ne pas gâcher le cadeau à sa *minette*. Moi, je vais passer le restant de mes jours avec ces deux-là. Autant mourir.

Mais la porte de la cave est toujours fermée.

L'ogre crie sa colère. Enfin, sa rage sort. Je l'imagine en train de tourner dans l'obscurité, de chercher l'escalier pour remonter à la surface.

Mais plus il s'agite, plus ses poumons vont se remplir de gaz. Peut-être.

Si mon plan fonctionne, bientôt « tonton » perdra connaissance. Et viendra le sommeil, le vrai, celui dont il ne se réveillera pas. Je me cache derrière Bella, je la serre fort.

Les secondes passent, j'essaie de ne pas penser à l'ogre, mais je pense à maman et papa qui flottent dans la citerne. C'est là que je dirai à la police de les chercher, quand ils auront trouvé l'ogre. Je le hais. Et ma haine m'aide à maintenir la peur à distance.

En un instant, mes pensées sont chassées et je me sens soulevé de terre avec Bella. Je n'entends pas la détonation, parce qu'elle est trop forte. La seule chose que je comprends, c'est que je suis en train de voler.

Je vole !

Je ne ressens aucune douleur. Mais quand je retombe par terre avec un bruit sourd, mes os se brisent, comme s'ils étaient en cristal. Mon dos se cambre, ma tête s'incline. Et je vois. À la place de la ferme, il y a un trou qui ressemble à un petit volcan : il crache des flammes et une fumée dense qui montent vers le magnifique ciel étoilé.

Suis-je vivant ? Suis-je mort ? Je ne sais pas. Mais j'ai entre les mains la tête de mon chien. Le reste de son corps a disparu. Je voudrais crier, mais je n'ai pas d'air dans les poumons. Mon cerveau a disjoncté. Je sais juste que Bella était devant moi au moment de l'explosion.

Elle a été en première ligne, à ma place.

Je lâche sa tête, qui me regarde toujours. Il y a un sifflement continu dans mes oreilles. Mes bras et mon visage me brûlent. Je me regarde. Je suis nu, hormis quelques lambeaux de vêtements accrochés à mon corps, qui se confondent avec ma peau noire et rouge, desquamée.

Je n'arrive pas à fermer les yeux. Je ne peux même pas crier. La seule chose que je peux faire, c'est pleurer.

La rousse du Polaroid. Quand elle arrivera, elle ne trouvera plus rien.

43

Quand Monsieur B. lança la procédure de réveil d'A.D.V., alias *Mang*, Pietro Gerber arrêta la lecture de la cassette.

Il en avait assez entendu et il était troublé : l'explosion lui rappela la ferme en ruine aperçue dans les bois, quand il était monté sur la tourelle anti-incendie des Eaux et Forêts.

C'est là que ça s'est passé, se dit-il.

Connaître les lieux rendait l'histoire plus inquiétante et l'impliquait davantage. Le psychologue s'aperçut qu'il retenait son souffle. Il expira donc, pour se libérer de la tension.

Ainsi, l'enfant avait réussi à échapper à l'ogre. Il l'avait tué.

Comme dans les contes. Seulement, là, tout était vrai. La description de l'épilogue avait même été tellement réaliste que Gerber s'était cru sur place. Que s'était-il passé, exactement ? Dans la cave saturée d'émanations de fioul, il avait suffi d'une étincelle pour déclencher l'explosion. Le frottement d'une semelle sur le sol, l'énergie électrostatique retenue par les vêtements.

C'est bien comme ça que ça s'est passé, se répéta-t-il en remontant le cours des événements, au cas où quelque chose lui aurait échappé. Au début, il avait pris des notes dans son carnet noir, mais ensuite il avait été trop absorbé par le récit de l'enfant sous hypnose. Sa dernière note était :

B.P. 9001

L'enfant de 1999 avait cru que, sur les enveloppes des lettres envoyées à la rousse du Polaroid, c'étaient les initiales de l'ogre. Il se trompait.

Boîte postale, se dit Gerber. Le vieux système de poste restante. Autrefois, les gens s'envoyaient des lettres, pas des courriels. Parfois, la correspondance arrivait dans une de ces boîtes métalliques, qui portaient chacune un numéro, réparties dans les différentes postes de la ville. N'importe qui pouvait en louer une. Elles étaient utilisées par les gens sans domicile, qui ne voulaient pas être retrouvés, ou qui avaient intérêt à rester anonymes. Périodiquement, les titulaires, ou quelqu'un à leur place, venaient retirer le courrier. Personne, hormis ceux qui étaient en possession de la clé de la boîte, n'y avait accès. Gerber fouilla dans sa poche et sortit la photo où l'on ne distinguait pas le visage de la femme, rendu flou par la chaleur. *Qui avait loué la boîte n° 9001 pour communiquer avec elle ?* se demanda l'endormeur d'enfants. Le « tonton » était mort, mais il n'avait toujours pas de nom. Toutefois, le psychologue était taraudé par une autre question.

Pourquoi A.D.V. était-il en thérapie avec Monsieur B. ? Il se rappela n'avoir trouvé aucune référence à son histoire, ni sur Internet ni dans les archives en ligne des journaux de l'époque. Pourquoi cette affaire était-elle restée secrète ? Gerber était convaincu qu'il y avait un lien avec l'intervention de son père, sans comprendre lequel. Il allait refermer le dossier pour le ranger dans le baobab quand il remarqua une petite feuille collée à l'intérieur, au verso de la couverture. Il lut la note, une seule ligne. Il en resta abasourdi.

— « Il ment », lut-il à voix basse, en reconnaissant l'écriture de Monsieur B.

44

Le plan de l'ogre et de la rousse du Polaroid – enlever un enfant pour en faire leur fils – était fou, mais il avait une chance de réussir. On aurait pu juger ce projet invraisemblable et objecter que, bien que le trio restât isolé du monde, le couple aurait tout de même couru le risque qu'un étranger s'aperçoive de cette situation anormale, ou que le prisonnier s'échappe et les dénonce. Et cette probabilité aurait probablement augmenté au fur et à mesure que le jeune garçon devenait adulte.

Pourtant, Gerber savait que les choses ne se passaient pas exactement ainsi. Et qu'il y avait une variable appelée « dépendance affective » qui rendait ce dessein criminel plausible. Pour cette raison, le psychologue justifiait le comportement du garçon de 12 ans, qui avait essayé d'échapper à un terrible destin.

Et surtout, à la différence de Monsieur B., il croyait à son histoire.

La dépendance affective se rapproche beaucoup du syndrome de Stockholm, dont le nom provient du premier cas avéré, en Suède, en 1973. Un détenu s'était évadé. Il avait tenté de braquer une banque et avait pris trois femmes et un homme en otages. La police avait assiégé le bâtiment pendant plusieurs heures, pendant lesquelles les prisonniers avaient développé une sorte de solidarité avec leur ravisseur. Ils étaient pourtant conscients que celui-ci n'aurait pas hésité à leur faire du mal pour se sauver lui-même. Ce lien empathique a été confirmé par la suite, après la libération : les quatre otages ont essayé de prendre la défense du criminel et de justifier une partie de ses actes.

Selon les psychiatres, le comportement de ces personnes s'expliquait si l'on considérait qu'ils étaient passés par trois phases. D'abord, la négation du danger : si je ne peux pas me soustraire à l'autre, alors j'en fais abstraction. Puis l'accoutumance à la peur : la psyché ne peut pas supporter l'angoisse longtemps, donc elle se réfugie dans un sentiment positif totalement illusoire. En effet, les otages en viennent même souvent à tomber amoureux de leur ravisseur. Ce deuxième stade prépare le troisième et dernier, celui de la résignation ou acceptation du nouvel état, qui se résume ainsi : « Je transforme mon bourreau en sauveur. »

La dépendance affective agit de façon plus subtile, parce que ni la violence ni même la menace ne sont nécessaires pour atteindre son but.

Les victimes sont contraintes par l'amour. Bien sûr, il s'agit d'un sentiment malade, unilatéral, mais qui génère une sorte de réciprocité. Le cas le plus célèbre est celui de Natascha Kampusch, qui a disparu quand elle était enfant et a réapparu huit ans plus tard. Elle a révélé avoir été emprisonnée par un homme, mais elle a aussi raconté que, pendant toutes ces années, elle aurait eu plusieurs fois l'occasion de s'enfuir, mais ne l'a fait qu'après une dispute avec son ravisseur. Redevenue libre, Natascha n'a pas voulu reprendre contact avec sa famille tout de suite, et elle a même fini par acheter la maison qui avait été sa prison, quand celle-ci a été mise en vente aux enchères après le suicide de son geôlier.

Gerber savait qu'un tel comportement n'était pas anormal. En effet, après un certain nombre d'années de captivité, les victimes d'enlèvement développent une sorte de répulsion pour le reste du monde, qui semble les avoir oubliées. Pour survivre, elles s'allient inconsciemment à celui qui les a arrachées à leur vie d'avant, même si c'était par la force.

Par la suite, on peut constater une sorte de nouvel *imprinting*.

Une victime de dépendance affective se met à ressembler en tout point à celui qui a du pouvoir sur elle. De nombreux observateurs ont affirmé que Natascha Kampush avait pris certaines attitudes du sadique qui l'avait enlevée, jusqu'à sa façon de parler – il avait un ton traînant sur la fin des mots.

Ce n'était pas seulement le résultat de la coercition. De façon bien plus banale, Gerber le constatait avec les enfants adoptés : en grandissant, certains oubliaient leur famille d'origine.

L'histoire de l'affabulateur paraissait certes vraisemblable, toutefois la note retrouvée dans le dossier de ce garçon de 12 ans qui avait échappé à l'ogre et à la rousse du Polaroid posait de nombreuses questions.

« Il ment. »

Quelle était la partie de l'histoire d'A.D.V. à laquelle Monsieur B. ne croyait pas ?

Pour y voir clair, l'endormeur d'enfants avait passé quelques appels afin d'organiser une rencontre. Il avait quitté son cabinet vers 19 heures et il se dirigeait vers le lieu du rendez-vous.

45

En cette maudite fin du mois de février, le brouillard donnait à Florence un air lugubre. Les façades des bâtiments ressemblaient à des cathédrales inachevées, les lampadaires à des mirages et les bruits des pas sur les pierres humides se perdaient dans la blancheur, sans qu'on comprenne d'où ils venaient, ni même s'ils étaient vraiment humains.

La scène d'une pièce jouée par des ombres.

Parmi elles déambulait celle d'un homme capable de corrompre la vérité de n'importe qui, de la plier à ses fins. L'affabulateur était de nature cynique et perverse. La sonorité quasi romantique de son surnom ne devait pas faire oublier à Gerber qu'il avait affaire à un monstre qui s'arrogeait le pouvoir d'interférer dans la psyché des autres. Et, surtout, que l'usurpateur estimait que ce droit lui avait été conféré par une expérience traumatique remontant à vingt-deux ans. Dans les rues désertes du centre historique, la seule consolation était l'odeur des cheminées allumées. Ce souvenir olfactif, qui accompagnait l'endormeur d'enfants depuis son plus jeune âge, l'escorta jusqu'au volet à moitié baissé de la pharmacie Münstermann. À l'intérieur, il retrouva ce qu'il restait de la Confrérie des hypnotiseurs florentins, réunis pour l'occasion.

Monsieur F. faisait les cent pas dans l'espace étroit, les mains croisées derrière le dos.

— Alors, que se passe-t-il ? demanda-t-il avec inquiétude quand Pietro monta sur la mezzanine.

Il est agité parce qu'il sait ce qui est arrivé à Monsieur Z., pensa Gerber.

— Comme je vous l'ai dit au téléphone, nous sommes en présence d'un ennemi qui nous menace en utilisant nos propres outils comme des armes. Ce que je vais vous révéler pourrait donc vous exposer à un grave danger.

— Continue, l'invita calmement Monsieur R., assis à la petite table, enveloppé dans son manteau marron clair, un cigare entre les dents, en train de mélanger le jeu de cartes de l'*oblivio*.

Pendant une heure, le psychologue résuma l'histoire pour les deux hypnotiseurs, en commençant par la disparition de la mère et du fils de nationalité albanaise, huit mois auparavant, et en terminant par ce qui était arrivé à l'affabulateur à l'âge de 12 ans. Il eut l'impression de ne rien oublier. Même si le chapitre concernant Nikolin et Mira avait connu une fin heureuse et que Gerber s'intéressait surtout à l'histoire de l'ogre, il avait préféré relater tous les détails à ses collègues.

— Alors c'est pour cela que Zaccaria Acher a été arrêté et que Philip est à l'hôpital ? demanda Monsieur F.

— Oui, admit Pietro Gerber. Et c'est ma faute. J'ai donc tenu à vous mettre en garde avant de vous exposer les faits.

— Que veux-tu nous demander, exactement ? s'enquit Monsieur R.

— La juge Baldi ne m'a pas cru quand je lui ai révélé ce que j'avais découvert. Cela ne m'étonne pas, en revanche je suis surpris par la note laissée par mon père dans le dossier d'A.D.V.

— J'imagine que ce que tu ne comprends pas, c'est comment quelqu'un a pu mentir sous hypnose, supposa Monsieur F.

— Je pensais que c'était impossible, en effet, admit Gerber.

— Je connais des patients qui, en simulant l'état de transe, fournissent un faux récit au thérapeute : ils le font pour attirer l'attention sur eux, ou par simple égocentrisme. Les hypnotiseurs sont généralement capables de les démasquer. Mais cette forme de manipulation est propre aux adultes, je ne l'ai jamais rencontrée chez un enfant.

— Les enfants sont bien plus habiles que ce qu'on imagine, le contredit Monsieur R.

Gerber eut l'intuition que l'ami de son père savait quelque chose.

— Il t'a parlé de cette affaire ?

— Oui, confirma l'autre. Mais ton père ne m'a jamais révélé le nom de son patient, précisa-t-il immédiatement, imaginant que Pietro allait lui demandait ce que signifiaient les initiales A.D.V.

— Moi, il ne m'a rien dit, se plaignit Monsieur F.

Monsieur Z. non plus n'avait pas été informé, à l'époque.

— Je pense que mon père s'est adressé au seul spécialiste d'hypnose régressive, supposa Gerber. Que sais-tu, alors ?

— Si la juge Baldi ne t'a pas cru, c'est probablement qu'elle connaît une autre histoire. Et tu n'en as pas trouvé trace dans les journaux ni sur Internet parce que la vérité est très différente de ce qu'a raconté le jeune garçon, poursuivit Monsieur R. Les enquêteurs n'ont jamais pu confirmer son récit : quand ils sont arrivés sur les lieux de l'explosion, ils ont découvert une ferme détruite et un garçon de 12 ans avec des brûlures sur tout le corps, qui parlait d'ogres.

— Quelques jours avant, un garde forestier a vu l'homme avec l'enfant, il aurait au moins dû confirmer la présence de cet inconnu qui s'était présenté comme l'oncle, objecta le psychologue.

— Le garde a nié.

— Et s'il l'avait fait uniquement pour couvrir sa propre erreur ? Dans le fond, il a rendu un prisonnier à son ravisseur.

— Essaie un instant de te mettre à la place de celui qui a mené l'enquête, affirma Monsieur R., sûr de lui. Dans la ferme, il n'y a pas trace de corps : ni des parents du garçon ni de l'ogre.

— Le feu a probablement détruit toute trace d'ADN, intervint Gerber.

— Pourtant, quelques jours plus tard, on a retrouvé le camping-car avec lequel la famille aurait dû partir en vacances en Europe du Nord : il se trouvait dans une grotte souterraine submergée par l'eau.

Le tonton s'est débarrassé du véhicule, pensa le psychologue. Et, si besoin, cela démentait l'histoire des parents partis sans leur fils.

— Dans ce camping-car se trouvaient les empreintes digitales de trois individus : le père, la mère et le fils, expliqua Monsieur R. De même que dans la voiture familiale : une vieille Volvo, si ma mémoire est bonne, endommagée par l'explosion… S'il y avait eu un étranger, il y aurait dû y avoir quatre types d'empreintes, tu ne crois pas ?

Comment était-ce possible ? Gerber n'en revenait pas.

— En effet, l'évidence contredit lourdement les paroles de l'enfant, remarqua aussi Monsieur F., qui avait suivi avec attention.

— Ton père a été appelé pour vérifier si l'enfant répéterait la même version sous hypnose : toutes les autres tentatives ayant échoué, le parquet espérait découvrir enfin la vérité.

— L'enfant l'a fait, mais mon père ne l'a tout de même pas cru…

— Il y a une raison qui explique le comportement de ton père, affirma Monsieur R. d'une voix grave. Pourquoi, dès le départ, l'enfant était-il convaincu que les cadavres de ses parents se trouvaient à la cave ? Il ne le dit pas ouvertement, mais il le laisse entendre, après que son ravisseur lui a recommandé de ne pas y descendre. Et il le répète tout au long du récit.

Gerber n'y avait pas pensé.

— Pourquoi, par exemple, n'a-t-il jamais supposé que ses parents étaient simplement attachés et bâillonnés, dans cette cave ? Il n'a jamais eu le moindre doute. Il aurait pu les aider, mais il n'a rien fait, poursuivit Monsieur R. La seule explication plausible est que l'enfant le savait. Il savait dès le début qu'il y avait deux morts à la cave.

Le psychologue était consterné. Et Monsieur R. n'avait pas terminé.

— L'explosion n'était pas prévue, il voulait sans doute juste que l'homme étouffe à cause du gaz emprisonné dans la citerne. Mais il a probablement attiré ses parents à la cave avec le même stratagème : quand il parle des vêtements que l'homme voulait offrir à sa nouvelle fiancée, l'enfant affirme clairement avoir compris qu'il était lui-même son cadeau. Cela pouvait être la même chose pour ses parents : il était leur fils unique, le *cadeau* de leur vie. Le croyant en danger, ils se sont précipités pour le sauver et il les y a enfermés.

Cette reconstruction était terrifiante.

— Ton père m'a dit que, jusqu'à ce moment, A.D.V. n'avait jamais montré aucun signe de déséquilibre mental, ni eu de comportement étrange ou violent. Il n'était ni timide, ni introverti, ni enfermé dans son monde. Sa famille, ses amis et ses enseignants le décrivaient comme un enfant bien élevé, respectueux et très sociable.

— Alors comment est-ce possible ? demanda Pietro Gerber, incrédule. Pour faire une chose pareille à ses parents, il faut les haïr profondément.

— Ce n'est pas dit, intervint Monsieur F. En tant qu'hypnotiseur clinicien, je t'assure que je rencontre souvent des mineurs qui réagissent de façon disproportionnée à des situations qui semblent anodines à des adultes. L'étincelle peut naître d'un reproche mal digéré, d'une dispute à cause d'une mauvaise note ou d'une punition jugée injuste.

— Réfléchis, Pietro : qu'est-ce qui est le plus probable ? L'existence d'un ogre ou qu'un enfant soit l'auteur d'un acte terrible, comme tuer ceux qui l'ont mis au monde ?

En prononçant ces mots, Monsieur R. sortit du paquet de l'*oblivio* la carte du *malleus animi.*

Le marteau de l'esprit.

Le petit aveugle est le seul qui voit la vérité et met fin au jeu, se dit Gerber. Jusque-là, lui-même avait été victime d'un piège, d'une illusion. Il glissa la main dans la poche de son Burberry et en sortit le Polaroid où la rousse avait le visage effacé par le feu. Il comprit que c'était censé signifier qu'elle avait échappé à l'explosion de la ferme. Et c'était parfaitement réussi. Pourtant, en toute logique, si elle se trouvait dans le sac de marin avec les affaires de l'ogre, elle aurait dû être détruite.

J'ai été stupide, songea l'hypnotiseur, *ce truc faisait partie de la stratégie pour me berner.* C'était d'une simplicité désarmante, pourtant il était tombé dans le panneau. Qui était cette femme en débardeur blanc qui levait son verre devant le comptoir d'un bar ?

« *Que vous y croyiez ou non, il n'existe que deux photos du démon. Celle-ci est l'une des deux... Son vrai nom n'a aucune importance. Mais, quand le diable prend les traits de cette femme, il faut l'appeler maman.* »

Gerber déchira la photo.

46

« Personne n'est prêt à croire les histoires des enfants », répétait souvent Monsieur B., reprochant aux adultes leur méfiance injustifiée, fondée uniquement sur le préjudice du jeune âge. Mais des exceptions existaient peut-être.

Parfois, les enfants cachent des vérités terribles.

Pietro Gerber était désormais convaincu, comme son père, que l'histoire de l'ogre n'était qu'une invention. Le mensonge bien ficelé d'un enfant qui essayait de couvrir un acte inimaginable pour son jeune âge. Mais de toute évidence, en grandissant, l'affabulateur ne s'était jamais résigné à être pris pour un menteur.

Depuis le début, son but était donc de faire en sorte que Gerber éprouve ce qu'il avait lui-même expérimenté.

Le psychologue avait été humilié quand Anita Baldi n'avait pas cru à sa théorie de l'existence d'un ravisseur qui aurait retenu Mira et Nico prisonniers pendant huit mois, et qui aurait hypnotisé l'enfant pour qu'il raconte sa propre histoire. Il avait peiné à essayer de convaincre la magistrate et, quand il avait échoué, il s'était senti impuissant.

Il sortit de la pharmacie Münstermann avec l'intention de rentrer chez lui à pied, après cette très longue journée. Pietro Gerber essayait d'imaginer le destin d'A.D.V., après que Monsieur B. l'avait discrédité et que tout le monde l'avait accusé de la mort de ses parents. Les enquêteurs n'avaient pas de preuves, mais le massacre familial était la version la plus probable. De toute façon, étant donné son âge, il n'était pas pénalement responsable. Il était sans doute resté jusqu'à sa majorité dans l'institut où Nikolin avait séjourné quelques jours.

Vingt-deux ans plus tard, tout se répétait comme dans un miroir.

Nico avait été lui aussi soupçonné d'avoir tué sa mère. Mais, ensuite, l'affabulateur avait libéré la femme pour prouver aux enquêteurs qu'ils se trompaient sur le fils. *Voilà pourquoi il l'a enlevée, elle aussi*, se dit le psychologue. *Il a voulu me montrer à quel point la méthode employée par les carabiniers était fallacieuse et, surtout, leurs certitudes versatiles.*

Le mystérieux hypnotiseur était obsédé par le fait de ne pas avoir été cru dans son enfance.

« *Tu ne parleras de moi à personne. Tu écouteras ce que j'ai à dire, jusqu'au bout. Tu ne me chercheras pas dehors.* »

Les trois conditions qu'il avait posées ne servaient pas à assurer son impunité ou son anonymat. Son but était de minimiser les chances du psychologue d'être jugé fiable quand il révélerait tout. Et il voulait que Gerber soit complètement seul face à cette histoire.

Le seul spectateur. Le seul juge.

Son portable vibra dans la poche de son trench.
Un SMS.

« Je t'attends… »

Les points de suspension indiquaient une intimité, mais aussi une complicité. Comme si ces mots avaient été murmurés à son oreille. Gerber eut une étrange sensation de douceur, à mi-chemin entre la gêne et une agréable stupeur. Parce que le message venait de son ex-femme.

Il regarda l'heure. Il était presque 23 heures, la petite fête touchait probablement à sa fin. Depuis leur séparation, le rituel de la coupe de champagne avait perdu sa connotation magique pour se transformer en événement mondain. L'occasion de retrouver ses amis qui, au moment du divorce, avaient délaissé Gerber pour se ranger de son côté. Et comment leur donner tort, étant donné son comportement avec elle ? Il se demanda ce qu'ils penseraient, en le voyant débarquer sans préavis.

Non, c'était une mauvaise idée.

Il allongea le pas, rêvant à une bonne douche chaude et à une longue nuit de sommeil. Une fois à Santa Maria del Fiore, il longea le baptistère et la cathédrale, puis prit la via dell'Oriuolo. Il croisa un groupe de sœurs et de curés qui bavardaient joyeusement, pareils à des touristes qui rentrent à leur hôtel après une bonne soirée. Quand il fut à leur hauteur, il l'aperçut.

La silhouette d'Hanna Hall se reflétait dans la vitrine éteinte d'une boutique de vêtements de l'autre côté de la rue. Et elle le fixait.

Gerber ralentit pour mieux la voir et attendit que le groupe le dépasse, soudain impatient. Mais, quand son champ visuel fut enfin dégagé, elle avait disparu.

Où était-elle passée ?

Il regarda autour de lui, cherchant l'endroit exact où il avait vu son reflet. Mais il ne le trouva pas. Pourtant, c'était bien elle, il en était certain. Son pull noir difforme, ses cheveux blonds relevés en queue-de-cheval, sa peau diaphane et son expression mélancolique. La beauté poignante de son regard.

Elle était identique à la dernière fois qu'il l'avait rencontrée, deux ans auparavant, et il songea que cette image était trop parfaite pour être vraie.

Gerber savait ce qu'il venait de se passer. Il n'y avait aucun jeu mental derrière ce mystère. C'était juste le mirage de la nostalgie.

Alors il comprit qu'il n'y avait qu'une façon de le chasser. Et qu'il avait vraiment envie de revoir Silvia.

47

Le somptueux bâtiment du Borgo Pinti datait de la fin du XVe siècle. Il était plongé dans quatre hectares et demi de verdure, ce qui le plaçait parmi les *casini di delizia*, ces édifices urbains entourés de parcs où l'on se croyait en pleine campagne, et qui servaient de lieu de réunion aux intellectuels. Avant de devenir propriété de la famille Della Gherardesca, dont il conservait le nom, il avait fait partie du patrimoine des Médicis.

Pietro Gerber entra par la porte principale et fut accueilli par la magnificence de la Renaissance. Son imperméable crasseux détonnait avec les statues, les marbres et le mobilier élégant. Il se dirigea vers l'*Atrium Bar*, où Silvia et lui se donnaient autrefois rendez-vous pour célébrer les anniversaires, les occasions spéciales ou simplement les belles choses de leur vie. En réalité, c'était elle qui insistait. Gerber n'aurait pas pu se le permettre, sans l'activité de consultante de son ex-femme, qui avait sans aucun doute été plus ambitieuse que lui : quand elle était venue ici la première fois, fraîchement diplômée, elle avait déjà décidé de ce qu'elle ferait de sa vie. Et, aujourd'hui, ses patients payaient grassement le temps qu'elle passait à écouter leurs plaintes, leurs tromperies, leurs déceptions et leur ennui conjugal.

Pietro Gerber entra dans la vaste salle. Derrière le comptoir en ronce de noyer brillaient des dizaines de bouteilles d'alcool fort. Il distingua des visages connus. Des gens avec qui il avait partagé des dîners, parfois des vacances, et qui avaient disparu de sa vie après le divorce. Ils avaient préféré Silvia. Ils se tournèrent vers lui, l'air interrogateur. *Oui, c'est bien moi*, aurait-il voulu déclarer fièrement. Mais il se contenta d'un sourire poli.

Il pensait être tellement en retard que les invités seraient tous partis. En fait, la fête battait son plein.

Il repéra son ex-femme. Elle portait une robe du soir avec un décolleté plongeant dans le dos. Il reconnut la désinvolture avec laquelle elle tenait sa coupe de champagne, en jouant de l'autre main avec son long collier de perles. Toutefois, ce fut la courbe irrésistible de son cou qui lui fit comprendre que c'était bien Silvia, la femme dont il avait été amoureux. Elle ne la révélait que rarement, quand elle s'attachait les cheveux.

Un homme se tenait à côté d'elle et la regardait d'une façon telle que Gerber supposa qu'il était le fameux Luca, son nouveau compagnon, ou fiancé. Il avança vers eux, décidé à les saluer, à la remercier pour l'invitation et à rentrer chez lui.

La meilleure amie de Silvia s'approcha d'elle et lui parla à l'oreille : elle l'informait probablement de la présence de Pietro. Silvia se retourna et Gerber remarqua immédiatement l'étonnement sur son visage.

Bien, se dit-il. *J'ai réussi à la surprendre.*

Silvia s'excusa auprès de ses hôtes et vint à sa rencontre, avant qu'il puisse rejoindre le petit groupe.

— Pietro, l'accueillit-elle d'une voix incertaine.

De toute évidence, elle n'avait mis personne au courant de son invitation. Tous les regards étaient rivés sur eux. *Comme au bon vieux temps*, ironisa intérieurement Gerber.

— Je suis venu les mains vides, s'excusa-t-il. J'aurais voulu t'apporter des tulipes jaunes, mais je ne savais pas où en trouver, à cette heure.

— Pietro…

Elle baissa la tête, comme si elle cherchait ses mots.

— Que se passe-t-il ? demanda-t-il en repensant à son état lamentable. Ma tenue n'est pas adaptée, je sais, mais j'ai compris que tu y tenais vraiment, alors je suis venu quand même.

— Que j'y tenais ?

— J'ai pensé que cela pouvait être l'occasion de prouver à tout le monde que nous savons faire preuve de civisme.

Silvia le dévisagea, puis fit un pas vers lui et lui parla à voix basse.

— Je ne sais pas pourquoi tu as besoin de mettre tout le monde, y compris toi, mal à l'aise. Que veux-tu prouver ?

Gerber comprit alors que sa première réaction n'avait pas été de l'étonnement. De l'effarement, plutôt. Et qu'il ne l'avait pas surprise, mais blessée.

— Ton SMS, dit-il à sa propre décharge.

— Quel SMS ?

— Et tous les appels…, balbutia-t-il.

— De quoi parles-tu ? Nous ne nous sommes pas parlé depuis deux semaines. Et de toute façon, quel rapport ?

Deux semaines ? Qu'est-ce que cela voulait dire ? Gerber n'arrivait pas à mettre de l'ordre dans ses idées. Il s'aperçut que Luca observait la scène, prêt à intervenir si Silvia en avait besoin, mais elle lui fit signe que tout était maîtrisé. Autrefois, cette connexion était leur prérogative, à lui et à elle, pensa le psychologue, oubliant un instant que tout ce qui se passait n'avait aucun sens. Il se taisait, mais uniquement parce qu'il ne savait pas comment se justifier. La situation était vertigineuse. Son ex-femme lui posa une main sur le bras.

— Tout va bien, Pietro ?

Sa condescendance lui faisait plus mal que les regards sur eux. Silvia s'adressait à lui comme à un pauvre fou, c'était terrible.

— Je vais bien, la rassura-t-il, peu convaincu lui-même. Pardonne-moi. Pardonnez-moi, répéta-t-il à l'assemblée, et même à Luca.

Puis il se dirigea vers la sortie, pour mettre fin à ce piteux spectacle. Il eut le temps de remarquer la commisération de celle qui, dans une vie passée, avait été sa femme. Et il pensa qu'il n'y avait rien de pire que d'être confronté à la déception de la personne qui nous a aimé.

48

Avec qui avait-il parlé au téléphone, pendant tout ce temps ? La question le taraudait, mais la réponse était aussi simple que la plus simple des ruses. Dans son esprit, la voix de l'affabulateur était devenue celle de Silvia. Évidemment.

En arrivant chez lui, Gerber n'avait même pas retiré son imperméable. Il s'était assis à sa place habituelle sur le canapé, dans le noir, devant le téléviseur éteint.

Son portable à la main.

Après avoir vérifié une dizaine de fois le numéro de son ex-femme dans son répertoire, il avait dû se résigner à l'évidence.

Ce n'était pas le bon.

Quand l'avait-il substitué à l'autre ? Pietro ne doutait pas qu'il l'avait fait lui-même. Sa volonté avait été contournée, enjambée, éludée.

L'endormeur d'enfants avait été endormi.

Quand cela était-il arrivé ? Comment ? Et là, était-il encore sous l'effet de cet obscur pouvoir ? Qu'avait-il fait d'autre à son insu ? Et combien d'autres commandements portait-il en lui, prêts à se déclencher ? Les questions se succédaient sans qu'il parvienne à en arrêter une pour se focaliser dessus.

Recommencer du début : c'était la maxime qu'il répétait toujours à ses jeunes patients.

La petite fille dans le miroir.

La première fois que Pietro Gerber s'était essayé à l'exercice de l'hypnose, de nombreuses années auparavant, c'était avec une fillette mourante qui voulait parler une dernière fois à son papa. Monsieur B. lui avait expliqué comment se substituer à lui dans l'imagination de la petite Ambre. Et cette sorte de miracle s'était produit : le psychologue avait pris les traits du père dans la psyché de l'enfant. Elle avait pu parler à un homme qui, à ce moment-là, se trouvait à des milliers de mètres d'altitude, dans un avion. Et qui n'aurait pas le temps d'arriver.

Une illusion parfaite.

Dans ces circonstances, Gerber avait eu une démonstration concrète de l'art de l'hypnose, du fait que « l'esprit est bien plus puissant que la conscience ». Et, surtout, il avait goûté au « pouvoir de l'esprit qui se berne lui-même ».

Chaque fois qu'il avait vu apparaître le nom de Silvia sur l'écran de son téléphone portable, la psyché de Gerber avait automatiquement substitué la voix de son interlocuteur à celle de son ex-femme. L'échange avait eu lieu à son insu.

L'affabulateur avait réussi car, après l'affaire Hanna Hall, Silvia était devenue son point faible. La brèche par laquelle pénétrer la barrière de sa conscience. Ainsi, il lui avait glissé dans la tête une pensée parasite qui s'était créé un nid confortable et avait lentement pris le contrôle.

« Je t'attends… »

Tu t'es bien amusé, en te faisant passer pour elle ?

Les disputes des derniers jours. Les tensions et les réconciliations. L'espoir de parvenir enfin à recomposer une relation qui, deux ans plus tôt, avait explosé à cause du béguin de Gerber pour une étrange patiente sortie de nulle part. Tout était faux. Et le pire était que, pour être crédible, l'affabulateur avait nourri leurs conversations de souvenirs.

Combien de pensées as-tu volées dans mon esprit ?

Néanmoins, Pietro Gerber parvint à oublier Silvia un instant pour reparcourir toute l'affaire, en partant de la découverte de l'aiguille plantée dans la pomme et de sa première rencontre avec Nikolin dans la salle de jeux. Gerber comprit que certaines de ses actions avaient été pilotées par l'intuition.

Suggérées.

Comme si certaines réponses et solutions étaient déjà à l'intérieur de lui, cryptées. Il avait suivi un scénario. Il avait été manipulé par un marionnettiste pervers, et peut-être l'était-il encore.

Comment recevait-il les instructions ?

Il mit les mains sur ses tempes, espérant freiner la migraine qui montait à la vitesse d'un cheval au galop. Il aurait voulu s'allonger sur ce canapé, en chien de fusil, un coussin dans les bras, et plonger dans un sommeil sans rêves. Mais il ne pouvait pas.

Pas avant d'avoir résolu cette dernière énigme, la plus importante.

Avait-il rencontré l'affabulateur sans le reconnaître, et celui-ci en avait-il profité pour l'hypnotiser ? Impossible : il aurait flairé la technique et les trucs du métier. Il était exclu que cela soit arrivé par téléphone, comme pour le pauvre Philip : l'esprit de Gerber était trop entraîné pour tomber dans le piège.

Encore une fois, la solution était la petite Ambra. Mais Gerber se souvint que, pour activer le même enchantement que celui expérimenté sur la fillette, il avait besoin d'un miroir. Dans l'obscurité de son salon, il repéra celui qui avait été utilisé sur lui.

Un miroir noir.

En y voyant son reflet, il comprit comment son adversaire avait pénétré son esprit : l'écran du téléviseur. Le psychologue posa les yeux sur le vieux magnétoscope.

Quel idiot ! Les instructions étaient sur la cassette vidéo qu'il regardait chaque soir.

L'affabulateur n'avait eu qu'à entrer dans l'appartement et remplacer l'originale par une contrefaçon, où les images de Silvia, de Marco et de leur vie ensemble, en famille, étaient entrecoupées de messages subliminaux.

Ce n'était pas difficile. Il suffisait d'avoir un sujet prédisposé. Et Gerber, avec sa pratique chaque matin de l'autohypnose pour occulter la réalité de sa solitude, était un cobaye parfait.

Il se leva et s'approcha du lecteur VHS. Il se pencha, appuya sur le bouton pour éjecter la cassette. Il la prit et l'observa. Il aurait dû la visionner pour confirmer sa théorie.

Mais il avait peur.

Qu'est-ce qui pouvait se cacher d'autre, dans cette vidéo ? Il ne pouvait prendre aucun risque. Alors, il fit la seule chose sensée : il retira le boîtier et dévida la bande. Puis il regarda l'écheveau à ses pieds. Il le ramassa, le jeta dans la cheminée. Il trouva une allumette sur une étagère et fit partir le feu : la bande s'embrasa instantanément.

Il tourna le dos aux flammes qui dansaient et se rassit sur le canapé, où il avait laissé son téléphone. Il chercha le faux numéro de Silvia.

Le moment est venu de nous parler, se dit-il. Certain que son esprit libéré reconnaîtrait la voix de l'affabulateur, il avait hâte de l'affronter.

Il appuya sur le bouton « appel ».

Me voici, s'annonça-t-il mentalement, prêt à faire la connaissance de celui qui l'avait défié, et battu.

Les sonneries se succédaient dans le silence. Au bout d'un moment, on décrocha, mais personne ne parla. On entendait seulement une petite musique, au loin. La dernière farce. Un vieux tourne-disque qui jouait « Il en faut peu pour être heureux ».

— Très drôle, commenta l'endormeur d'enfants, mais je ne crois pas aux fantômes.

À l'autre bout du fil, on raccrocha.

49

Quand il les vit sortir du bois, Gerber leva le bras pour les saluer.

— Il est doué, le garçon, lança l'éleveuse de chevaux, de loin. On a fait une belle balade, n'est-ce pas, Marco ?

L'enfant acquiesça avec satisfaction. Le psychologue remarqua que son fils serrait trop fort les rennes du poney. La femme, elle, montait un vieux cheval de race maremmano, dont elle se servait pour les promenades avec les touristes ou pour apprendre aux plus jeunes à monter.

Gerber les avait attendus près de deux heures. Il s'était promené autour du manège et avait profité de la paix des lieux. C'était l'une des dernières journées de soleil, avant l'automne qui s'annonçait. Depuis quelque temps, il avait repris l'habitude de voir Marco souvent. Il lui rendait visite à Livourne, et il avait assuré à Silvia qu'ils passeraient deux week-ends par mois dans son appartement florentin. Le père et le fils étaient encore en phase de rodage, mais consolidaient progressivement leurs habitudes. Gerber introduisait parfois des nouveautés, comme ces cours d'équitation. Des petits rituels sur lesquels construire leur nouvelle relation. Mais sans jamais lui forcer la main. Pour le moment, cela se passait plutôt bien.

— Alors, ça t'a plu ? demanda-t-il à son fils en l'aidant à descendre du poney.

— C'était trop cool ! s'exclama Marco avec enthousiasme.

Gerber n'appréciait pas qu'un enfant de presque 4 ans emploie déjà un langage d'adolescent, mais c'était le prix à payer : il ne contrôlait pas son éducation en permanence. Quoi qu'il en soit, il était content de son idée, et que son fils y ait pris du plaisir : encore une médaille de bon papa, pour lui.

— Maintenant, on va ramener Rock et Poldino dans leurs box, dit l'éleveuse de chevaux. On va leur donner à boire et à manger, et les brosser un peu. Ils sont fatigués, eux aussi, ils ont bien besoin qu'on les chouchoute un peu.

— D'accord, répondit Marco, fier d'être responsabilisé.

— Je vais t'apprendre à utiliser la brosse, comme ça Poldino se souviendra de toi, la prochaine fois.

— Vraiment ?

— Les chevaux reconnaissent toujours les personnes qui s'occupent d'eux, expliqua la femme. Et ensuite, on prendra un bon goûter : de la *schiacciata* et de l'eau du puits.

Marco sauta de joie.

— J'y aurai droit, moi aussi ? demanda Gerber.

— Nous verrons, répondit l'éleveuse en haussant un sourcil.

Une demi-heure plus tard, une fois les chevaux propres et repus, la femme leur prépara le goûter promis et le leur servit sur une table en bois qui trônait depuis plus d'un siècle sous un grand orme.

Marco attrapa un morceau de pain et, avant de mordre dedans, demanda à son père :

— On peut appeler maman et Luca pour leur raconter ?

— Bien sûr, répondit Pietro en lui passant son portable.

L'enfant s'éloigna, tout heureux, sa part de *schiacciata* dans une main et le téléphone dans l'autre.

Gerber s'était presque résigné à l'idée qu'un autre homme le remplace quand il n'était pas là. Après sa méfiance et sa jalousie initiales, il avait compris que ce Luca n'était pas méchant, et même qu'il était souhaitable que Marco trouve en lui un point de repère, puisqu'ils vivaient sous le même toit depuis que Silvia avait officialisé la cohabitation avec son nouveau compagnon, ou fiancé, Gerber ne savait toujours pas bien comment le définir.

— Tu as eu des nouvelles de Nico ? lui demanda l'éleveuse de chevaux quand ils se retrouvèrent seuls.

Le psychologue n'avait pas oublié la façon dont la femme avait pris soin du jeune garçon, après l'avoir retrouvé errant dans les bois.

— Non, malheureusement.

— Je me suis renseignée, on m'a dit que les services sociaux leur avaient trouvé un logement, à sa mère et à lui. C'est à Luco, au-dessus d'un bar où la femme a été embauchée.

— C'est déjà formidable, commenta Gerber. Dans le fond, avant, ils habitaient dans une vieille Fiat Panda et ils vivaient comme des vagabonds.

— Il est important que la mère et le fils soient de nouveau ensemble. J'espère que le petit va bien.

— Comment ça se passe, les exercices de relaxation que je vous ai conseillés ?

— Je les fais, mais ça n'a pas changé grand-chose, soupira la femme.

— C'est-à-dire ?

— Eh bien, je ne me réveille plus à 3 h 47 et je ne me sens plus obligée d'aller tous les jours dans la vallée de l'Enfer pour sortir mes chiens, mais je souffre toujours d'insomnie et j'ai parfois des trous de mémoire : par exemple, je suis dans la cuisine en train de rincer un verre, ou dans la salle de bains en train de me brosser les dents, et l'instant d'après je me retrouve derrière l'écurie, sans savoir comment j'y suis arrivée.

Depuis des mois, il essayait de la libérer des suites des consignes inconscientes implantées dans son esprit par l'affabulateur, qui avaient permis la rencontre en apparence fortuite avec Nikolin dans la vallée de l'Enfer, le 23 février.

— Il n'y a rien derrière l'écurie, mais je me retrouve toujours là-bas, je ne sais pas pourquoi, précisa la femme avec appréhension. Vous êtes certain que ce n'est pas une maladie liée à l'âge ?

— Physiquement, vous êtes en pleine forme, la

rassura le psychologue. Nous ferons d'autres séances d'hypnose.

Il se disait convaincu de pouvoir régler le problème, mais en réalité il ne l'était pas.

Gerber souffrait lui aussi de troubles liés au visionnage de cette maudite cassette vidéo. Des migraines et de petits « trous de mémoire », comme les avait définis l'éleveuse de chevaux. Ces absences étaient des séquelles typiques des états de transe, même légère. Heureusement, il ne se retrouvait pas quelque part sans savoir comment il y était arrivé, lui. Il s'arrêtait, plutôt, comme perdu dans ses pensées. Cela pouvait se produire quand il rechargeait sa montre, devant une armoire ouverte, sous la douche ou encore sur le palier, tandis qu'il glissait sa clé dans la serrure. Quand il s'en rendait compte, il se « réveillait ». Le plus inquiétant, c'était que ces suspensions, bien que rares, étaient de plus en plus longues : de quelques secondes, elles pouvaient maintenant durer presque une minute. Cela arrivait toujours le soir. D'ailleurs, il avait cessé de conduire après le coucher du soleil. S'il ne trouvait pas le moyen de sortir complètement de l'état d'hypnose généré par l'affabulateur, il ignorait ce qui se passerait. Les intervalles où le temps semblait s'arrêter pourraient avec les années se dilater pendant des heures, voire des jours.

Il ne voulait pas se l'avouer, mais il avait peur.

Il aurait eu besoin d'un dernier commandement pour briser l'enchantement. Une phrase, un mot, un bruit, une image, un contact ou une odeur qui désactive pour toujours le piège mental. Bien sûr, l'affabulateur lui faisait payer la méfiance de Monsieur B., qui n'avait pas cru à son histoire d'ogre, vingt-deux ans plus tôt. Il n'existait probablement aucune formule pour le libérer du sortilège dont il était victime.

Pietro Gerber était conscient que ses chances de remonter à l'identité qui se cachait derrière les initiales A.D.V. étaient maigres. Malgré tout, depuis février, il n'avait jamais cessé de chercher. Il avait envoyé un mémento à des collègues du monde entier, avec la description des capacités de l'homme qu'il pourchassait. Il supposait qu'un hypnotiseur aussi talentueux ne pouvait pas être passé inaperçu dans leur petite communauté. Toutefois, son enquête n'avait pas donné les résultats espérés.

Marco, qui avait raccroché, jouait maintenant avec une branche qu'il utilisait pour tracer des lignes par terre, en chantonnant. La lumière déclinait.

— Il est l'heure pour nous de rentrer à Florence, dit Gerber à l'éleveuse de chevaux.

— Je vous attends la semaine prochaine.

— La suivante, précisa-t-il.

— Vous pourriez passer une nuit ou deux ici, j'ai une chambre libre avec une salle de bains. Mon mari l'avait rénovée pour que nos enfants y séjournent avec nos petits-enfants, mais ils n'aiment pas venir ici. Après la mort de mon mari, j'ai pensé en faire une chambre d'hôtes, mais je ne me décide pas… La vérité, c'est que je n'ai pas envie d'avoir des étrangers à la maison. Cependant, avec vous, ce serait différent.

Le psychologue sourit.

— Merci pour l'invitation, nous viendrons avec plaisir.

— Bien !

Gerber but une dernière gorgée d'eau et se leva pour aller demander à Marco de se préparer. En s'approchant de lui, il l'entendit chantonner. Et de loin il aperçut le dessin que son fils avait tracé avec son bâton : des silhouettes humaines stylisées. Un enfant, une femme et deux hommes. Il imagina qu'il s'agissait de lui et de Luca. *Au moins, je fais encore partie de la famille*, se consola-t-il. Quand il fut à deux mètres de Marco, il distingua les paroles de la chanson, ou plutôt le mot unique qui la composait :

— Mamae… mamae… mamae, répétait l'enfant.

Gerber s'arrêta net : c'était le mot avec lequel Nikolin avait invoqué sa mère dans son sommeil, pendant leur dernière séance, quand il avait essayé de se mettre en contact avec lui dans la chambre perdue, après lui avoir donné du Valium pour l'encourager à parler dans son sommeil, sur les conseils de Monsieur Z.

Il prit Marco par les épaules et le fit pivoter vers lui.

— Où as-tu entendu ce mot ? lui demanda-t-il un peu trop brusquement.

L'enfant recula, effrayé. Il le regarda en essayant de comprendre ce qu'il avait fait de mal.

Le moment n'était pas à la gentillesse ni aux bonnes manières : Gerber était terrorisé par l'idée que l'affabulateur ait pu faire du mal à son fils, en entrant dans sa tête sans autorisation pour y implanter une pensée hostile, dans le seul but de le frapper de nouveau.

— Alors, insista-t-il durement, où l'as-tu entendu ?

Au bord des larmes, le petit écarquilla les yeux. Il leva le bras et indiqua un endroit du doigt.

— Il est écrit sur le mur, derrière l'écurie…

— D'accord, souffla Gerber en suivant son doigt du regard, avant de se calmer et de lui caresser la joue. Attends-moi, j'arrive tout de suite.

Il fit le tour du bâtiment au toit de tuiles, où se trouvaient les chevaux. Son cœur battait très fort, mais il se sentait soulagé que personne n'ait fait de mal à Marco. Comme l'avait expliqué son fils, à l'arrière, là où l'éleveuse se retrouvait sans savoir pourquoi, il y avait une grande inscription en majuscules sur le mur. Elle était gravée dans la pierre et, à son pied, Gerber aperçut une sorte de poinçon usé, jeté dans l'herbe. Les lettres avaient été repassées plusieurs fois. Elles formaient un mot :

Mamae.

Sa première pensée fut que Nikolin avait prononcé ce mot secret dans son cabinet, alors qu'ils étaient seuls. Et que, à ce moment-là, c'était l'enfant albanais qui parlait, pas l'alter ego du garçon de 12 ans séquestré par l'ogre vingt-deux ans auparavant.

Alors comment l'affabulateur pouvait-il connaître ce mot ?

50

En rentrant à Florence, Pietro Gerber déposa Marco au cabinet de Silvia, comme convenu. L'enfant lui en voulait encore pour son ton brusque. Dans la voiture, Gerber avait essayé de s'excuser, mais il avait renoncé en constatant que son fils était aussi orgueilleux que sa mère. À ses yeux, ce n'était pas un défaut. Il aurait même aimé être comme eux.

— On retournera au manège, lui promit-il quand ils prirent congé, devant son ex-femme.

De façon inattendue, l'enfant se jeta à son cou.

— Tu as l'air en forme, lui dit Silvia.

En effet, depuis les événements de février, il essayait de manger à tous les repas, de porter des vêtements propres et de se coucher tôt. Mais ce n'étaient que les apparences : en fait, les séquelles de l'histoire de l'affabulateur étaient encore bien présentes en lui. Toutefois, il ne pouvait pas se confier à la femme qu'il avait aimée et qui ne l'aimait plus, au risque de faire ressurgir les vieux fantômes et, surtout, l'affaire Hanna Hall.

— Merci, lui répondit-il en s'éloignant.

C'était le soir mais, au lieu de rentrer chez lui, Gerber décida de passer à son cabinet. Le mot gravé sur le mur résonnait dans sa tête et il voulait vérifier si, par hasard, il avait noté quelque chose au moment des faits.

L'inscription derrière l'écurie n'était pas récente. Les lettres repassées et le poinçon usé indiquaient qu'elle avait été refaite plusieurs fois au fil du temps. Cela faisait partie, avec le réveil à 3 h 47 et les promenades dans la vallée de l'Enfer, du comportement compulsif inoculé par l'affabulateur à l'éleveuse de chevaux.

Seulement, jusque-là, personne ne s'en était aperçu.

Apparemment, le mystérieux hypnotiseur connaissait le mot que Nikolin avait prononcé en présence de Gerber, et de personne d'autre. C'était un élément important : sinon, pourquoi ordonner à la vieille femme de l'écrire ? Il s'agissait peut-être même d'un nouveau code.

Pourquoi ce mot était-il si important ?

L'endormeur d'enfants comprit qu'il souffrait depuis quelque temps d'une sensation sur laquelle il n'avait pas mis de mots : une impression d'inachèvement. Comme s'il manquait quelque chose à l'histoire de l'ogre, malgré l'explosion de la ferme, qui avait conclu le récit. Une question en particulier le hantait.

Pourquoi maintenant ?

Pour quelle raison l'affabulateur avait-il attendu vingt-deux ans pour se venger de ce que tout le monde lui avait fait, à commencer par Monsieur B. ? N'aurait-il pas pu enlever et instruire un enfant plus tôt ?

Il y avait mille réponses à ces questions. Par exemple, il était possible que le mystérieux hypnotiseur ne se soit pas senti prêt, ou qu'il n'ait pas acquis les compétences nécessaires pour mener son projet à son terme.

Ou alors, il avait essayé d'enlever d'autres enfants, mais cela s'était soldé par des échecs.

Toutefois, Gerber avait l'intuition que Nico et sa mère étaient essentiels, pour lui.

Arrivé à son cabinet, il ne prit même pas la peine d'allumer : l'éclairage de son téléphone portable lui suffisait. Il s'installa dans son fauteuil et chercha sur Internet la traduction du mot « maman » en albanais. Il eut la confirmation que cela se disait « *mami* ». C'était d'ailleurs ainsi que l'enfant appelait sa mère, dans la vidéo que lui avait montrée la juge Baldi.

Alors, d'où venait ce « *mamae* » ?

Ce mot n'existait pas en albanais. Il le tapa dans Google, mais n'obtint aucun résultat satisfaisant, hormis le fait que ce mot se rapportait bien à la figure maternelle, mais en portugais. Même si, dans ce cas, cela s'écrivait avec un tilde : « *mamãe* ».

Pourquoi un enfant albanais s'adresserait-il à sa mère en portugais ? Cela n'avait pas de sens.

Le psychologue se leva pour aller prendre dans ses archives le carnet noir consacré au cas Nikolin. Il le feuilleta en quête d'un indice, ou d'une idée. Dans ses notes, il ne trouva rien qui lui saute aux yeux ou qui lui ait échappé. Il s'arrêta sur la dernière page.

B.P. 9001.

Selon les enquêteurs et aussi Monsieur B., l'ogre et la rousse mystérieuse n'étaient que le fruit de l'imagination d'A.D.V. : deux personnages inventés pour dissimuler le meurtre atroce de ses parents. Dans le récit du garçon, le couple s'était rencontré par correspondance et communiquait par lettres. Et le tonton recevait celles de sa fiancée en mal de maternité via une boîte postale.

Cette boîte postale, se dit Gerber.

Un détail trop précis pour avoir été inventé. Il n'y avait pas assez réfléchi, jusque-là. Vingt-deux ans auparavant, les carabiniers ou la police avaient sans doute vérifié qui l'avait louée, imagina le psychologue. Et sans doute n'avaient-ils trouvé aucun nom compatible avec l'histoire d'A.D.V.

Et s'ils ne l'avaient pas fait, en revanche ? Si personne n'avait vérifié ?

Le doute s'insinua en lui. Il était convaincu qu'il y avait une explication, et qu'un indice aussi énorme n'avait pas pu échapper à ceux qui voulaient découvrir la vérité. Y compris à Monsieur B.

Toutefois, quelque chose lui intimait d'aller vérifier par lui-même.

51

Les boîtes postales à louer étaient numérotées. À Florence, elles étaient regroupées à un seul endroit.

L'imposante Poste centrale était située dans la partie de la ville qui datait du XIXe siècle et occupait tout le pâté de maisons entre la via Pellicceria, la via Porta Rossa et la piazza dei Davanzati. Pietro Gerber dut attendre le lundi matin, 7 h 30, pour s'y rendre, dans l'espoir de trouver quelqu'un en mesure de l'aider à remonter au titulaire de la boîte n° 9001, en 1999. N'ayant pas autorité pour demander une telle information, le psychologue comptait sur son art de la persuasion, en plus d'un généreux pourboire.

Il franchit la porte du bâtiment et se retrouva dans un hall surmonté d'une coupole ornée de vitraux, qui laissait entrer la lumière dans la galerie du rez-de-chaussée. Les pas de Gerber résonnaient sur le sol en marbre, et au-dessus de lui le plafond était décoré de stuc. Il arriva dans une grande salle aux allures de cour de la Renaissance, entourée de portiques et surmontée d'une structure en acier et verre coloré, par laquelle filtrait la clarté brillante de l'un des derniers matins d'été.

Gerber avait toujours aimé les bureaux de poste, qui lui évoquaient l'ordre et la propreté. De ces lieux, en apparence statiques, irradiaient des milliers de connexions vers le reste du monde. Des millions de vies et d'histoires y transitaient sous forme de lettres, de paquets, de télégrammes, de mandats et de bons d'épargne. Sans parler des cartes postales, qu'une multitude de touristes envoyaient encore pour prouver à leurs amis et à leur famille qu'ils avaient visité l'une des plus belles villes conçues par l'homme.

Dans ce bâtiment, on respirait encore un air antique, plein de charme.

Gerber regarda autour de lui : il avait une sensation étrange, comme si une force obscure l'avait poussé à venir. Et comme si des yeux invisibles le scrutaient, mais que le maître de ce regard était lointain. Pourtant, même à distance, *il* savait ce qui se passait chaque seconde. Les trombones qu'une femme laissait tomber, et qui s'éparpillaient sur le sol. Le léger bruissement d'une pile de documents qu'un employé feuilletait en s'humidifiant le doigt. Le cliquetis des touches d'un ordinateur. Le bruit sec et régulier d'un tampon.

Le psychologue s'arrêta devant un panneau indiquant les différents bureaux. Il mémorisa la localisation de celui qui l'intéressait et s'aventura dans un long couloir. Escorté par des colonnes corinthiennes, il arriva dans une pièce dont l'un des hauts murs était recouvert de casiers métalliques.

Une ruche de boîtes postales, portant chacune un numéro.

De nombreuses, ouvertes, étaient inutilisées : ce lieu

était le reliquat d'une époque révolue. On accédait aux boîtes du haut par des échelles. Gerber chercha celle qui le concernait. Il faisait courir son regard de gauche à droite, énonçant même les numéros à voix haute sans s'en rendre compte. Arrivé au bout, il découvrit avec une immense déception que la dernière portait le numéro 9000.

— C'est impossible, dit-il à voix haute.

La phrase et sa stupeur résonnèrent dans la vaste pièce.

Il crut avoir affaire à la blague finale. Son espoir se brisa en même temps que sa patience. Il avait envie de jurer. Il regarda autour de lui et intercepta le regard d'un employé entre deux âges, assis à un bureau, qui écrivait dans un registre.

— Excusez-moi, dit-il en s'approchant.

— Oui ? répondit l'homme en retirant ses lunettes.

— Les boîtes sont-elles toutes dans cette pièce, ou y en a-t-il d'autres, peut-être dans d'autres bureaux de poste de la ville ?

— À ma connaissance, elles sont toutes ici.

— Je cherche la 9001, affirma-t-il alors, mais je ne la trouve pas.

— En effet, il n'y en a pas.

— Elle a été abandonnée ?

— Elle n'a jamais existé, répondit l'homme en indiquant la ruche avec son stylo. Il n'y a toujours eu que celles que vous avez devant vous.

Gerber se tourna de nouveau vers le mur. Il avait fait chou blanc. Et il avait été incroyablement naïf. Bien sûr que les enquêteurs chargés de l'affaire A.D.V., vingt-deux ans plus tôt, étaient venus vérifier les propos de l'enfant au sujet de l'ogre. Et ils avaient sans doute reçu la même réponse. En l'absence de boîte n° 9001, il n'y avait pas d'identité à laquelle remonter. Donc, l'enfant de 12 ans avait menti, comme le soutenait Monsieur B.

— Merci tout de même, dit-il à l'employé en tournant les talons.

Il allait rentrer à son cabinet et essayer d'oublier cet épisode, en se concentrant sur ses petits patients.

— Mais dans les années quatre-vingt-dix, il y avait une agence matrimoniale qui portait ce nom, déclara de but en blanc l'homme dans son dos.

Gerber s'arrêta net et fit volte-face.

— Comment ça ?

— À l'époque, à Florence, il y avait une grosse demande de boîtes postales et, comme tout le monde savait qu'il n'y en avait que neuf mille à disposition, une agence matrimoniale avait pris le nom de « Boîte postale 9001 », pour se faire de la publicité : comme pour dire qu'ils offraient un autre moyen de s'échanger des messages… surtout quand il s'agissait de mots d'amour.

Le psychologue n'en croyait pas ses oreilles.

— Merci infiniment, dit-il seulement avant de quitter la pièce.

52

— Comment se fait-il qu'après que les propriétaires de l'agence matrimoniale ont cessé leur activité, en 2003, les locaux soient restés inoccupés ? demanda Gerber à la femme au chat siamois, dans l'escalier de l'immeuble gris de la via delle Porte Nuove.

Cette gardienne, la soixantaine, en robe de chambre rose à fleurs, cigarette à la bouche et bigoudis dans ses cheveux roux, montait en s'appuyant à la rampe en fer battu.

— L'appartement fait partie du patrimoine d'un comte mort depuis des années : les héritiers sont en procès entre eux et, tant qu'ils ne se mettent pas d'accord, personne ne peut toucher à rien.

Elle vivait au rez-de-chaussée. Gerber l'avait convaincue, avec seulement vingt euros, de lui faire visiter l'appartement abandonné. Le psychologue avait trouvé l'adresse de l'agence « B.P. 9001 » dans un vieil annuaire des années quatre-vingt-dix, déniché dans son cabinet. Malgré l'avènement d'Internet et des téléphones portables, Monsieur B. refusait de se débarrasser de ses annuaires, et Pietro n'avait pas réussi à les jeter après sa mort : à la différence des héritiers du comte, il ne voulait aucun contact avec les affaires de son père. En se rendant via delle Porte Nuove, Gerber espérait glaner des informations sur l'activité de l'agence.

— Vous savez quelque chose sur les propriétaires ? demanda-t-il.

— Rien, à part qu'ils ont disparu du jour au lendemain en laissant un beau paquet de dettes, y compris plusieurs mois de loyer en retard, commenta la femme.

— Pourtant, vous avez dit que leurs affaires sont encore ici…

— Oui, confirma-t-elle alors qu'ils arrivaient au troisième étage. Ils n'ont rien emporté, tout est resté comme il y a vingt ans.

Sur la porte, il y avait toujours la plaque avec le nom de l'agence, entouré de petits cœurs rouges.

La gardienne fouilla dans la poche de sa robe de chambre en soie et en sortit un gros trousseau de clés.

— Tenez-moi Lillo, dit-elle en lui tendant le siamois.

Gerber le prit, le temps qu'elle ouvre les serrures. Elle eut du mal à pousser la porte : les gonds résistaient et le battant frottait contre le sol. Le psychologue appuya sur le montant pour faciliter l'opération. Ils parvinrent enfin à l'ouvrir, juste assez pour passer.

Ils furent assaillis par une odeur nauséabonde de poussière, d'humidité et de canalisations inutilisées. On ne voyait pas grand-chose, parce que l'intérieur était plongé dans l'obscurité.

Gerber lui rendit son chat et fit mine de se glisser dans l'interstice de la porte.

— Cela vous embête si je ne vous accompagne pas ? l'arrêta la femme. J'ai laissé ma cire à épiler sur le feu.

— Aucun problème, répondit-il.

Il préférait même n'avoir personne dans les pattes pendant qu'il fouillait. La gardienne lui remit les clés.

— Quand vous aurez terminé, refermez bien la porte et laissez-les sous le paillasson.

— D'accord. Et merci pour votre aide.

Il attendit qu'elle ait descendu la première volée de marches, puis s'introduisit dans l'appartement sombre.

53

Il chercha à tâtons un interrupteur sur le mur. Il en trouva un, qui ne fonctionnait pas. Bien entendu, personne n'avait payé les factures d'électricité depuis des années. Les stores étaient baissés, mais une petite lumière brumeuse filtrait par les fentes.

Gerber laissa à ses yeux le temps de s'habituer à la pénombre.

L'appartement était structuré autour d'un grand couloir central, sur lequel donnaient les différentes pièces. Le psychologue avança en jetant un coup d'œil à chacune. Il s'agissait de bureaux, avec téléphones et fournitures diverses. De vieux PC, des fax et des imprimantes : une technologie en désuétude, qui remontait aux années quatre-vingt-dix. Le temps semblait figé, en attendant qu'un autre être humain vienne explorer cet univers suspendu.

Il y avait des cœurs et des cupidons partout : sur des affiches, sur du Scotch collé aux vitres et sur les bibelots. Pietro Gerber distingua aussi de nombreux gadgets portant le nom et le logo de l'agence : bloc-notes, agendas, porte-clés. Curieux, il s'arrêta devant une des tables et saisit un stylo « B.P. 9001 » : la partie supérieure contenait un liquide épais où nageaient des paillettes argentées. Quand on inclinait la pointe vers le bas, elles composaient le mot « Love ».

Quel étrange endroit ! Ces objets témoignaient d'une civilisation éteinte, fondée sur la romance et le kitsch.

Il passa devant une petite pièce insonorisée, où une caméra était placée sur un trépied et pointée vers un tabouret, derrière lequel se trouvait un écran vert. Gerber supposa qu'on y tournait les messages vidéo des aspirants amoureux. Par ce biais, ils proposaient à leurs partenaires idéaux une première présentation, qui déboucherait peut-être sur une véritable relation.

Des sacs de courrier non expédié étaient entassés devant un mur. *Une des conséquences de l'arrêt soudain de l'activité*, se dit le psychologue. L'arrivée d'Internet avait eu l'effet d'un cataclysme sur le travail de l'agence matrimoniale, mais aussi sur les attentes de dizaines d'hommes et de femmes en quête d'une âme sœur avec qui passer le restant de leurs jours. En regardant ce courrier entassé, il imagina des lettres pleines de mièvreries romantiques, jamais ouvertes, et donc des cœurs solitaires qui s'étaient consumés dans une inutile attente. Cela lui semblait grotesque.

Toutefois, en plaisantant à ce sujet, il tentait d'éloigner le sinistre présage qu'il avait senti en pénétrant les lieux.

Ces pièces étaient habitées par quelque chose de malsain qui, au fil des ans, avait pris la place de tous les espoirs et émois. Une sorte d'entité tapie dans le silence, qui se nourrissait de rancœur parce qu'on ne l'avait pas crue.

Et cette chose l'attendait.

Il trouva enfin la pièce qu'il cherchait : un petit cagibi sans fenêtre, où étaient entreposés des casiers métalliques.

Les archives des clients de l'agence matrimoniale.

Gerber sortit son téléphone de sa poche et alluma la lampe torche, puis il ouvrit un tiroir au hasard. Il avait de la chance : les dossiers étaient classés par ordre chronologique.

Il chercha ceux de 1999.

Cette année-là, une centaine d'amoureux étaient recensés, répartis sur deux compartiments. Gerber sortit tous les dossiers, les posa par terre, puis s'assit à même le sol, en tailleur, et s'y plongea. En réalité, sans noms, sans description physique détaillée de l'ogre et sans connaître le visage de la rousse du Polaroid, il ne savait pas quoi chercher. Sa méthode était tout à fait hasardeuse.

Si l'un des dossiers contenait vraiment la preuve que le « tonton » avait existé, et n'était pas l'invention d'un enfant de 12 ans qui avait tué ses parents, alors elle était bien cachée.

Gerber ouvrait chaque fascicule. Sur la première page, il y avait généralement la photo de l'intéressé ou de l'intéressée, avec son âge, sa taille, son poids, sa profession et son signe du zodiaque, suivis d'une brève présentation personnelle. La deuxième page était un questionnaire rempli par la personne en quête de rencontres, qui présentait ses goûts, ses habitudes et ses centres d'intérêt. Le psychologue arriva à la conclusion que, sur la base de ces informations, l'agence combinait les profils selon des critères assez mystérieux.

Si l'association fonctionnait, alors à la quatrième ou cinquième page figurait aussi la photo du futur ou de la future partenaire.

Cette page était souvent vide. Pietro Gerber remarqua aussi que les hommes étaient beaucoup plus nombreux que les femmes, aussi beaucoup d'entre eux resteraient seuls, selon un principe mathématique évident.

Il était là depuis une demi-heure environ quand, en ouvrant un dossier, il découvrit un visage familier. Il prit le temps de l'observer.

Un homme au cou de taureau. Rasé de frais, les cheveux noirs séparés par une raie au milieu, des poils dépassant d'une chemise jaune ouverte. Pour la photo, il avait dévoilé ses dents tordues, noires et en partie manquantes. Il semblait s'en moquer. Comme tous les autres, il s'était fait beau pour l'objectif, bien décidé à montrer le meilleur de lui-même.

« Rodolfo Perrini », lut-il. Trente-neuf ans, 1,82 mètre, 90 kilos. Chômeur. Capricorne. *C'est lui*, se dit le psychologue, sans savoir d'où lui venait cette certitude.

Comme si quelqu'un l'avait semée dans sa tête.

Ce n'est pas une preuve, pensa-t-il immédiatement. *C'est juste le fruit d'un conditionnement extérieur. C'est comme la voix de Silvia au téléphone : l'affabulateur a imprimé ce visage dans mon esprit, et il veut me faire croire qu'il s'agit du fameux « tonton ». Non, cette fois, je ne tomberai pas dans le panneau.*

En effet, il n'y avait aucun rapport avec l'histoire que Nikolin lui avait racontée, ni avec l'enquête sur l'explosion de la ferme, vingt-deux ans auparavant.

C'était un autre piège.

Ce « Rodolfo » pouvait être n'importe qui, et il ignorait probablement que quelqu'un utilisait son visage et son identité pour étayer le vieux mensonge d'un enfant assassin, aujourd'hui adulte.

Gerber allait refermer le dossier quand il eut la curiosité d'aller voir la dernière page, consacrée à la personne trouvée par l'agence matrimoniale. Il le feuilleta rapidement et découvrit un autre Polaroid de la femme aux cheveux roux. Elle aussi prenait la pose dans l'espoir de trouver un mari. Devant le même comptoir, sa bière à la main, vêtue du débardeur qui mettait ses formes en évidence. La photo avait été prise un instant avant ou après celle que Gerber avait déchirée et jetée, parce que, sur celle-ci, la femme ne trinquait pas : son verre était baissé.

« *Vous croyez au diable, docteur ?* avait demandé l'affabulateur, avec la voix de Nico, pendant une des séances. *Que vous y croyiez ou non, il n'existe que deux photos du démon. Celle-ci est l'une des deux... Son vrai nom n'a aucune importance. Mais, quand le diable prend les traits de cette femme, il faut l'appeler maman.* »

La première pensée qui traversa Pietro Gerber, devant ce Polaroid, fut qu'il avait trouvé la deuxième photo du démon.

Cette fois, son visage n'avait pas été brûlé.

Le cœur du psychologue cessa de battre. Sa seconde pensée fut que l'enfant de 1999 avait dit la vérité sur le compte de l'ogre : la preuve était sous ses yeux. La troisième fut que la rousse avait réalisé son désir de maternité, même si elle avait dû attendre des années avant d'avoir un enfant rien qu'à elle. La quatrième pensée contenait un seul mot.

Mamãe.

Mirbana Xhuljeta Laci, dite « Mira », avait aujourd'hui les cheveux courts et blancs, mais autrefois elle était rousse. L'ogre avait dit à l'affabulateur enfant qu'elle était stérile, mais qu'elle souhaitait fonder une famille.

« *Elle a un problème là, en bas, avec ses ovules et tout le reste.* »

Le tonton avait assuré à A.D.V. qu'avec le temps il s'habituerait à ses nouveaux parents, qu'il oublierait même ses géniteurs, qui étaient partis en le laissant seul avec lui. Et que la femme, en route pour les rejoindre à la ferme, était prête à lui offrir tout l'amour dont un enfant de son âge avait besoin.

« *Tu pourras l'appeler maman.* »

Gerber s'était demandé pourquoi l'affabulateur avait attendu vingt-deux ans pour mettre en œuvre sa vengeance. Maintenant, il savait. Pendant tout ce temps, il avait cherché la rousse du Polaroid.

Il avait fini par la trouver.

Le destin auquel avait échappé le mystérieux hypnotiseur à 12 ans avait par la suite été réservé à Nikolin. Si c'était son vrai nom. Il n'était même pas sûr qu'il soit albanais, comme la femme affirmant être sa mère.

Il était probable qu'il soit portugais, d'ailleurs. Toutefois, victime du syndrome de dépendance, il avait oublié ses origines et sa véritable identité. Un reliquat de l'existence à laquelle il avait été soustrait par la force avait émergé dans son sommeil.

« Mamãe », se répéta Gerber, comprenant qu'il avait aidé à le rendre à sa ravisseuse. Exactement comme le garde forestier avec l'affabulateur enfant, qui l'avait remis à l'ogre quand le petit avait essayé de s'enfuir.

« Personne n'est prêt à croire les histoires des enfants. »

Huit mois auparavant, l'affabulateur ne l'a pas enlevé parce qu'il voulait me raconter son histoire. Il l'a fait pour que je puisse le sauver, pensa Gerber qui y voyait enfin clair. *Et il a enlevé sa mère, aussi, afin qu'elle ait la punition qu'elle méritait. Mais nous l'avons libérée. Nous n'avons pas compris que cette petite famille ravagée cachait un secret. Ni le tribunal des mineurs, ni les services sociaux, ni les carabiniers ne s'en sont rendu compte. Et moi non plus, je n'ai pas compris. Mais lui, oui.*

Pour tout le monde, ils n'étaient que deux malheureux qui vivaient comme des vagabonds. Pourtant, un crime terrible était commis au vu et au su de tous. Qui se répétait chaque jour, depuis des années.

Gerber sauta sur ses pieds.

Il était peut-être encore possible d'arrêter l'horreur.

54

D'après l'éleveuse de chevaux, les services sociaux avaient installé la mère et le fils à Luco. Gerber appuya sur l'accélérateur de son Defender pour arriver le plus vite possible dans ce village du Mugello.

Une fois sur place, il chercha le bar où Mira travaillait. Combien pouvait-il y en avoir, dans un si petit endroit ? Il demanda à quelques passants s'ils connaissaient la femme, l'un d'eux se souvint d'elle et indiqua l'établissement au bout de la rue principale.

Gerber trouva le volet roulant baissé et un panneau qui annonçait que c'était le jour de fermeture hebdomadaire.

La mère et le fils habitaient juste au-dessus. Il fit le tour du petit immeuble à un étage et trouva la porte d'entrée. Il n'y avait aucun nom sur l'Interphone, mais il sonna avec insistance.

Personne n'ouvrit.

Mû par l'urgence de savoir, et peut-être par la folie, Pietro Gerber frappa à la porte. La rue était déserte, alors il donna des coups de pied à la hauteur de la serrure.

Au bout d'un moment, la porte céda et s'ouvrit sur un escalier.

Le psychologue monta en criant :

— Nico ! Nico ! Où es-tu ?!

Sa voix résonnait. Une fois en haut, Gerber recula devant le spectacle désolant de chaises de cuisine jetées par terre ou entassées dans un coin à côté d'une table croulant sous les bouteilles vides et les assiettes sales. Le frigo, ouvert et éteint, sentait le moisi. La cuisinière était poisseuse et le robinet de l'évier fuyait. Dans la pièce à côté, il découvrit un canapé crasseux placé devant un téléviseur couvert de poussière. On entendait dans la salle de bains les gargouillis d'une chasse d'eau cassée. Enfin, dans la chambre à coucher, l'armoire était vide : il ne restait que des cintres dépareillés, deux sommiers identiques et deux matelas nus.

Ils sont partis, constata-t-il, se rendant à l'évidence. Il n'avait pas eu le temps de les arrêter.

Il aurait dû arriver beaucoup plus tôt. Vu l'état des lieux, il avait des mois de retard.

Pris de vertiges, Gerber s'adossa au mur. Il se laissa glisser par terre. Immobile, il essaya de reprendre son souffle. Il pensa à Monsieur B. Il avait accusé son père de ne pas avoir cru à l'histoire de l'enfant qu'on lui avait confié, vingt-deux ans auparavant. Au lieu de l'aider, il l'avait condamné à subir pour toujours les conséquences de ce qui lui était arrivé, et qui n'était pas sa faute.

Mais moi, j'ai fait pire, jugea-t-il. *J'ai voulu libérer Nikolin à tout prix pour montrer que j'étais meilleur que l'affabulateur.*

Il avait toujours eu la vérité sous les yeux.

Mais sa prétention l'avait empêché de la voir.

L'endormeur d'enfants entendit de nouveau le cri que Nico avait poussé quand il lui avait promis de le rendre à Mira. Ce cri le poursuivrait toute sa vie. C'était le prix de son erreur de jugement.

La chambre perdue où Nico était prisonnier ne se trouvait pas dans son esprit. C'était son monde.

55

Ce dimanche matin du mois d'août, Elisa Martins fut réveillée très tôt par la chaleur suffocante de Lisbonne. Sa chemise de nuit collait à son dos et ses cheveux, d'un noir de jais, étaient trempés de sueur. Elle se tourna vers les volets, d'où filtrait la pâle lueur du soleil, et imagina un ciel lourd de nuages. À côté d'elle, Dario dormait profondément sur le dos, la bouche ouverte, sa petite main accrochée à un de ses seins, qui sortait de son décolleté. Son fils avait 3 ans, mais il avait toujours l'habitude de chercher le réconfort du lait maternel, surtout la nuit. Le corps d'Elisa avait continué de répondre à ce besoin. Et dans le fond, égoïstement, elle espérait que ce lien si exclusif dure encore un peu. Le petit Dario n'avait qu'elle au monde. Et elle n'avait que lui. Pourtant, ils étaient tellement différents !

L'enfant était blond, les yeux presque translucides.

En se levant, lentement pour ne pas le réveiller, Elisa vérifia que le slip bleu ciel de son fils et le drap sous lui étaient secs. Au moins, il ne faisait plus pipi au lit, ce qui la libérait de l'achat des couches.

Avant de quitter la pièce, elle installa les oreillers autour de lui : elle craignait que, la cherchant dans son sommeil, il ne tombe du lit. Ce n'était jamais arrivé, mais l'idée seule lui était insupportable.

Elle aurait voulu l'embrasser, mais il dormait paisiblement. Alors elle renonça, le cœur brisé. C'était ridicule, elle en avait conscience. Mais seule une mère peut savoir à quel point il est douloureux de retenir la moindre marque d'affection.

Elle alla aux toilettes sans tirer la chasse, pour ne pas faire de bruit. Elle se lava les mains et le visage, puis se rendit dans la cuisine. Après s'être attaché les cheveux en queue-de-cheval, elle se prépara une tasse de café soluble et ouvrit la fenêtre pour aérer. Elle se rappela qu'il fallait retirer le linge qu'elle avait mis à sécher sur le balcon la veille au soir, sinon les pigeons qui avaient élu domicile dans la cour de l'immeuble souilleraient leurs affaires propres.

D'abord, elle s'assit à la table pour siroter sa boisson chaude en regardant par la fenêtre.

Depuis sa tendre enfance, elle rêvait de vivre au dernier étage, avec une belle vue, mais elle n'apercevait que les façades sales de la cour. Elle s'était installée dans ce petit appartement du quartier de Mouraria juste avant la naissance de Dario, après que ses parents l'avaient jetée dehors parce qu'ils n'acceptaient pas sa relation avec le père du bébé qu'elle portait. Ce quartier n'était pas le meilleur endroit pour élever un enfant, mais l'homme qui avait juré de l'aimer et de s'occuper d'eux avait disparu. Ou alors, c'était elle qui avait rêvé que lui, à 50 ans, quitterait sa femme et ses trois enfants pour fonder une autre famille.

Enceinte et sans le sou, Elisa Martins avait dû s'inventer une nouvelle existence.

Ce n'était pas ainsi qu'elle avait imaginé sa vie à 22 ans, mais elle faisait du mieux qu'elle pouvait : elle avait transformé cet appartement – dont le précédent locataire était un dealer qui avait fini en prison – en un endroit digne, et elle avait trouvé un emploi de secrétaire à temps partiel chez un avocat. Quand elle travaillait, elle laissait Dario à une voisine. Le reste du temps, il était à elle. Malgré les difficultés de la vie à deux, son enfant était tout ce qu'elle voulait, elle n'avait besoin de rien d'autre.

Elle en avait la confirmation chaque fois que Dario ouvrait les bras en l'appelant *mamãe*.

Elisa posa sa tasse vide dans l'évier et alla ramasser le linge sur le balcon. Les volets de ses voisins étaient encore fermés. À part le chant des oiseaux, tout était silencieux. Il était à peine 7 heures. Les autres jours, à cette heure, on entendait déjà des voix et les bruits du voisinage. Elle se dit que, en ce dimanche étouffant d'été, tout le monde était à la mer. Elle, elle ne pouvait pas se le permettre. Mais elle allait trouver quelque chose à faire avec Dario pour passer le temps. Peut-être un tour au parc. Ils prendraient le tram, longeraient l'avenida de Brasilia et le port, et iraient au jardim da Estrela. Ils emporteraient des sandwichs pour pique-niquer à côté du lac où vivaient les cygnes et les canards qui plaisaient tant à Dario. Elle savourait d'avance l'enthousiasme avec lequel il allait accueillir sa proposition. Heureusement, son fils se réjouissait des petites choses. Bizarrement, alors qu'elle retirait les pinces à linge d'un chemisier rose, cette pensée heureuse céda la place à une image insolite.

La cour déserte, en bas, était entourée de piliers. Et derrière l'un d'eux, Elisa aurait juré apercevoir une silhouette humaine.

Celle-ci était parfaitement immobile, à tel point qu'Elisa crut s'être trompée. Mais ensuite, l'ombre bougea et, comme si elle avait senti son regard, elle recula et disparut.

Cette vision la troubla, toutefois la jeune femme oublia vite cette présence pour terminer sa tâche avant que son fils se réveille.

Comme prévu, Dario fut très content de la sortie qu'elle lui proposait. L'enfant avala son petit déjeuner et, à 10 heures, ils étaient prêts à sortir. Elisa portait une robe orange et des sandales en liège et tissu, Dario un short rouge, des sandalettes en cuir et un débardeur à rayures blanches et bleu ciel. Avant de partir, sa mère lui demanda s'il voulait emporter un jouet.

Le fils choisit le petit téléphone qui s'allumait et émettait des sons.

— Tu es sûr de vouloir prendre celui-ci ? lui demanda-t-elle.

Elle le lui avait acheté pour quand elle était au travail et qu'il restait avec la voisine, pour qu'il puisse faire semblant de l'appeler et avoir l'impression que sa maman était toujours auprès de lui.

— Oui, répondit l'enfant.

Elle l'attacha dans sa poussette, prit le sac en toile où elle avait glissé une nappe à étendre sur l'herbe, et ferma la porte derrière eux. Avant de monter dans le tram, ils devaient passer à la supérette acheter de quoi faire les sandwichs. Heureusement, elle était ouverte. Bien sûr, ils étaient les seuls clients.

Derrière la caisse, le propriétaire septuagénaire écoutait des chansons populaires à la radio. Il était toujours gentil avec Dario, parfois il lui offrait même une sucette. Pourtant, Elisa n'aimait pas sa façon de s'adresser à l'enfant : elle ressentait toujours une note de compassion. Elle était consciente que Dario avait un léger retard de croissance par rapport aux enfants de son âge, mais cela ne justifiait pas l'attitude de certaines personnes. Dario se rattraperait et deviendrait un magnifique jeune homme, elle en était certaine.

Elisa choisit du pain, du jambon cru et du fromage. Elle n'avait pas pris de Caddie, elle glissait les courses dans son sac en toile. Alors qu'ils se dirigeaient vers la caisse, elle s'aperçut qu'elle avait oublié la mayonnaise : Dario détestait le pain trop sec. Les condiments se trouvaient quelques rayons plus loin. Pour gagner du temps, elle laissa l'enfant dans sa poussette et alla chercher ce qui lui manquait.

— Je reviens tout de suite, dit-elle pour le rassurer.

Elle ne mit pas longtemps à trouver. Alors qu'elle comparait les prix, elle fut distraite par le rire de Dario, qui se mêlait à un vieux fado d'Amália Rodrigues qui passait à la radio. Elle s'arrêta, perplexe.

Qui faisait rire son fils ? Il imagina qu'il s'agissait du propriétaire de la supérette mais, quand elle leva les yeux, elle le vit à la même place que précédemment. Alors, Elisa attrapa une mayonnaise au hasard et revint vers son fils, s'attendant à le trouver avec un client arrivé entre-temps.

Mais Dario était seul.

Elle regarda autour d'elle, déboussolée.

— Il y avait quelqu'un avec toi, mon chéri ?

— Mon téléphone était tombé par terre et une dame me l'a ramassé, expliqua-t-il en brandissant l'objet. Et comme j'étais un peu triste parce que tu ne revenais pas, elle m'a chatouillé.

Elisa se dirigea vers le bout du rayon, dans l'intention de la remercier mais aussi de voir qui était cette inconnue qui s'était adressée à son fils. Il n'y avait personne. Elle chercha la dame dans le magasin, mais il était désert.

En retournant auprès de Dario, elle remarqua une porte de service qui donnait sur l'arrière : elle était simplement entrebâillée.

Elisa Martins supposa que la femme était une voleuse, entrée par la porte arrière imprudemment laissée ouverte. Étant donné qu'elle s'était montrée gentille avec Dario en ramassant son jouet, et qu'elle était peut-être aussi pauvre qu'elle, qui n'avait pas toujours assez d'argent pour faire les courses, elle décida de ne rien dire au propriétaire.

Quand la mère et le fils arrivèrent enfin au jardim da Estrela, il était presque 11 heures et il faisait déjà très chaud. Chaque fois qu'elle venait dans ce grand parc, Elisa se rappelait que, quand elle était enfant, son grand-père l'emmenait rendre visite au vieux lion de Paiva Raposo, qui vivait dans une cage à l'entrée de l'avenida Pedro Álvares Cabral. En se concentrant, des années plus tard, elle sentait encore dans sa main la chaleur de celle de cet homme gentil qui marchait à côté d'elle. Son grand-père sentait l'eau de Cologne et la brillantine. Il était mort avant qu'elle puisse lui présenter Dario, de même que le vieux lion.

Dans le jardin, il y avait quelques personnes, sans doute venues des quatre coins de la ville pour trouver un peu de fraîcheur. Elisa poussait son fils dans les allées arborées. Elle s'arrêtait régulièrement pour remonter son sac, dont l'anse glissait de son épaule. Elle et Dario passèrent devant le kiosque, une construction en fer battu où, certains soirs d'été, de petits orchestres se produisaient, et devant le manège des petits chevaux, fermé ce jour-là.

La mère et le fils se dirigeaient vers le lac.

Quand ils passèrent à côté d'une fontaine, Elisa remplit une bouteille vide qu'elle avait emportée et se mouilla une main pour la passer sur la nuque de Dario, qui protesta contre cette caresse glacée inattendue.

Ils choisirent un endroit à l'ombre d'un platane séculaire. La jeune femme fit sortir son fils de sa poussette et le regarda courir joyeusement entre les arbres. Elle étendit la nappe sur l'herbe et prépara des sandwichs jambon, fromage et mayonnaise : il était bientôt l'heure de déjeuner.

Ils mangèrent tout ce qu'ils avaient acheté et burent presque toute l'eau. Ils offrirent quelques miettes de pain aux canards et aux cygnes qui s'étaient approchés, attirés par la nourriture. Le temps passa très vite.

Ensuite, ils s'endormirent sur l'herbe, serrés l'un contre l'autre. Quand ils se réveillèrent, il était presque 16 heures. Il n'y avait personne dans les alentours, l'air était immobile et, sans le chant des cigales, Elisa se serait demandé si le temps s'était arrêté.

— Regarde, maman ! dit Dario en indiquant quelque chose dans l'herbe, à une dizaine de mètres d'eux.

C'était un ballon bleu bon marché. Quelqu'un l'avait oublié.

— Je peux jouer avec ?

Elisa regarda autour d'elle pour voir si son propriétaire était encore dans les parages, mais elle ne vit personne.

— On va jouer ensemble, annonça-t-elle en se levant et en retirant ses sandales. Défi !

Sans compagnon et, surtout, sans figure paternelle pour Dario, elle se risquait parfois à des activités qu'elle avait toujours vu les pères proposer à leurs fils. Comme jouer au ballon en faisant semblant d'être un joueur de foot célèbre.

Elisa Martins ne s'était jamais sentie inférieure à un homme, au contraire, elle avait largement prouvé qu'elle était supérieure à ce lâche qui l'avait mise enceinte avant de prendre la fuite, et qui profitait probablement de la piscine de sa belle villa de Setùbal par cette chaleur. Malgré tout, elle était consciente que son fils aurait sans doute préféré faire certaines activités avec son père.

Heureusement, Dario était encore trop petit pour

s'en rendre compte. Même si, un jour, elle l'avait surpris en train de jouer à téléphoner, en appelant son interlocuteur « papa ».

— Alors, tu es prêt ? demanda-t-elle à son fils en se plaçant entre deux arbres. Moi, je suis le grand gardien de but Vítor Baía, toi, tu veux être qui ?

— Cristiano Ronaldo ! répondit évidemment Dario en glissant le portable factice dans la poche arrière de son short rouge.

Elisa s'apprêtait à lui dire de s'en séparer, au moins le temps du match, mais pour une fois elle lui épargna son conseil.

L'enfant n'était pas très bien coordonné : le ballon finissait la plupart du temps à côté de la cage imaginaire. Pourtant, il y mettait du sien. Ses cheveux blonds étaient trempés de sueur et ses joues rouges comme des pommes mûres : il était essoufflé, mais son sourire radieux indiquait qu'il n'avait aucune envie d'arrêter.

Elisa Martins remercia et bénit intérieurement la personne qui avait laissé ce ballon, parce que cela faisait longtemps qu'elle n'avait pas vu son fils aussi heureux.

Quand le faux Cristiano Ronaldo se prépara à tirer le penalty qui devait consacrer la victoire de la coupe du jardim da Estrela, Elisa observa Dario positionner le ballon et prendre son élan. Bien entendu, Vítor Baía le laisserait passer.

Dario tira de la pointe du pied droit. Le ballon s'éleva et passa à gauche d'Elisa, suivant une parabole élégante et précise. Elle tendit les bras, au moins pour donner l'impression d'essayer de l'attraper. Même si elle avait vraiment essayé, elle n'aurait pas réussi. Le tir de son fils était parfait.

Dario sautilla en criant :

— Buuuuut !

Elle l'imita en applaudissant.

Quand ils eurent suffisamment exulté, la jeune femme se retourna et constata que le ballon avait atterri cinq ou six mètres plus loin, près de la rive du lac. Elle alla le récupérer, en se disant que c'était vraiment une belle journée. Ils s'en souviendraient et en reparleraient, y compris quand Dario serait adulte et elle vieille. Elisa Martins ramassa le ballon bleu et demanda à son fils :

— Qu'est-ce que tu en dis, on…

Mais les mots se perdirent. Elle oublia immédiatement ce qu'elle allait lui demander.

Dario n'était plus là.

— Dario ! l'appela-t-elle.

Pas de réponse.

— Dario !

Toujours rien.

Où pouvait-il être ?

Elle revint sur ses pas et le chercha, mais autour d'elle la vaste clairière était déserte. Il lui sembla absurde qu'il puisse s'être éloigné assez vite pour qu'elle ne le voie plus. Combien de temps lui avait-elle tourné le dos ? Dix secondes ?

— D'accord, tu as gagné, dit-elle en imaginant qu'il se cachait derrière un arbre.

Mais le désespoir montait secrètement en elle.

Personne ne se montra.

— Si c'est une blague, ce n'est pas drôle.

Au lieu d'être sévère, cette phrase fut prononcée avec la voix aiguë de l'inquiétude qui est en train de devenir peur.

Il n'a jamais fait ce genre de choses, se dit-elle en examinant les environs. *Mon Dario ne s'est jamais comporté ainsi. C'est un enfant obéissant.*

La seule explication était que le terrain l'avait en quelque sorte avalé. Alors, supposant un accident, elle inspecta l'herbe, sûre de trouver un piège ou une bouche d'égout ouverte. Mais il n'y avait rien.

— Dario ! hurla-t-elle de toutes ses forces en retournant vers le lac, avec la peur qu'il y soit tombé.

Elle sentait les larmes monter et ses forces l'abandonner.

Ce n'est pas vrai : ce n'est pas vraiment en train de m'arriver, songea-t-elle.

Un instant, elle se demanda même si elle n'avait pas imaginé qu'elle était la mère d'un magnifique enfant de 3 ans prénommé Dario. Parce que la réalité était bien pire que l'éventualité d'être folle depuis toujours. Mais Elisa Martins savait qu'elle ne trouverait aucune explication en mesure de la consoler. Et, bien qu'incapable de prédire l'avenir, elle comprit que sa douleur ne faisait que commencer. Alors que la panique l'envahissait, lui coupait le souffle et l'envie de vivre, elle repensa soudain à l'ombre dans la cour de son immeuble le matin même et à la mystérieuse femme de la supérette. Puis elle baissa les yeux sur le ballon qu'elle tenait toujours dans les mains.

La personne qui l'avait oublié l'avait fait exprès. Et l'avait apporté au jardim da Estrela pour Dario.

Elisa Martins vieillit en une seconde de toutes les années qui lui restaient à vivre. En même temps, elle comprit qui était venu prendre son enfant et son téléphone factice : ce ballon bleu était un cadeau du diable.

Ce que la jeune fille ignorait encore, ce qu'elle apprendrait bientôt, c'est qu'un fils disparu, c'est pire qu'un fils mort. Car, dans le second cas, plus personne ne peut lui faire de mal.

Elle n'avait pas non plus conscience que le plus difficile, pour le moment, serait de rentrer seule dans le petit appartement du quartier de Mouraria, en poussant une poussette vide. Son fils disparu dans le néant la condamnait à passer le restant de ses jours dans une maison sans souvenirs.

Ceux du passé font mal. Ceux du futur n'ont aucun sens.

Elle le vit passer dans la rue, de derrière la vitrine du café *Gilli*. Les cheveux ébouriffés, le pas pressé et le Burberry froissé. Plongé dans ses pensées. Tellement distrait qu'il ne percevait quasiment rien du monde qui l'entourait.

Il ne la voyait pas.

Hanna Hall savait que, tôt ou tard, Pietro Gerber passerait dans son champ visuel. Elle avait commandé un cappuccino et elle l'attendait, assise à une petite table. Elle était revenue à Florence en février, mais n'avait pas encore trouvé le courage de prendre contact avec lui. Depuis deux ans, trop de choses étaient restées en suspens, trop de sentiments inexplorés. Pendant ce temps, elle s'était souvent demandé ce qu'elle ressentait réellement. Et, surtout, s'il éprouvait la même chose.

Elle avait disparu à l'instant où il avait sans doute le plus besoin d'elle. Besoin de réponses.

Mais elle n'avait pas eu la force de continuer ainsi, en se demandant s'il était juste ou non de se laisser aller à ce qu'ils ressentaient l'un pour l'autre. Pas après la vérité qu'elle lui avait révélée.

Pas après la maison des voix…

Elle était consciente d'avoir bouleversé son existence, fait exploser son mariage et sa famille. Mais qu'y pouvait-elle ? Elle aurait pu garder son secret pour toujours, mais il en voulait déjà à Monsieur B. des mensonges qu'il lui avait racontés quand il était enfant.

Les histoires ne devraient jamais rester inachevées, se disait toujours Hanna Hall. Sinon, elles continuent de glisser dans l'ombre sous nos pieds. Elles s'infectent. Les histoires inachevées deviennent toxiques, avec le temps. Elles empoisonnent tout.

Mais elle n'avait pas prévu que, tandis qu'elle lui racontait une histoire sur leur passé commun, ils puissent tomber amoureux l'un de l'autre.

Alors elle était revenue, pour comprendre, et pour tirer les choses au clair avec lui. Elle avait pris une chambre d'hôtel et elle avait attendu le bon moment, sans se forcer. Au cas où ce moment ne viendrait pas, elle repartirait et il n'en saurait jamais rien.

Quel effet cela lui ferait-elle, de le revoir ?

Au début, elle s'était contentée de l'observer de loin. La première fois qu'elle l'avait vu dans la rue, qui se dirigeait vers son cabinet, elle avait senti ses forces l'abandonner. Sans s'en rendre compte, elle s'était mise à pleurer. Elle était heureuse. Toutefois, alors qu'une petite voix intérieure lui enjoignait de se montrer, il s'était passé quelque chose. Elle avait remarqué un changement en lui, qui s'était produit sans préavis et correspondait à l'arrivée d'un nouveau patient.

Il portait une combinaison blanche, il était menotté et escorté par deux gardiens en uniforme. Et c'était un enfant.

À partir de ce moment, Pietro Gerber s'était transformé : il était inquiet, anxieux et préoccupé. Alors elle avait cherché à comprendre. Elle avait envisagé de l'approcher, pour lui demander ce qui n'allait pas, mais elle avait renoncé et elle était retournée se tapir dans l'ombre. Même si, un soir, dans le quartier de Santa Maria del Fiore, il l'avait remarquée.

Leurs regards s'étaient croisés dans le reflet d'une vitrine.

Le passage providentiel d'un groupe de prêtres et de religieuses avait empêché leur rencontre et Hanna avait disparu avant qu'il comprenne ce qui s'était passé.

Les histoires ne devraient jamais rester inachevées, se répéta Hanna Hall. Mais, si elle ne dévoilait pas sa présence, c'était aussi pour une autre raison.

Elle n'était pas la seule à suivre Pietro Gerber. Il y avait aussi un homme.

Elle s'en était aperçue presque par hasard. Après l'avoir croisé plusieurs fois, elle avait compris que sa présence n'était pas fortuite. Et que l'inconnu et elle avaient quelque chose en commun.

L'endormeur d'enfants.

L'homme mystérieux, toujours impeccable, portait d'élégants costumes. Il essayait peut-être seulement de détourner l'attention des cicatrices qui recouvraient ses mains, son cou et une partie de son visage. Des brûlures. Comme s'il avait échappé à un incendie, ou à une explosion, mais longtemps auparavant.

En réalité, Gerber aussi l'avait vu des dizaines de fois dans la rue. Il l'avait rencontré à plusieurs occasions, sans jamais se demander qui était cet étranger qu'il croisait si souvent. Ensuite, Hanna avait compris qu'il n'agissait pas ainsi par distraction.

C'était comme si l'homme aux cicatrices avait trouvé le moyen de s'effacer pour toujours du champ visuel du psychologue.

Mais Hanna, elle, l'avait remarqué.

Et maintenant, elle l'observait à son insu : deux tables plus loin, lui aussi épiait Gerber qui passait devant le café *Gilli*.

Hanna avait décidé de profiter de son invisibilité pour découvrir qui il était. La seule information qu'elle possédait pour le moment était ses initiales, brodées sur sa chemise parfaitement repassée.

A.D.V.

Et il avait l'habitude de manipuler une drôle de carte à jouer, qu'il faisait passer entre ses doigts quand il réfléchissait, à l'instar d'un prestidigitateur.

Un petit bonhomme sans yeux qui admirait une voûte étoilée.

Gerber tourna le coin de la rue, inconscient des yeux qui le suivaient. Alors l'inconnu se leva et laissa sur la table un billet de vingt euros, pour payer sa consommation. En se dirigeant vers la sortie, il passa devant Hanna Hall. Elle regarda la tasse de cappuccino vide qu'elle tenait entre ses mains et fit semblant de boire.

Elle ne lui accorda pas un regard.

Elle ignorait ce qui allait se passer, de même que ce qu'elle devait faire. Elle ne savait qu'une chose.

Les histoires ne devraient jamais rester inachevées.

NOTE DE L'AUTEUR

Les pratiques d'hypnose décrites dans cette histoire sont semblables à celles utilisées dans les thérapies. En menant des recherches pour ce roman, j'ai bénéficié de la contribution et de la disponibilité de la docteure R.V. et du docteur G.F. (dont, à leur demande, je ne citerai que les initiales) : grâce à leurs récits et à leur longue expérience en la matière, l'endormeur d'enfants est devenu un personnage réel.

REMERCIEMENTS

Stefano Mauri, éditeur, ami. Et avec lui, tous les éditeurs qui m'ont publié dans le monde.

Fabrizio Cocco, Giuseppe Strazzeri, Raffaella Roncato, Elena Pavanetto, Giuseppe Somenzi, Graziella Cerutti, Alessia Ugolotti, Patrizia Spinato, Ernesto Fanfani, Diana Volonté, Giulia Tonelli, Giacomo Lanaro, Giulia Fossati et ma chère Cristina Foschini.

Mon équipe. Andrew Nurnberg, Sarah Nundy, Barbara Barbieri et les extraordinaires collaboratrices de l'agence de Londres.

L'équipe Calmann-Lévy, Anaïs Bouteille-Bokobza.

Vito. Ottavio. Achille. Antonio Padovano. Gianni Angoangeli.

La Setta delle Sette[1].

Antonio et Fiettina, mes parents. Chiara, ma sœur.

Sara, mon « éternité présente ».

---

1. Groupe de lecteurs réunis sur Instagram pendant le confinement de mars 2020 pour écouter Donato Carrisi lire chaque soir un extrait du *Chuchoteur*.

Du même auteur :

Le Chuchoteur, Calmann-Lévy, 2010
Le Tribunal des âmes, Calmann-Lévy, 2012
L'Écorchée, Calmann-Lévy, 2013
La Femme aux fleurs de papier, Calmann-Lévy, 2014
Malefico, Calmann-Lévy, 2015
La Fille dans le brouillard, Calmann-Lévy, 2016
Tenebra Roma, Calmann-Lévy, 2017
L'Égarée, Calmann-Lévy, 2018
Le Jeu du chuchoteur, Calmann-Lévy, 2019
La Maison des voix, Calmann-Lévy, 2020
Je suis l'abysse, Calmann-Lévy, 2021

DONATO CARRISI EST AU LIVRE DE POCHE

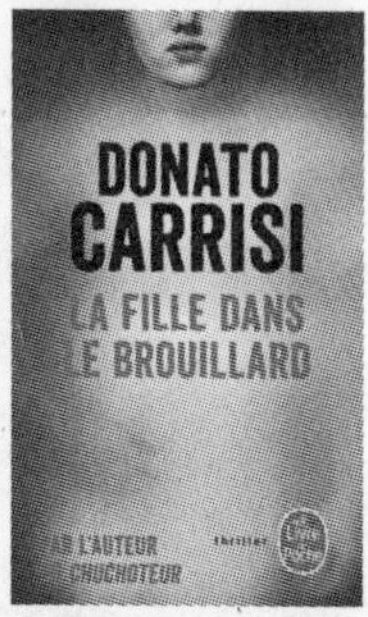

PAPIER À BASE DE
FIBRES CERTIFIÉES

Le Livre de Poche s'engage pour
l'environnement en réduisant
l'empreinte carbone de ses livres.
Celle de cet exemplaire est de :
350 g éq. CO_2
Rendez-vous sur
www.livredepoche-durable.fr

Composition réalisée par NORD COMPO

Achevé d'imprimer en France par
CPI BRODARD & TAUPIN (72200 La Flèche)
en septembre 2023
N° d'impression : 3054230
Dépôt légal 1re publication : octobre 2023
LIBRAIRIE GÉNÉRALE FRANÇAISE
21, rue du Montparnasse – 75298 Paris Cedex 06

83/2171/5